歷史的快門

作者——鄧慧恩

不當黨產處理委員會
Ill-gotten Party Assets Settlement Committee

目錄

推薦序

推薦序

歷史的快門　捕捉到什麼

王昭文
台灣史學者，國立成功大學歷史學博士

鄧慧恩以小說之筆，刻劃歷史的真實。

歷史的快門，捕捉到什麼？

一幅幅乍看平淡日常的畫面，細窺盡是怪誕離奇。

不應該啊！真是不應該。這些事情怎麼會發生在寶島？這些事情我們怎麼都不知道？

黨國威權禁錮恐嚇下的倖存者，在什麼樣的夾縫中求生？在什麼樣的無奈中忍耐？人心又怎麼麻木扭曲？

每篇都有意思，〈**正中對照大辭典**〉特別吸引人，許多小故事藏在各角落，作者巧妙編織。日本時代繁盛的商店，如何成為國民黨的財產？前後在這裡活動的人們，各自的心思、盤算與努力，舞台劇般呈現，政治意識形態掛帥、高壓統治時代，荒謬、可笑又悲哀。

來讀讀這些故事，都是真實發生過的。作者並不以誇張的手法塗飾簡化，而是很節制地露出史料礦區挖掘出的

部分寶藏。讀後，你會想知道更多吧？

歡迎加入偵探團，繼續挖掘，認識台灣曾經有過、而我們希望再也不要有的恐怖時代，盼能清除至今仍存在社會各角落的威權遺緒。

推薦序

黨產偵探以文學之鑰解鎖歷史密碼

[signature]
高雄醫學大學性別研究所副教授

非常高興博士班時期的好友慧恩再出版新書。此本小說集延續《黨產偵探旅行團》再以不黨黨產議題創作第二本作品。二〇二二年出版的《黨產偵探旅行團》一書，慧恩與一群優秀的研究者書寫系列黨產研究：包含黨產之父傅正與自由中國、愛國青年養成所的救國團、從日產變黨產的警察會館、天外天劇場與梅敷屋、中廣與廣播心戰史、「台火」的不當沒收始末、日產戲院與中影、正中書局的黨產變形記，《黨產偵探旅行團》以扎實的史料與有趣的敘說推出黨產文化專書的重要一步。

此本小說深化不當黨產議題，聚焦不當黨產與白色恐怖開拓文學的新里程。過往白色恐怖文學作品亦有隱藏受難地標、不義遺址、不當黨產的空間地景書寫，但直接以不當黨產的人、事、時、地、物、史為主題的文學創作幾乎尚有極大發展空間，因此這兩本作品的開花結果，可以難得一見的不當黨產文學作品，十分令人欣喜。

這一本小說以扎實的歷史資料為基礎，從日產研究、婦聯會、救國團、統中會案、監控機關疊層架屋等內容的史料為地基，奠基在史料上創作具有時代感的故事與人物。小說中的空間、地標、人物、事件都藏著豐富的歷史線索，密密麻麻，必須仔細閱讀才能解開密碼。歷史密碼包含白色恐怖政治案件、附隨組織與不當黨產的脈絡細節。

〈**正中對照大辭典**〉一文標題切入黨營的文化事業正中書局。黨營事業橫跨各產業，其中文化事業包含中央通訊社、中央日報社、中影公司、正中書局，金融業如中國農民銀行、中央合作金庫、土地開發、農業加工、機械生產、製藥等。小說直指正中書局的文化生產如何回應、符合國家意識形態的讀本。〈正中書局在反攻收復及重建時期的工作綱要〉更提及大量供應教科書、研究書刊，回應阿圖塞（Louis Althusser）將國家機器細緻地區分「壓制的國家機器」（Repressive State Apparatus）與「意識型態國家機器」（Ideological State Apparatuses），思想的養成與意識形態灌輸則展現了威權體制下的意識規訓與懲罰，可說是意識形態國家機器的一環。

此外，救國團亦呼應國家如何以意識形態養成與培育青年。傅正在《自由中國》指出救國團為政治性組織。陳俐甫從資料中提出救國團是以蔣經國為核心的派系尋租工具，具有政黨附隨組織的特性。鄭任汶也提救國團的意識形態機器的功能。正中書局與救國團等創造出政治辭典（思維意識）與政治規範（行動準則）。〈**正中對照大辭典**〉呈現的官方辭典，是一部把人定罪羅織罪狀的辭典。黨國辭典灌輸給人民的文字是三民主義思想；救國團則為黨國推動愛國青年教育的一環。小說提及許席圖為首的統中會案與自覺運動，起始於一九六三年《中央日報》〈人情味與公德心〉，以救國團為名促發大學生發起自覺運動，此運動後被當局視為利用自覺會名義發展統中會。《南方》創辦人與統中會案當事者呂昱則詮釋，統中會案青年學生的自覺行動必須放在一九六〇年代全球性的學生青年運動做為參照，日本、歐洲、美洲遍地燃燒的學生運動，臺灣的學生運動也沒有缺席地投入社會行動中。

〈**耶穌喜愛一切小孩**〉一文以「中華婦女反共抗俄聯合會」（簡稱婦聯會）為線索。婦聯會一九五〇年成立，動員女性勞軍、組訓、宣傳，並在一九五三年成利婦女工作會（婦工會）。此時臺灣婦女運動便出現婦女工作取代婦女運動的狀態。婦聯會與黨產之關係，包涵婦聯會與救國團支經費均由國庫撥給；勞軍捐亦有經費上的國家動員；亦有省屬接收日產移轉至婦聯會之狀況，上述幾點均可見婦聯會的定位。〈**歷史的快門**〉放置在日產如何成為黨產的歷史脈絡，包含糖業、教會、被沒收的政治受難者家產：

> 顏春安猶記初初回到故鄉臺灣，日本人正當被遣送的時刻，財產被凍結，僅能攜帶一千日圓與簡單行李離開，許多日本人的房舍只要沒人住，隔日門窗就被拆走，窗戶的玻璃、室內地蓆也被取走，更惡劣的是，有的房子直接被佔住，自稱是原住民，更離譜的還有好幾個人搶同一間房子，都說自己有所有權。出身基督教家庭的他，從未放棄自己的信仰，回到臺北，自然也想找個教

會，在週日好好做個禮拜。結果竟然發現，許多間教會竟捲入財產接收問題。（本書頁18）

〈**歷史的快門**〉書寫教會被視為日產，戰後被接收為黨產的歷史。教會與黨產的關係較少為人知曉，此部分的書寫深化對黨產的思考面向。〈**阿公留下的遺書**〉從已然沒落的租書店為開場，從租書、到閱讀與政治牢獄，深刻點出「這個時代，要活下去的代價就是必須拋棄尊嚴」。〈**攪動的樹海**〉提及左翼禁書，魯迅、郭沫若沒有隨國民黨來台的作家成了「附匪」作家、于凱案件、台糖沈鎮南案等。小說涉及多件白色恐怖案件，如一九五〇年代台糖沈鎮南案。沈鎮南為台糖總經理，戰後奉命來台接收糖業，洪子瑜被捕後，當局將沈鎮南視為組織上級在一九五一年被判處死刑。

小說集除了不當黨產、歷史事件的時空，小說小物的刻畫更體現臺灣歷史多重殖民、政權擅變、戰爭情境、戒嚴歷史、黨國威權的複雜性，人物則在複雜情境中背負時代，或成為夾縫者、沉默者、被遺忘的人。〈**歷史的快門**〉李超然面臨一個家產被視為日產差點充公、動輒得咎的時代，他說著「佇這個時代，上好予人放袂記得，上安全」，僅有被遺忘才能求生的深刻。〈**正中對照大辭典**〉中待過火燒島的杜明曾面臨保安司令部上門將庫存雜誌帶走；卻奉命編寫三民主義大辭典，書寫出縫隙中生存的尷尬處境。〈**阿公留下的遺書**〉生長於日本時代的馮順河，戰後藉著日語能力進行日本漫畫的翻譯，同行其他翻譯者有不少政治犯。此外，馮順河在學校任教時，遇上派出所跟調查局搜索書架、上門查戶口、被警總約談，從此沉默寡言。〈**攪動的樹海**〉透過丁克儉、熊吉等人的身影，書寫臺灣土地的印記。日人曾在臺灣農場山林養蜂、種植，然而對來自湖南的丁克儉來說，接管竹仔門農場土地之前的歷史並不存在；晚年丁克儉將黨部撥給他的土地與收益歸還給黨部。在此看到土地乘載著殖民歷史、移民拓墾、黨國威權的多重銘刻。〈**耶穌喜愛一切小孩**〉則從女性視角、官夫人生活隱微地書寫黨國色彩。主角父親被捕出獄後，透過忠誠得以存活，且讓女兒打入婦女會官夫人交友圈，藉此成為生存保身的方式。

此本小說在台灣文學的發展上，開拓不當黨產文學創作的版圖，深刻地書寫不當黨產的時間、空間、以及在時空中穿梭來回的人物；其次，以虛構之小說進行非虛構歷史的詮釋，深化歷史小說的面向。書寫不當黨產與白色恐怖的主題，在現今的社會空間、史料考證有不易之處，看見此本小說的出版，增加理解與對話的可能，實為反思威權歷史與文學領域的豐厚禮物。

參考書目

呂昱，〈統中會案當事者呂昱（呂建興）前輩口述〉，自行訪談未刊稿。

施淳孝，〈從「自覺運動」到「統中會事件」（1963-1970）〉《臺灣學研究》第 25 期（2020 年 3 月），頁 115-144。

陳俐甫，〈傅正三論〈青年反共救國團（撤銷）問題〉與分析〉《黨產研究》第 4 期（2019 年 8 月），頁 33-66。

曾令毅，〈婦女團體亦或「附隨組織」：婦聯會與國民黨相互關係之探析〉《黨產研究》第 2 期（2018 年 3 月），頁 87-125。

程玉鳳，《「台糖沈鎮南案」研究》（臺北：文津，2014 年 8 月）。

廖炯志，〈黨國體制下的政策網絡：以黨營事業為例〉《黨產研究》第 5 期（2020 年 4 月），頁 147-173。

鄭任汶，〈從《自由中國》談 1950 年代的救國團〉《黨產研究》第 2 期（2018 年 3 月），頁 61-86。

鄭清鴻主編、鄧慧恩、陳秀玲、白春燕、蔡佩家、陳宇威撰文《黨產偵探旅行團》（台北：前衛，2022 年 11 月）。

推薦序

它抓得住我——《歷史的快門》與小說的超越

陳雨航
作家

所有我以為喜歡的，都足以構成我對自己的討厭。

我最喜歡《歷史的快門》什麼？無疑是他的小說味兒。

小說書寫的核心是什麼？文學理論告訴我們，張力、緊張感、矛盾。用物理學的說法是，相反的力作用於同一點，那之後力如何行進？力線的扭曲和延展、甚至造成整體面的塌陷或變形，就是小說尺幅張開的面積。

簡單說，想要的VS必要的。你的意圖VS你的作為。過程VS結局。

那構成小說最大的核心動能，一種「有什麼將要發生」的戲劇性。懸疑，期待，讀者被極端的矛盾逗引的抓耳搔腮，想要知道結果撓癢癢似忙不迭易問出「那後來呢？」

後來怎麼了？

從這方面來說，鄧慧恩的小說《歷史的快門》很知道怎麼找到水杯表面張力漲滿就要溢出那一刻。彷彿記者總能找到新聞點並抓準時機把麥克風堵上前去，借用小說家自己寫的句子：「有些事情不是努力就做得到，還得講上幾份才情，才華與氣質這種事情，學也學不來。」

被送到綠島思想改造的男人在島上幫長官寫小紙條好演講。回到台灣，竟憑這一手成為台北補教業當紅三民主義講師。

幫日本漫畫挖框做盜版翻譯的「第一代字幕組」，弄這些閒書、嬰仔冊的，竟來是一群遭整肅出獄後的台灣知識份子。

蛇的頭含著蛇的尾。矛盾。自我衝突。戲劇性的極致。所有人身上極端的悲劇某種程度上都是讓人笑不出來的喜劇。悲喜交織，所謂荒謬，幾乎可以聽見盛竹如的口白，「一切是命運無情的捉弄，是上天的惡作劇，又或者是非善惡的因果循環？」

用我小時候某一家底片商的廣告詞謂之：「他抓得住我。」

《歷史的快門》能抓住讀者的眼球。而鄧慧恩總能抓到小說的核心。

可所有我所以喜歡的，都足以構成我對自己的討厭。

尤其當我知道《歷史的快門》中的痛點，都可能有所本呢？

「他抓得住我。」不只是形而上的詞彙。真有一整代人，被逮捕，遭陷獄。被刑求，針刺棒打，像一口氣被吹滅的整排蠟燭。一下子就是一大片，也只是半空的灰煙，靜靜的散去。

我以為的喜歡，正構成我的討厭。我覺得那是閱讀白色恐怖小說的道德艱難。

小說越好看，歷史越艱難。

現實背後的戲劇性超越小說。

終究，在奧滋維辛之後，詩是野蠻的。

終究，在白色恐怖之後，小說是失語的。

他所有審美上的好，都可能是歷史上的畏怖。

我覺得恐懼極了。我不知道該恐懼人類的毫無想像力——所以一個人無法想像另一個人的痛苦。還是人類其實太有想像力，所以他們最大的創造不是文學，而是活著本身——一個活的地獄已經被召喚，那小說如何可能？

所以，小說的極限是什麼？

不，小說是沒有極限的。但人類有。人類必須要有。那就是倫理的考量，或是現實的效力。我們如何權衡，在證據和延伸的虛構之間走索，如何不讓悲劇成為遊樂園鬼屋，扁薄了其中重量反而用受苦者的臉去收門票……是在這份拿捏上，才看到鄧慧恩作為小說家的身影。他的慎重。虛構的界線該畫在哪裡？

舉個書中例子，鄧慧恩對潛藏史料中的衝突爆點有多靈敏，也許面對大量的資訊沖洗，對別人而言是資料的曠野，但他老兄沾一沾手指，風向對了，光度對了，舞台和場景對了，接著，只需要把鏡頭（所謂「歷史的快門」）移向最具戲劇性的一幕，再來，就只要等待了，一切會自己發生。那背景是，「台灣曾是日本古柯鹼最大輸出地方之一。」。背景是，「如果一整片古柯樹林都燒起來了，那會發生什麼事情？」，這絕對是一個奇觀，召喚我們這時代新聞眼：國際版某某國家哪個地方燒毀整批大麻或毒品，以及大場面的製作：想像那個雲，那個霧，致幻的煙氣下頭多少人無分受難者與施虐者手舞足蹈，面色豔紅欲仙欲死，甚至可以作為一種象徵，集體的入魔者、國家幻景和理想的毒藥……

（這就是後來。）

（這時誰的後來？歷史的後來？小說的後來？還是，讀者想看到的後來？）

給我更多戲劇性，更好萊塢似大手筆的製作。更高規則爆破。給我刺激，給我更多刺激……

誰知眼球跳到下一行，鄧慧恩那拿著筆彷彿輕壓相機的手指卻在這時鬆開。欸，一切在這條線上輒然止步。請務必看看小說中他處理和收束是如何乾淨俐落。小說家沒有讓小說淪為奇觀的造物，不讓故事裡的煙霧作為舞台的紅絨幕拉起，反而構成嘆息的地平線。

所以，小說家怎麼思索？怎麼決定介入的比重？怎麼延展與喊停，我覺得從這裡，反而看到小說真正好看的地方。作為一個大恐怖發生後的後代或同代人——誰不是倖存者呢？——我們如何承擔，以及理解？小說的不寫比有寫好看。快門外有什麼比快門拍下什麼更讓人思索。

那麼，面對歷史，面對現實，小說還可以作什麼？

以及，小說不輸給恐怖？

說起來，小說曾經負擔一個功能，是啟蒙。但啟蒙不必然該是教導。老告訴別人，什麼是錯的，什麼是對的。我讀過很多這樣的小說，為了教導，錯就更錯了，裡頭反派要壞的邪惡，惡的沒有道理。於是對的就更對了，對的什麼都可以原諒，對的聖潔高貴。那極限就是，對和錯忽然都很像，面目極端單一的極限是，面目極端模糊。

那是不是很多小說談起白色恐怖的方式？因為輕易。因為太輕易去分別。二分法的方式，受害與加害，正義與邪惡，生與死。英雄化的臉譜，惡人的嘴臉。

我同意，對小說進程而言，這很必要。

但這個進程該維持多久？

我沒辦法對人說明。因為這時間不是由寫小說的人決定。小說如何發展，是由讀者決定。是大眾如何不滿足於只知道這樣，不滿足於一個多面的「人」只是這麼簡單。

我們經歷過指名的階段，艱難的把手指移向必須被辨認出的人和事。告訴我們，房間的大象在哪裡。

不過我也想說，如果永遠的，總是你錯我對，總是「受害者是無辜的」，那其實沒什麼好寫的。

如果總是教育的，總是清楚的，如果小說只有一種，那甚至不需要小說。

於是也有這樣的小說，它讓人困惑，它不戳破，它沒有英雄，它模糊惡棍，它裡頭的主人翁不作為，不對抗，不發言，什麼都沒發生。但又什麼都發生了。

這就是《歷史的快門》裡面做到的。

小說首先讓人感受到的，不是大快人心，不是指認，而是，一種困惑。不如說是顛倒。一種奇異的顛倒。

《歷史的快門》的技術可以用小說中一張快照展示，主人翁之一的李超然檢視相片，赫然發現上頭三輪車居然是反向的。怎麼了，喔，他想起日治時期「當時台灣的車輛靠左走。」

國府來台之後，車輛行徑方向從靠左變成靠右。換一個政權，不只是路線，左右都相反了。

你已經習慣等待時把手指搭在方向盤上，你調整後視鏡瞄一眼後座——想像，現在，請你想像，你是一個開車的人——就是在那些微妙的時刻，你習慣從某一邊的照後鏡抓捏倒車距離，你打方向燈後準備轉彎，多年來眼睛已經機械似瞟向某一邊，早一步在重力拉動身體前像被搖晃的液體作慣性傾斜，但在那一刻，你忽然發現，啊，搞錯邊了，一切顛倒了。

微妙的體感。

感覺的倒錯。

而倒錯會不會正是那個時代的體感？

所有你以為顛倒的，正是時代中所以凝結成秩序的。

《歷史的快門》未必然在事件上以虛構進行延展，但卻可以在感覺和心理上深掘。他召喚不是奇觀，不是故事的狂歡，而是重新調校你的感知。

隨著行文，有那麼幾秒，你感覺到了，自己也許從內部被人搞過了，被動過手腳了？

那就是，那個時代的感受嗎？

它抓得住我（的感覺）。

同樣的問題持續追問，那麼，面對歷史，面對現實，小說還可以作什麼？

我想這是小說家命名《歷史的快門》的某一層意義——以為是一瞬之間，咖喳，「他抓得住我」。但這個一瞬之間，持續很久很久。甚至，就是一生了。

延宕。

所有你以為停滯的，正是時代巨磨所以快速滾動的。

小說家不去特寫出時代的臉，但寫出他們的表情，不是寫黑夜，不是寫黎明，而是寫那交界的一刻，無比延長。幾乎以為暫停。

那個暫停的時刻可以多短，短如快門，又可以多長？長如一生？長至下一代？

那種傷害的時間差，讓《歷史的快門》成為一本有後座力的小說。英雄站在前線。死者都已經死絕。那活著的，或是，此刻活著的人呢？小說帶我們去感受那個最初撞擊已經發生後的片刻——世界末日發生後的第二天，第三天，第四天……——然後才明白，傷害原來都是後遺的。那不就是那個時代的恐怖之處？

所以，小說中的大魔王，那個敵人是誰？是大寫的中國？是國民黨？是政權？是省外與本省形成的共犯結構？或者，是時代本身？

甚至不需要特別提。你只要明白，存在一個巨大的「惘惘的威脅」。只要有這個確認就好。那時候，小說不再是單純的二元對立，善與惡，統治和被統治，正義與邪惡。小說中的一切，都是透過折射。

同一座島上，打從中國遷來者在這個巨大的陰影下，折射看台灣本島人，也看自己人。然後發現在權力以及人際關係的層層遞進中，上頭總有上頭，裡頭還有更裡頭，所以外頭還有更外頭。那自己身處哪裡呢？

本島人則在這個折射效應下望向中國、日本，乃至其他本島人，甚至自己。那種折射，比直面更讓人感到懼怖。因為不知道具體該怕什麼，因為不知道具體面對誰，因為不知道是否對方已經移開眼睛，因為不知道，自己出現在別人眼中到底是什麼模樣。

生之艱難。

死是容易的，受難終究會是光榮的，那心裡的掙扎算是什麼，那一點一點的退怯和放棄又該怎麼定位？前進兩步，退後一步，生活真的有向前嗎？這就是所謂「進步」嗎？

好容易或者好不容易活下來，又算是什麼？

所有你以為賴以存活的，正是足以殉死的。

它抓得住我（的時間）。

也正是從這些部分，讓這本小說有其書寫和一再閱讀的必要。它在美學上的成立，在小說技術上的進程，也是此刻台灣所以認識自己的進程。

就算是討厭。就算是喘不過氣。

就算它抓的住我。時代裡總有什麼能趕上，總是能抓住我們。

如果要鬆開，至少要看清楚，是什麼緊緊抓住我們。

如果要鬆開，至少也要弄清楚，為什麼我們也因此緊緊抓著，至今不能放。

歷史的快門

歷史的快門 3

他們專注活在當下的每一刻，乘坐的車輛輪胎碾過許多顆在路上的碎石，踏走的鞋底踩過許多石板階梯，許多話語說出時，伴隨著不經意的嘆息，他們似乎一直知曉，自己不會被國家檔案，甚至是私人記憶所採納，他們希望，他們最好被遺漏。

他們意識到正活在一個害怕拍照的時代，觀景窗留下的是沒有呼吸的影像，那些影像時常訴說失去、缺席，或者是遺憾。除了留下某種時段的切片，其餘的方式常常流血，尤其文字的敘述。無論是部首引領的筆畫組合、字母構成的字根字尾，都危險非常。文字跨界試圖互通，有時能贏得會心一笑，有時卻引來刻意的誤讀與背叛。他們泰半人生都活在需要翻譯的時代，有人比他們更能理解由好奇和純真探索出來的世界有多讓人驚喜，他們當然比任何人更能體會不讓人理解的苦衷、不被理解的孤獨，活在那樣的時代，最好，是被忘記。

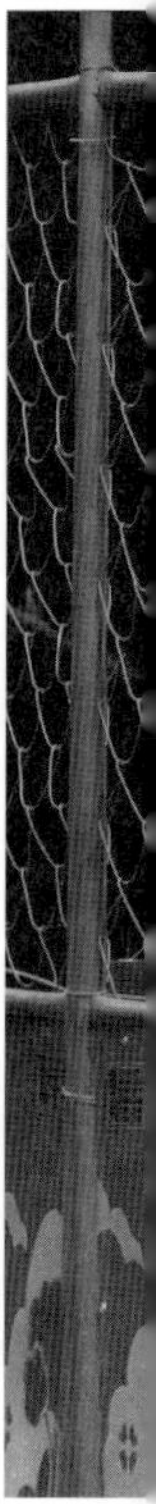

一

現在廚房內正在炸的，應該是妻喜歡吃的炸豆腐吧？空氣中瀰漫的是特定炸物的香味。

昨天李超然在席間學到了一個字，「炸」。

漢文當中，用油加熱食物叫做「炸」，日文則叫做「揚（あげ）」，這個「揚」，是這兩年來常用的字，意思卻完全不同，「引揚」，指的是日本戰敗後，平民被迫返回原國的意思。在他腦中原來的詞彙裡，炸豆腐，是揚（あ）げ出（だ）し豆腐。而漢文的「炸」，還包括炸彈，那也是炸。這段時間以來，所有的字彙都在盤整，以條列式的方式對照：日文／漢文，必要時，還得加上德文。要是事事樣樣都有得對照就好了，偏偏這世道，太多事情對不上。

連在眼前清點出來的點交清單都不算數，也對不上。

與其說他喜歡吃油炸的食物，不如說他喜歡油炸的聲音。說到「趣味（tshù-bī）」，他想不到有什麼樣的聲音可以跟食物滑進油鍋時的聲音相比，圓潤厚重，熱鬧到此起彼落，時而輕緩不迭，食物水分被油脂析出，從邊緣爭先恐後湧出泡泡，連滾帶翻湊向鍋邊。

倒油脂入桶的聲音很特別，不似水聲輕盈，油脂質地凝重，聽起來像準備承擔大任。戰爭末期，當他輾轉得知日本準備使用無水酒精當作飛機燃料，他意識到這場戰爭必然衰敗。

過去，他聽油脂傾倒入桶的聲音與速度，幾乎便能推知現在處理的是什麼類的油脂，在他眾多的投資事業中，油脂公司只是其中一小項。戰爭期間物資短缺，種種原料供應不上，工廠時常停擺，唯有一項由日本人獨佔的事業─蓖麻油一枝獨秀。篦麻原來在台灣各地都能看到，是粗賤的植物，但是因為戰事，以國家軍事為首要考量，蓖麻油被發現能作為飛機引擎的潤滑油後，種植蓖麻變成全民愛國運動，成為民眾報效國家的一環。

李超然記得當時日本帝國大力推廣種植篦麻的瘋狂狀態，報紙上刊登了一則新聞，他因為小男孩與妻子一樣出身自高雄州岡山郡而印象深刻。小男孩突然染上熱病，高燒不退時卻念念不忘自己種在學校裡的蓖麻樹，病中直叮嚀姐姐要給蓖麻澆水、除草。最終，男孩病重將死，嘴裡仍喊著，要去給蓖麻澆水！學校把這孩子種的三株蓖麻特別圈出來，掛上孩子的名牌，他的同學每天輪流用心照顧，那幾株篦麻長得格外茂盛，校長讚美學生們，完成了身在後方的重任。師長們讓每個學生試了一滴篦麻油，告訴他們：辛苦栽種的植物，最後將成為讓帝國飛機得以起飛的油料，在天際翱翔、打掉敵機。

由於報章故事宣傳徹底，篦麻油一下子躍升為眾所矚目的作物，他耳聞在台南的煉油工廠每天產出上噸的產量，經由港口運送到帝國戰區。不過，那都是他在同業之間聽來的消息，作為本島人，他自然被摒除在國防事業之外，這些產業都由日本人成立會社來經營，半點不容本島人插手，本島人能做的是提供基礎原料給帝國，至於後續更高端的事情，因為距離殖民地人民太遠，無權過問。

豆腐似乎炸好了。

妻喚歐巴桑端出來，配上一小碟白豆油與白蘿蔔泥。眼前，妻子嬌小的身形在家裡走過，這陣子常有的感覺又冒出來。最近，他只要想到活著這件事，竟冒出一身冷汗，心臟噗通噗通加速地跳，像是突然被人從背後拍了一掌，嚇了好大一跳，幾乎掉了魂。他以回想自己擁有的一切來安撫情緒，學音樂的妻、她喜歡的莫札特、巴哈音樂，（這斷不可能有任何危險性），她擅長彈奏的鋼琴，琴鍵無非黑或白，（不會有灰色地帶），不可能有什麼做文章的空間。而他自己，學的是化工。科學，總是科學，儘管他在留學德國時的老師說，未來一定是化學的天下，沒有什麼東西是化學組合製造不出來的東西。

他不說出配方，不會有人知道東西怎麼做出來的吧？或者，別由他來說。想到這裡，他開始感到安心、舒緩，躺回沙發，背靠著有彈性的靠墊，調整呼吸，慢慢平靜。

這樣不安又緩和下來的過程，一天總要來上幾次，有那麼幾次，他懷疑自己的心臟應該是出了問題。

回想起來，開始出現這樣的症狀，應該是因為某一日傍晚，那位姓嚴的先生突然登門拜訪的緣故。很少人到人家裡來拜訪，敲門敲得那麼大聲，連人在書房，都聽到了偌大的房子內迴盪著撞門聲。後來才知道，那是侍從用槍托撞門的聲音。

「超然先生！」那位先生，自在地坐入他家的沙發，直接稱呼他。旁邊的侍從遞出名片，他才知道對方姓嚴，嚴演存。

趁著歐巴桑端上茶水的空檔，他觀察對方，似乎沒有帶上翻譯。

如果是談重要事情，應該會有翻譯隨行，看來，不是什麼要緊事。

他悄悄鬆了一口氣。

「我聽說，超然先生之前曾到上海讀書，也懂漢文，我們的溝通應該沒問題。」嚴演存說。

他心裡一驚，知道他去過上海讀書的人還真不多。他們家裡到外地求學的，多半還是取徑日本，他父親自孩提時代就去了日本，是島內早期接受新教育的頭幾個台灣人。

更讓他吃驚的是，嚴演存開始對他說起了一串德語，他有一剎那無法相信自己的耳朵。

（是試探嗎？）

場景是他家裡再熟悉不過的客廳、眼前不認識的人、門外的時局、久違卻親切的德語，讓他出現了光怪陸離的感覺，那種感覺像是最近同時困擾他的偏頭痛，總是從一股閃電閃過眼前，拉開序幕，詭異的光直向腦門劈過來，接著，深掘刁鑽的痛感蠢蠢欲動，胃部收縮，酸水直湧，最後腦內的痛覺破土而出，他將嘔吐不止，身體癱軟，很長一段時間無法起身。

阿祖晚年牙口不好，常以豬腦補充營養，他們的「使用人(sú iōng lâng)」需要細心挑去豬腦上的細小血管，最後得到一顆白鮮鮮的豬腦，燉上黨蔘、黃耆之類的藥材，便是一盅湯。李超然記得自己趁隙伸指輕戳豬腦的觸感，軟綿綿的。頭痛時，他聯想到阿祖以湯匙舀起一小塊豬腦時的畫面，彷彿自己的腦也被剜了一塊，才會這麼疼痛。

（啊，頭風又起。）

坐在嚴演存眼前，李超然感覺自己費力又極度不適地聆聽德語的對話內容，對嚴演存來說，對面沙發裡的李超然，身裁較一般台灣人高壯一點，頭髮油亮整齊，整個人煥發的是他最近已經相當習慣，但不很理解的那種台灣讀書人的氣息：好像你可以跟對方商榷些什麼，對方並不給答案，但你知道他似乎可以做到什麼。你最初並沒有期待，等到拿到了結果，往往出乎意料之外的好，心裡不免有一種後悔：早知道能有這麼大的談判空間，當初就多要一點……於是，下一次在合作時，不免再多要一點，甚至是以踩線的方式試探看看，究竟對方能有多少能耐？這是近來他跟台灣人往來的迴圈。

不僅嚴演存這麼想，從中國來的許多朋友也這麼想，某些時刻他們私下分享，這群人散發出無從瞭解的氣質，他們對此有一種無時無刻掠過的恨意，卻帶著無從躲避的羨慕。當報紙社論抨擊台灣同胞因為和祖國隔絕了五十年，必有「奴性」，這種論調瞬時穩定了這些自信游移不定的人。

「光是無法好好的跟我們說上話，好好傳達正確的訊息，就是無法彌補的過錯！」嚴演存以德語說，「我們兩人都是留學德國的，你還有幸與我的上司包長官一樣，是柏林工業大學（Technische Universität Berlin）畢業的，同為留德的背景，你可以說是有先天優勢。」他露出施捨的微笑。

話語中提供的線索讓李超然拼湊出概略，眼前之人士是包可永的親信，應是為了日產接收而來？

嚴演存果然提起了日本戰敗後龐大日產的接收問題，這些產業內容龐雜，大意是要藉助他的化學專業背景去協助接收化學、油脂、肥料等等的工廠。言談之間除了提到包可永，嚴演存透過眼鏡，一邊講話一邊盯看他的反應，「已經幫忙我們接收台灣製麻廠的顏春安，對你很是讚賞。我透過他才知道，杜聰明做鴉片戒斷實驗時，你也是重要參與者，聽說那篇論文是你們一起聯名完成的，是嗎？」

李超然微微頷首，沒有因為對方提及這件事而有特別的情緒波動，這種冷靜，讓嚴演存眼光一閃。

李超然前陣子遇到之前在上海交通大學教書、戰爭結束才逃難似回到台灣的顏春安，兩個人雖然相差八歲，本來就有交誼，且同為基督教徒，顏春安面對他相當坦然，一出口就是台語，距離瞬時拉近，即便許久不見，天南地北地聊起來，台語夾雜著日語的名詞，親切不已。

「實在講，台灣人對中國人真無瞭解，這早慢會出代誌[事情]。」他說話慢條斯理，拿起了李超然特地為他挑的茶，先細細聞上茶香。

「我有遇到大瀨貴光教授，伊大概再沒多久也要回去了。伊跟我有同樣的想法，可能因為之前相戰[戰爭]的時準[時候]，伊有在中國戰區蹛[住]（tuà）過，對中國人實在無好感，伊講，比較起來，台灣人絕對不是中國人的對手，中國人的無情及奸險，不是單純只有予日本人統治過的台灣人會當瞭解的。」

「中國人還有一個特點，只相信家己的人，所以你看，派來台灣處理日產的，都是一綰[連串]（kuānn）人，出身浙江的、江蘇的，若無就是一家伙仔[一家人]，你看彼個葛敬恩，查某囝[女兒]來作秘書，後生[兒子]佇[在]交通處，小弟一個來做台茶的總經理，一個佇林業試驗所，囝婿[女婿]（kiánn-sài）接台紙的總經理，敢講人才攏出佇佃（in）兜？一個牽一個，好孔鬥相報。」

「中國人也毋[不]是無人才，只是態度毋對。來到一個生份[陌生]（senn-hūn）的所在，若欲推行家己[自己]的政策，也著愛先了解情勢，借力使力，咱嘛是想欲好好仔（好好地）過日子，無相戰，平安，按呢爾爾（這樣而已）(niā-niā)。」他回答。

「這個時代，已經毋是求平安就好的時代，是縱然無事，也有代誌（事情）會尋你的時代。」顏春安感嘆。

顏春安猶記初回到故鄉台灣，正當日本人被遣送的期間，財產被凍結，僅能攜帶一千日圓與簡單行李離開，許多日本人的房舍只要沒人住，隔日門窗就被拆走，窗戶的玻璃、室內地蓆也被取走，更惡劣的是，有的房子直接被佔住，自稱是原住者，更離譜的是，還有好幾個人搶同一間房子，都說自己有所有權。出身基督教家庭的他，從未放棄自己的信仰，回到台北，自然也想找個教會，在週日好好做個禮拜。結果竟然發現，許多間教會竟捲入了財產接收問題，戰爭打得正烈的時候，為了協力戰爭，日本政府將台灣各教派統合為日本基督教台灣教團，無論台日民族或是教派差異，都必須服從教團的號令，讓政府擁有管理權。只是在戰爭結束前，教團做出將教會財產登記在名下的決定，造成戰敗後，許多教會財產被視為日產，因此成為「敵產」，在權利歸屬上造成許多爭端。

「教會邊仔（旁邊）彼（那）間做餅的餅鋪啊，原來是日本人開的店，後來欲（要）走的時候就把餅鋪交給師仔（徒弟），結果師仔想欲佔當無人（正好沒人）的教會空間來做倉庫，雖然咱已經有人入去教會宣示教會主權，但是對方喔，三四個人橫霸霸（不講理），拿棍仔（木棍）來趕，差一點仔就起衝突，後來政府的接收委員也來啊，也欲當作日本人的財產徵收去，好佳哉（幸好）彼位委員熟識教會的人，就無雄雄（突然）接收，若無，我看也是『劫收』去矣。」聚會完後，牧師對顏春安說了一段這樣故事。

民間的混亂導因於政府日產清理的機關始終沒辦法明確劃分出權責，公私產權紛爭不斷，毫無章法。

「總要有人來做！」顏春安對李超然這麼說。

他向李超然提到，他收到包可永詢問協助日產的接收處理的意願，他想，自己身為台灣人卻受到徵詢，應該是因為戰爭結束後，他在上海參加了台灣工程會的分會，還擔任了主任委員。想起當時的一腔熱血，他出了一身冷汗，政治局勢的變化快到無法想像。即便在中國住了不算短的時間，對於官場文化和中國人性格的掌握度還是不夠。

「我突然發現自己過去佇(在)中國，親像毋曾熟識(認識)過當地，全然是外國人仝款(一樣)。」

顏春安發現，自己活在一個狀態裡，會痛悔自己存在，對過往發生的事情無從理解何處有錯，猛然發現卻已無可挽回，這個時代讓人不停檢閱自己，一直否定、一直推翻自己。苦苦保全自己是不夠的，往往在不注意的時候，那出乎意料的人、事直撲而來，驟看不相識，卻直接打在毫無防備的身上，打在最痛的地方。

二

後來，情勢遠比他想像的還要險峻。有一日，一個不認識的人突然到辦公室來，像是要喝茶，又對桌上的茶並不感興趣，淡淡問起一些不相干的事。

「我聽說，顏總經理在上海的時候曾經主持過大中製皮廠啊？」

漫不經心的問題。

「是，因為我讀化學，皮革要用很多化學藥劑處理，我在美國芝加哥的工廠服務的時候，專門處理這項業務，所以後來到了上海，交大便要我成立一個實驗室，把這項技術帶進國內，大中也是那時候要求我們支援。」顏春安說。

「大中皮革……」來人一邊思考，一邊評估說話的用詞：「咦?是不是日資的廠啊？」

關鍵字詞扯動了耳膜，耳膜發痛，喉頭順勢縮緊。

許多耳語湧上他的心頭。

一切都是為了資匪。

前幾日，顏春安在日記裡記下當日聽朋友談話而起的感慨。本來有意要找他去接的台糖，總經理最近被盯上了。有人說，總經理給台糖員工的待遇，與一般工人相比好得多，這是為了籠絡人心，讓他有一群作亂的子弟兵。

「當社會不安定的時候，穩定民心最為重要。如果公司有盈餘，拿來照顧員工有什麼不好呢？況且，台灣又是產糖盛地，日後還是需要這些工人協助才能恢復往日盛況。」

顏春安以工整的筆跡繼續寫道。

也有人說，總經理主張修復運糖的鐵路、破舊的火車車輛……台糖的鐵路多通向港口，這是為了讓匪軍便於上岸。

「台灣的糖業，原來在日本時代便奠下基礎，不是為了使人民生活好過，而是為了支持日本內地。修復鐵路，不僅能讓糖運送各地，還能促進當地的交通便利，服務人群移動，說是要讓匪軍上岸，或是便於匪軍運輸，恐怕是無稽之談。」

更有人說，總經理一直加緊產糖，存留糖量卻少賣，是為了保護公司財產，以便共匪來台時有資金。

「修築糖鐵、穩定民心等等，不都是為了讓公司欣欣向榮？不增加公司收入，不加緊產糖，要這家公司做什麼呢？公司不賺錢，讓眾多工人生存無以為繼，是一種罪惡。」

顏春安在那個聽到消息的晚上，寫下這些感嘆，莫名感傷。因為喝了一點酒，微醺，他特別有話想說。

「這是一個不知道規則在哪裡的時代。為國家努力，不能太用力也不能不盡忠，經營公司，不能太賺錢也不能虧錢到受不了。如果當個台糖的總經理，連「甘蔗太高易於藏身」，都能作為這家公司通匪的理由，公司的經營方式都成為利用業務便利，藉合法來掩護非法，那麼……」

顏春安放下筆，一些片段思緒浮出來：也許這根本是個以消滅某個目標而向事情片段靠攏的時代，事實並不重要，重要的是，故事是否能兜得起來。

面對來人問起大中皮革廠，他對於自己還曾參與經營上海光明華糖廠的過往產生擔憂。遲早會被發現吧？來台灣後，他是否在任何人事資料上寫過這個經歷，而讓自己成為接收糖廠的考慮人選之一？有嗎？

上海的明華糖廠，可真是日資的廠。在圍繞著楊樹浦港為中心發展的工業中，就以這家糖廠廠房最大。一股涼意襲上顏春安，在辦公室內，他一刻也待不下去，打發完業務，急忙叫三輪車回家，回家第一件事便是呼喚煮飯的歐巴桑快點引火，在院子生起一個火爐，拿來前陣子才寫下的日記、過去的一些相關資料通通投入火裡。想一想，覺得不安心，在火舌吞沒那些紙張的同時，他想起從上海搬回台北時特地帶回來的照片。急忙進屋去翻找，把跟上海廠房有關的照片挑出來，急得滿頭大汗時，瞥見妻子在置物的簞笥（たんす）鋪上了在家廢棄無用的年曆，竟是印著明治製糖會社公司、明華糖廠的陰陽曆，圖面濃濃的東洋風情，紙面大張，紙質又好，以往家裡很多，應該是原來鋪在行李內打包衣物順勢帶來台灣的？他從未自己取過衣物，這些事情都是妻子處理的，而今莫名其妙打開櫃子，看到這些，讓他緊繃的情緒更加不堪。他把曆紙從底層用力抽出，衣服因此揪亂一團掉出來。他沒管那麼多，一邊走，用力把手上所有的相紙、年曆揉亂，全部拿去燒，一點不留。

再也不寫日記。

不寫日記還不足以安全。他想到，之前台北發生暴亂時，他看了許多資料，身邊所有的朋友憂心忡忡，惶惶不可終日，

他想著，一定要找個方式從這個體制脫身，不走不行。

他想起曾發出兩份公文，表示日產的熱帶香料會社沒有人接收，應該儘速處理，連上了兩次公文都沒有收到正面的回應，幾份秉陳的公文也是，效率實在很差。他考慮以此為由，辭職順理成章。經過了

台灣事變，台灣人都知道，千萬不能跟政府扯上邊。

顏春安最後用自己要創業，與原職有利益衝突為由辭職，表面上是為了維護政府機關的權益，更多的是為了活命。為了生活，他成立東方香料公司，做起貿易生意。

儘管離開了那個是非之地，也不能斷絕往來，因此才留下了那一張絕無僅有的照片，台北扶輪社社員的合影。

照片裡有當時是台灣省政府財政廳長的嚴家淦，以及多位外國代表，例如美國駐台總領事、英商怡和洋行駐台代表、台灣神學院院長等等，更有多位接收日產的重要人物，例如台灣火柴公司總經理、台灣工礦公司總經理、台灣糖業總經理、台灣電力公司總經理等等多位重要人物。

那個十月初秋的日子，這些重要人物個個盛裝出席那場盛會。

在鏡子前打領帶的顏春安有一種錯覺：自己是在家被打得流血流滴（鮮血淋漓）的小孩，卻必須準時上教堂，換上最好的衣服，梳好頭髮，把皮鞋擦亮，拿出最好的規矩——同時被囑咐（還是恐嚇？）：在餐桌上，不要丟父母的臉，要好好表現。

「這是一個光輝的時刻，台灣歷史上從來沒有一個時刻像現在一樣，參與國際事務，扮演重要角色！我們從大陸來台灣，也把我們的光榮歷史傳續到台灣來，所以在這裡創設了台灣有史以來第一個扶輪社！我們帶來現代化，用這樣的方式來回應台灣民眾對祖國的孺慕之情！」

引言人說完，全場響起一陣歡呼。

話語刺進了顏春安心裡。

「日本時代，我們就有扶輪社了。我看過那種盛大宴會掛滿各國國旗的場景，包括這個政權的國旗，也曾是其中的一面。我沒講出來，連滿洲國的國旗，也有。」

他抬起眼睛，坐在長桌另一端的劉青藜，正好也看著他。劉青藜與他一樣是日產接收委員中少見的台灣人，因為是台灣化學工業公司的要員，也受邀成為創社會員，他們一樣來自台南世家，留學國外，日本時代，他們曾見過多少台灣人端起水晶酒杯在燈火晃動的光耀中，將文明一飲而盡的場景？

劉青藜端起白瓷茶杯，默默喝下一口已涼的苦澀茶水。

做個不讓父母丟臉的孩子。

顏春安的心裡強湧出一個讓他作嘔的團塊，他努力壓下那個可怕的念頭，不去仔細揣想，那個念頭是：為什麼我是孩子，而他們是父母？

他也拿起了眼前的茶杯。

晚餐後，妻少見地露出調皮的表情，喚歐巴桑端出一個盤子，是一個倒扣的碗公型，感覺像是米糕，不過上頭有紅紅綠綠的裝飾，表面油油亮亮。

「王醫師的牽手特別送來予我，講是今仔日下晡（下午）拄（剛）做的。」

特別放在李超然面前，「講叫做八寶甜飯（ㄅㄚ ㄅㄠˇ ㄊㄢˊ ㄈㄢˋ）。我等你鬥陣（一起）食。」

他微微一笑，靜靜等歐巴桑換上餐具。

妻子說，最近身邊的一些朋友，包括他生意伙伴的太太在學做中國菜，朋友約了她幾次，總不好拒絕，上週去了一次，現場賣食譜，她也買了一本回來。

她沒有告訴丈夫，那次跟著去上烹飪課程，可能因為講師是香港人，食譜內特別附上幾道新奇料理，像是炒鮮奶之類的。不過，讓她印象最深刻的，是講師提到，雖然各省菜色可以到台灣來煮，可以在台灣吃到，可是各種食材來自大陸不同地方，有的在台灣找不到，只能將就代替著用，味道還是有差。講師講到後來，略顯激動的說：「食譜寫得再好，菜再會燒啊，還是只有反攻大陸才能吃到道地的家鄉味。」

李超然悶悶地說：「妳的手用來彈琴的，毋是煮飯的，若是切著燙著，就食力（麻煩）。」

「我知，所以我去攏看爾爾，所以王太太感覺伊無考慮著我著愛彈琴這點，感覺真歹勢，今仔日就送這八寶甜飯來，講是做官的夫人上愛食的。」

不好違逆妻子的好意，李超然拿起湯匙吃幾口，便擱在一旁。

離開工礦處的工作後，李超然自己也開了一間公司，經營跟自己專業有關的業務，例如肥皂、油漆、或是藥品進口買賣。自己做生意，吃飯應酬難免，關於吃，他甚有興趣，但最近對吃這件事卻甚感困惑。

街上市集裡賣著「反攻大陸麵」，到了麵攤，不點來吃，或是遲疑地點了別樣，感覺異樣的眼光都投射過來。食堂內則有「勝利快餐」、「神州套餐」之類的選項，讓人看不出到底會端出什麼來。

總之，大家都流行吃「中國菜」，可是政府提倡反攻大陸，要節約不鋪張，博大精深的中國菜要在節約的氣氛中吃出味道，能「掌握」箇中精神的，大概就是「凱歌歸」菜館。

還列在接收委員會的成員名單時，李超然與顏春安曾一起受邀到這家菜館與長官公署的要員一起用餐，到了菜館門口，方才知道，這家菜館就是以前的赤十字社。曾幾何時，竟變成了凱歌歸菜館，兼具招待所用途。

赤十字社啊。

代替天皇在台灣行使職權的總督所在之處是總督府，總督府所在之處當然就是天皇的駐在處，而代表人道關懷、慈善事業與救助的赤十字會，名譽會長向來都是皇后，隔著東城門與台灣總督府廳舍相對，具有統治上的特殊意涵，也具有陰陽調和的意思。這些意義對李超然來說再熟悉不過。

不過，對李超然來說，這條路的意義，更在從赤十字會社往東線走，那條美麗的三線路，不遠處就是中央研究所，他在那裡工作過。中央研究所旁邊，那座典雅的教堂，是他與妻舉辦神聖婚禮的地方。

中央研究所已經在空襲中被炸毀，現在是一片廢墟，然而這附近對他而言，依舊充滿了美好回憶。

「呵！原來開在大後方重慶的凱歌歸菜館，在台北開張，真是可喜可賀之事，這在大陸，可是黃埔第一期的同志開的餐廳，不管是形式上的，實質上的，都有重大的意義！當時，是『凱歌』從重慶重『歸』南京，我們現在，可是要反攻大陸，凱歌從台灣重歸南京啊！」

黃埔。這個看板（かんばん）真的很好用，很遙遠，閃閃發光。

「想當年啊，『凱歌歸』在大陸，簡直就是捷報的廣播站！我們對日抗戰，前方打得精彩，大後方就吃『轟炸東京』，那道菜一端上來，整個熱鬧呀！」

「怎麼熱鬧法？」有人發問。

「那個鍋巴，給他下油炸得酥脆生香，海參泡發，拿那個高湯，熬上幾個鐘頭，變成熱滾滾的澆頭，整碗湯高高地給他淋下去，批哩趴啦的，像不像那個轟炸機炸個他媽的東京！」

有人提議舉杯，李超然與顏春安也跟著舉，那是喚為紹興酒的黃酒，李超然並不喜歡。

在凱歌歸菜館還吃到了聽說是江浙名菜的蔥開煨麵。湯熬得濃濃的，麵條直接投入混著白脂和火腿風味的湯中，煮到麵體外面裹上膏糊。顏春安不是第一次吃，但是李超然一面吃，懷念起日本的流水麵線，以前，每一種麵煮好之後，要在水裡洗到那黏稠的澱粉口感不見，再進行下一步驟……

說是「水煮」魚，碗面浮上了一層油，表面平靜無波，裡面卻滾燙辣鹹。

許多道菜冠上了跟國情有關的名字，此時，端上桌來的是叫做「還我河山」的荷葉粉蒸肉。

蒸籠掀開，熱氣騰騰，衝得人眼鏡起霧。

李超然神經質地覺得，整桌菜的氣味透過空氣和濕氣，先鑽入了他特地穿來的三件式洋服，恐怕纖維之間都纏上了油膩，然後慢慢滲入這幢建築，這幢赤十字社不該是這樣的。窗戶角黏著油污灰塵蜘蛛網，木質地面也是油膩的，走路時感覺鞋底有股拖力拉扯，整幢建築飽漲油氣和菸味，彷彿下一秒就要嘔吐，一股不知從而來的霉味，加上劣質菸草的氣味，揮之不去。

「吃家鄉菜，見老朋友，最是快活，麻煩的是坐在日本建築裡面，怎麼樣都覺得不舒服，這裡，實在太破舊。」有人說。

「我們只能將就點用了，台灣這裡根本沒什麼可以用的了。想起來，他們說這裡原來是紅十字會所在，也許當時還做了一點什麼表面功夫吧？可是後來不就是小日本海軍的聯誼社嗎？那些侵略者就在這裡尋歡作樂，侵略我們，光復後，我們用它來唱凱歌，給它一點利用價值，也算是日本剝削台灣，用台灣的木材石頭和人民血汗的一點回報吧？」

「說得好。」有人吆喝應該要加喝一杯。

此時，圓桌不遠處的日式拉門被拉開，裡面還有其他桌的客人在吃飯。不好聞的霉味更加強烈，李超然看到那間包廂鋪的是疊（たたみ），客人卻沒有脫鞋，直接踩上去，弄得たたみ又髒又臭，稻草當然發霉，空氣中漂散著可怕的氣味。

頭痛欲裂的感覺又出現了，李超然手指發麻，覺得呼吸幾乎要停止。有一剎那，他真的覺得自己要死了。

強作鎮定，洋服外套內的整件襯衫(シャツ)被冷汗浸濕，李超然忘記自己怎麼回到家的，只記得沿路不停在人力車上嘔吐，心臟幾乎停止，漏了好幾拍，到家門口前近乎昏厥。

妻火速叫人去請杜聰明(とそうめい)さん。矮小而動作敏捷的杜聰明一進門，未及將脫下的鞋子擺好，先衝到躺臥在沙發上的李超然身邊，把脈，接著用力按住他的人中，呼喚快拿人參片來，「心臟無力。」他說。

「這呢大仙人，是按怎激(刺激)甲昏昏去？」杜聰明以責備的口吻，又氣又心疼地叨念。

整間房子鴉雀無聲。

杜聰明沒得到回應，火氣更大地問：「伊人今暗是去叨位啦？」

過了一陣子初創公司都有的忙碌日子，一個慎重包裝的信封袋，提醒了顏春安，那場幾乎被遺忘的台北扶輪社創立宴會。袋裡，厚重的木框裝禎著那日宴會後眾人在台北招待所門口拍攝的照片，照片上端以漂亮的書寫體的英文寫上台北扶輪社創社與日期云云。

他端詳照片，知道自己應該找個好地方把它掛起來，這是地位的象徵，也許還能發揮什麼作用。

馬上，這個想法竄出來嘲笑他。

這張照片裡多少人不在了？掛起來有什麼用？

初初創社時，有二十八個創設社員，扣除掉六位外籍人士，剩餘的本國籍成員有多個捲入匪諜案，其中三個判了死刑，兩個已經槍決。

如果你是個不聽話的孩子，父母就有權力懲罰你。

掠奪你生命的，為什麼可以稱為父母？

顏春安腦中浮現了那場創社宴席上的幾張臉孔。從法國留學回來的電氣工程師，相貌堂堂。有人說起，他在抗戰期間時，敵人飛機在上空盤旋，他背著工具攀上電線杆去架線通電。「現在年紀大了，架不動了。」他帶著謙辭的笑容，搖手示意別說下去。

還有留學美國、德國的製糖專家，那個能分別用流利英文跟德文跟他和李超然談話的翩翩君子。

他們偏偏都是匪諜？

收到這張照片前就已聽到的傳說，雖無法求證，卻真實不已。皮開肉綻的慘況，使他從此不碰香腸，香腸煎烤後不都有從腸衣擠出來的肉塊，紅裡混著白？家裡人只以為他不喜歡這種吃食，從此餐桌再也沒有出現過。他從未，從未跟家裡任何一個人提過這些事情的任何一個字，就像是自己睡覺，做了惡夢，醒來沒有覆述的必要，一方面是記不得，一方面是不必要對睡得好的人造成負擔，更重要的是，再想一次，怕此後夜夜都會繼續陷眠（神智不清）下去。

顏春安想了幾天，還是將照片掛在辦公室的牆上。越是遮掩，越是容易衍生問題。他想。

他試著把那幅照片掛在牆上的釘子上，照片卻無法平衡，總有一點歪斜。他感到手臂酸疼，於是把照片先放回桌子，坐回椅子上微喘。他想到一個問題：不知道林茂生最後留給家人的照片是在哪裡拍的？

顏春安的老父在日本人來了之後，以西方教會的醫師助手資格通過考試，成了在台南開業的「限地醫」。其後受到巴克禮牧師請託，與其他三個教會人士一起出錢讓林茂生能從島內走出去，到內地讀書，老父每每講起這個從京都同志社中學讀到京都三高、東京帝大、美國哥倫比亞大學的台灣囝仔，常感謝上帝讓他能出一份力，禱告裡常帶上「感謝上帝願意栽培台灣人的菁英」一句，講到林茂生，跟講到自己這幾個傑出兒女一樣驕傲。

當老父講起林茂生寫的漢文書法「上帝是愛」留在紐約的教堂彩繪窗上，他彷彿撿回了有本島人名醫的名聲，卻只能做限地醫的踉蹌自尊。他說，這是台灣人走向世界的一種好兆頭。當日本戰敗，國民政府來了，林茂生受聘到台大當教授，代理台大文學院院長，他說，台灣人當了台北帝大的教授，台灣人的時代要來了，「茂生仔欲出頭矣。」

老父錯看了時代，他對林茂生的判斷也是錯誤的。活得比整個日本統治時代還久的老父，也活得比林茂生久，他還能以心肌梗塞為死因在家裡安詳逝世。

顏春安再次爬上板凳，把照片掛上釘子，稍稍調整，好像可以了。

三

妻的琴聲始終能給李超然最大的安慰。鋼琴與其他樂器最大的不同，來自於它的外型，巨大難以移動，一個琴鍵負責一個音，在這個時代，這個特質真是難得。如果琴鍵走音了，就請人調音，調完就好了，能「調正」這件事，在這個時代，也很難得。看到妻坐在鋼琴前彈奏，莫名的安定感從他的心裡浮現，還好，妻不拉小提琴，也不彈吉他，這些樂器的樂聲當然悠揚悅耳，但總是帶著飄泊不定的感覺。妻的琴聲跨越了現實，撫慰了他的心。

在工礦局工作，出現了許多不知所以的狀況。李超然發現，高層的人大部分素質還不錯，也試著想把事情辦好，可是下面幫忙的人，出身可是琳琅滿目，在這個時間點，大家聚湊在一起，不知道有沒有共同目標，但是他們共同面對著一個龐大的迷宮——以許許多多建佈在街道市區間建築、矗立在各處的會社、商店堆砌出來的迷宮，代表著難以計數的財富——不管是官方的，還是民間的。

對那些來自唐山的人來說，這座「迷宮」的地理方位確實令人迷惘，然而，對本地台灣人也許並非實質的迷宮，「迷宮」的意象建立在他們不知曉的迷霧裡。例如，李超然負責接收的台灣油脂會社，負責榨油的基層勞動工人都是本島人，以往經營、操作的管理職都是內地人，如今，李超然面對那一大疊堆積如山的書面資料、筆跡工整而詳實的交接清單，他忍不住浮現一種念頭：真要把這樣的資料交給根本不瞭解一切的他者嗎？

他在辦公室聽到兩個外省人不知道為什麼事情爭執，結果大吵。其中一個指著對方的鼻子罵道：「你不要以為我是台灣人好欺負唷！我可不像他們那麼好騙。」

深沈的悲哀籠罩了他，更深的，是無力感。

任何話都不能說錯，任何事情不能輕易對人吐露，誰都不知道何時那會變成災禍降臨，尤其是台灣人這種，不屬於任何一個其他省分，沒有強力的親友關係證明清白的人——或者，誰來證明都沒有用，不是自己人，什麼都不是。

漢文程度不如顏春安的李超然除了對自己的「出身」覺得迷惘，對自己的語言也感到困惑。他們都有和一般基層行政人員說不通的經驗，不知道是因為語言程度真的比較差，還是彼此根本沒意願聽懂對方要說的話？

後來，他發現刻意誤讀可能是重點。當你要說的話沒被預備「聽見」，無論你說什麼，都是枉費。

唯有無形的東西能相信。

妻的音樂是無形的，看不到，摸不著，卻能聽到，聽者可以看譜聆賞，決定喜不喜歡，但不會去質疑這首曲究竟是什麼動機寫出來的。

相比於他對於語言溝通的「苦手（能力不佳）」，他真為妻子驕傲。妻子在戰前就是著名的美人，她的照片刊登在《主婦の友》為封面，譽為「輝く麗眸（閃耀光輝的美麗眼眸）」，讓他成男人羨慕的對象。尤其1935年台灣中部發生大地震，妻子義不容辭地與其他音樂家組團到各地舉辦演奏會來募款賑災，被譽為台灣第一位鋼琴演奏家，實在當之無愧。於是，在那個偶然聚會的場合，小提琴家戴粹倫認出了妻子，喜不自勝地表明自己將接任省立師範學院音樂系的系主任，提議讓她來師範學院教音樂。

妻子推辭：「我的中文表達能力不好，教書恐怕不適合。」

戴粹倫的笑容讓他的方臉圓潤許多，他說：「音樂不需要透過語言，就能溝通。你看多少不會德語的人們，不是都被貝多芬征服了！」

妻子想到師範學院培育的是音樂教育的人才，這才答應下來，妻子的琴藝和美麗的眼睛，使得鋼琴邊站滿學生，想看到老師如蝶般的手指，如何引領音符流洩出來。

教學的妻子是快樂的，但妻子是否在所有的教室內都能露出有耐心的微笑？

「有人找我去學校教琴，所在（地方）有較遠，我當咧（正在）考慮。」妻在晚餐後這樣說。

李超然沒有答話，他知道妻子的意思，當年台灣全島幾乎走透透，當真為了音樂，這一段路算什麼。妻子的個性溫婉，這些年沒有鋼琴，可能也過不下去。她活在自己的世界裡，用琴聲餵養自己的靈魂。

從兩人結婚，以為最苦的日子就是戰爭了，因為戰事疏開到草山嶺頭上的古厝時，未能帶上妻子愛聽的唱盤，愛音樂的妻子就在飯後，一邊打蚊子，不敢點燈火，在漫天星光下帶領著孩子大聲唱著讚美詩歌，以絕佳音感，教他們不同聲部的合唱。

那時候有楊家夫妻、林天祐夫妻，還有……

李超然喉頭一緊。

還有那個在前幾年台北事變後就失蹤的林茂生，他們一家人。

林茂生的太太王采蘩，在彼此看不清對方的面容的夜裡說：「上帝憐憫，如果留咱落來(下來)，看起來，咱有化學家、文學家、醫學家、音樂家，相戰若結束，咱一定愛做一寡有意義的代誌(事情)。」

當時的她並不知道，等到相戰結束，差不多，林茂生也走到生命的盡頭。

那幾個無法點燈的夜晚，他們總是拿著椅子坐在院子內閒聊。林天祐原在帝國大學附屬醫院外科工作，跟著澤田平十郎教授學習外科手術。看著月亮，林天祐說起往事。

「我之前想要做的，不是醫者(いしゃ)，而是作家或是畫家。醫者是救命的，但是作家、畫家是救靈魂的，若是無靈魂，肉體的存在無意義。」

李超然知道他在入台北醫專前曾讀過師範，但不知道他有作家夢和畫家夢。

林天祐說，幾天前看到遠處冒出濃重黑煙，竟是台灣神社燒去。

「我就咧想，神社是日本飛行機撞著燒去，毋是美國仔來炸的，這件代誌，若是用寫的，欲佇(要在)報紙刊無可能，用畫的可能會使(可以)，若是用翕(拍攝)的，應該更加無問題，簡單看起來只是記錄，但是按怎翕，其中的玄機，毋是簡單就會當瞭解。」

林天祐像是開刀那樣，冷靜地把「神社燒毀」這件事究竟要用什麼方式呈現才能突顯事實分析出來。林天祐說：「這種分析是必要的，可能有一天，台灣人會以為，台北大空襲不是美國仔做的，顛倒是日本仔。」

李超然當時啞然失笑，後來的後來，非常多年，其實也沒有很多年後，他再也笑不出來。那天的林天祐沒有酒喝，當然也沒有醉，醉倒的是歷史本人，他當真的親身蒞臨了那個台灣人不知道有台北大空襲的時代，問起中學生，以前阿公在躲空襲，是在躲什麼呢？

躲日本的轟炸。

很多年後，李超然已過世多年，他的妻子雖已年老，還是看得出那對閃耀的麗人眼眸，她一樣戴上一串珍珠項鍊，穿上講究的衣服，拄著枴杖去樓下的沖印店拿照片。她酷愛拍照，到哪裡都拍，什麼都拍，那家沖印店的老闆視她為貴賓，只要看到她的身影便到門口迎接，貼心地告訴她，這次拍的照片哪幾張很好看，他已經幫她放大了幾張，免費的。

拿起照片，細細審視照片的妻子總是笑得愛嬌，「阮兜頭家（丈夫）伊真愛翕我。」

四

李超然在台北西區扶輪社的相關資料上填的嗜好是攝影。

顏春安私底下告訴他，他本想用羅馬字來寫點什麼，做個記錄，想想也不保險，於是決定這一生不再留下任何心情記事，什麼都不要記得，被忘記也很好。

凡事盡是虛空。

李超然明白顏春安說的是什麼。什麼都不「保險」，這件事沒有人比他更瞭解。

台北車頭（車站）前曾有過一棟「大成火災海上保險株式會社」，看到鐵道飯店，就會看到它。這間保險公司是李超然的阿叔李延禧創設的，主要股東涵蓋了日本時代台灣的六大家族。

然而，就算是自家開保險公司也無法保險自己的財產。

台北事變沒多久，聽說阿叔就被盯上了，阿叔被冠上「叛亂」的罪名，沒收一切財產。還好，阿叔已經聽從朋友勸告出逃海外，只是聽到財產被充公的消息依然大受打擊，不久就腦中風，長病不起。

李超然對家裡流傳的一則笑話最有感觸。阿叔早年就到美國讀書，一直住在紐約，對他來說，生活圈內就是日語跟英語。回來台灣在基隆下船，見到來迎接的管家，阿叔一時之間竟忘了台語怎麼講，

「恁（你們）阿叔比手畫刀（手腳比劃），舞半工（折騰）！」李超然的阿爸說。

全家聽到這個場景都笑了，俊美的阿叔一貫優雅，坐在老家客廳的織錦單人沙發上，帶著微笑，微偏著頭繼續喝他的珈琲（コーヒー），身邊有雪茄菸。

日後，想起當初下船後失語的阿叔，跟困在語言和文字中的自己，以及李家眾多散居世界各地，已經用不同語言生活溝通的後代，李超然意識到這是一個台灣家族啟示錄：凡「返鄉」者，皆必忘記母語。

當時，阿祖坐在大位上，絲毫沒被這個基隆港的笑話影響，沒作聲地喝茶，頭沒抬，卻對這個孫子瞥了一眼。放下茶杯的阿祖，摸自己的白鬍子，整理一下衣領，讓肩頸間的肉瘤別被衣服卡住，會不舒服，這是一個習慣動作。

阿祖始終是個思想家，他的一生褒孔教，尊天道，故鄉在廈門，自然對唐山甚感親切，然而從未放棄台灣這個讓他致富的地方，若是問他是哪裡人，他大概會回答他的國籍是天國吧？

阿祖過世後究竟往哪裡去了？

李超然很確定，阿祖一定去了天國。

但，也許有時會回來看看吧？

那一年疏開所住的嶺頭古厝，在光復後來了一群自稱是情報局的人，說是為了國家所需所以要徵用，然後直接進駐，沒打什麼契約（哪裡需要？），也沒提租金？（更不需要）。聽說大概是因為領袖就住在山腳下？誰也無法證實，誰也不知道，一切都是悄悄地傳說，默默地知道，緩緩地消失，知情者無不希望能快快地遺忘。

始終有單位駐在那間產權屬於他的房子，他從來不能過問。

還是有一天，有人上門來，說要談談那間房舍的事。

「你家……」對方似乎思忖著，如何讓自己的問題不那麼荒謬，「你家裡有人還住在山上的那間大房子裡嗎？」

「沒有。」李超然明快回答。

「是個老人，很高大，肩頸那邊有一顆瘤，鬍子長長的，沒有嗎？」

與這樣背景的人說話，李超然永遠心存戒備，因為不知道他們的最終目的是什麼，說錯一句，有時不僅害了自己，也害了別人。

他還在拆解這其中是否有陷阱，腦海裡瞬時浮現阿祖當年喝茶時的習慣動作。

阿祖放下了茶杯。

雖然白色長鬍子遮住了嘴角，他知道阿祖對著他微笑。

「我的先祖春生公就是這個模樣，他老人家已經過世很多年了，怎麼了嗎？」

來者頓時不自在，藉故離開。

沒多久，那個單位撤出，自動把房產還給李超然。

傳言在裡面上班的人，屢次在夜半值班時，遇到長有白鬍鬚且聲色俱厲的老先生驅趕他們。他們不知道此人來歷，也不知道怎麼防備，只知道每個遇上的人講起來都像是一段鬼故事。

戰後，李超然託律師處理幾筆被視同日產處理，差點充公，或是民眾誤以為是日本人地產而私自侵佔的產權，過程既不順利又異常繁雜。返還過程最「順利」的就是春生公「出面」處理的這件，雖然費時久了點。李超然暗自感嘆，能聘律師處理的都這樣了，一般老百姓怎麼辦？

李超然喜歡帶著自己新買的相機，CONTAX IIIA RF 去拍照，搭配蔡司 f1.5 大光圈定焦鏡頭，他當然也喜歡萊卡，但這台相機，把觀景窗跟測距窗結合在一起，高速與慢速快門能在同一個轉盤上設定，相機器材店的老闆熟練示範給他看，「你看，這種鏡頭按呢處理，底片裝起來真方便！」

這個世界用語言敘述，太危險（あぶない）。

用畫筆呈現，不是他的專長。

他發現用相機紀錄的方式最為安全。不一定要發表，保存在底片內的影像，總有一天會被看到，這點讓他莫名安心。

時間感在拍照的人指間有不同的觸感。

李超然按快門時，常想起浦島太郎的故事，浦島太郎只是去龍宮玩一趟，人間卻已百年。當他按下快門，輕微的震動、彈簧的運作，張開了毫不自覺的瞳孔，將景物攝入眼底。每天，眼睛看到許多東西，眼睛也許不記得，大腦也不記得，但是透過快門，底片記得。

上帝觀看世界興許也是這樣的凝視。

拍照人自由選擇快門的速度，選擇曝光多久，保留多少細節，這是李超然覺得最為自由的時刻。拍照時，他很自信，以前在實驗室內做實驗的訓練，使他的手勁大而穩定。他喜歡選擇一個慢的快門，也許是1／25秒，讓雙手拿著相機，等待著他看到的世界進入光圈，投射進底片，將一切留下來。

他也喜歡自己洗照片。進入暗房，進入不亮的空間，有一種安定感，不被看見，也不被評論，只是安安靜靜摸索，用最正確的手法把想記錄的景象付諸實體，讓它們實際現世。摸索時，他敏銳地感覺到眼睛漸漸適應了黑，慢慢可以看見。

（眼睛的快門，打開了。）

真正會看到的東西，不需要提燈來找。

會在那裡，就在那裡。

他緊盯著相紙上的影像出現、成形。

那是他一早去榮町，喔，衡陽路拍的。

不知道為什麼，他覺得這一條路光景總有一天會變到他完全不認得，其實現在已經是這樣了。

他站在路中間，看到右手邊一列商店，農林茶莊、老大房食品有限公司、金玉寶銀樓，不遠處的菊元百貨，他前幾天才經過，樓面掛著：「效忠領袖服務三軍、支持前線光復大陸」的對聯，中間夾著斗大的字：「慶祝中華民國第一屆軍人節」，下端是：「軍人之友總社敬製」。李超然對菊元的印象，停留在那個立面掛著「祝建國祭」的畫面。

衡陽路的左側，以前的大倉本店變成正中書局，不遠處，掬水軒粵菜館，是生意很好的餐館，也是日本時代留下來的建築。

顏春安開設的公司在不遠處的南陽街內，靠近以前的愛國婦人會，他說，現在被蔣夫人的婦女聯合會接收當幼稚園，還有人攜家帶眷住在裡面。在原有的建物上拼拼搭搭地擴增，整棟愛國婦人會的木造建築，從外觀看來就像是「以往走在下奎府町的乞丐寮。」顏春安說。他也說，能從大陸來台灣的，除了跟著軍隊，就是有錢人了，多少在大陸的有錢商人也跟著來了，紡織的，化工的，南北貨中藥材的。

「有人跟我說，衡陽路上的店面多半都說好了給上海幫的拿。」

李超然不由自主拿起相機，拍下這個衡陽路的早晨。戴著斗笠穿草鞋的婦人，拿著竹掃把正在掃地；靠右邊行走的是赤腳背著書包要上學的兩個孩子；騎著拼裝三輪車的阿哥毋知欲去叨位，三輪車居然是反向的。他想起，啊，不就是在這個路口，當年「右大廻り交通安全左小廻り」的標誌就是設在這裡。當時台灣的車輛靠左走，如果要右彎，轉彎幅度必須大一點，左轉時採取小幅度就可以了。

會不會有一天，有人把他拍的這張照片，跟過往這條路上交通號誌、店面拿來做比較？

可會有人知道？他特意傾斜相機角度來拍下一張相片，讓路面斜斜劃過畫面，像是要把人、車從路上倒出來一樣，ダッチアングル，Dutch Angle，不安，恐怖，不穩定的畫面。這個社會本來就讓人站不穩、坐不住，他的畫面只是說出實話。

他放下相機，看著這兩個赤腳的孩子繼續往前走。孩子應該是要去福星國民學校上課，他們將會走過菊元百貨，李超然知道，赤腳的他們會走過那樓下的店面，看板非常大，寫著「生生皮鞋」，店外掛著拍賣海報：軍人節，皮鞋大大特價。

他什麼都沒說。

這就是攝影的好處。

他拍的照片不需要洗出來，不需要發表，他想拍的，他自己知道。

AMBASSADO

五

顏春安沒有活到解嚴的那一年，不然，他可能會……

這是一句假設句，無從印證。

顏春安病重時，李超然去探望他，兩人年紀相差八歲，李超然一生都敬重顏春安，僅管有時意見不同，顏春安一直是適時提醒他別走太快的兄長。因為髮質細軟，他們差不多在二十幾歲就露出了光潔的額頭，當他們三 四十歲在台灣相遇時，頂上都已禿髮。李超然看到病榻上的顏春安，面容消瘦泛黃，喉頭發緊，不知道該說什麼好，反倒是顏春安說：「若有紮カメラ(帶相機)來，頭殼(頭頂)反光，毋(不)知會一片霧無(否)？」

李超然坐在他身邊，沒有多說話。

春天好像要來了，天氣還冷得很。

「講起來，活佇這個時代，會當佇破病的時準，有朋友來探訪，是一件真幸福的代誌，我最近咧想。太濟咱熟識的人，無這種福份。」他說。

李超然哽咽，清了清喉嚨，沒有看向顏春安，他說：「我為著扶輪社的代誌出國去，有買著一本舊冊，彼本冊叫做 Unkempt thoughts，是一個曾受著ナチス(納粹)迫害的猶太人寫的，伊是一個詩人，伊的冊我看了真感動。伊內面有講一句話，伊講，No snowflake in an avalanche ever feels responsible，是咧講ナチス迫害猶太人的時，其實真濟人攏感覺家己咧做的代誌及這件事無關係。」

病床上的病人聽到帶著日語口音的英語所唸出這句話，看著與他一樣頭殼也反光的李超然，眼光驀然有神。

「你我經過的代誌，我想咱攏拍算欲帶入去棺材內底矣，無想欲講，當然亦袂使講。但是坐佇遮，咱會當面對家己的良心講，咱面對雪崩(なだれ)，因為感覺家己(自己)有責任，所以無欲鬥陣(一起)濫摻(混合)落去，按呢(這樣)就有夠矣。你想著(對)無？」

「佇這個時代，上好予人放袂記得，上安全。若無，時時就愛抾(撿)紅點，留證據，有代誌的時才會當自保。偷偷仔喘氣，沓沓仔(慢慢地)過日子，上帝攏有看著。」顏春安說。

「抾紅點，真趣味的講法。」李超然笑著說。

「我聽吳三連講的。伊講起伊幫助學甲的慈濟宮重修的時，亦驚頂面(上面)的懷疑無代無誌舞遮(這)是欲創啥(幹什麼)，特別和師父參詳(商量)，佇廟頂(上面)懸的福祿壽三仙邊仔(旁邊)加一個擧(舉)國旗的仙童，人若問起來，緊報(快點告訴)去看！」顏春安無奈地說。

「我聽講日本時代是擧日之丸(ひのまる)，敢毋是？」李超然露出狡黠的表情，兩人哈哈大笑。

笑完了，兩人陷入一陣沈默。看著虛弱而消風(消沈)的顏春安，李超然感到時日無多的滄桑感。

「顏(がん)さん，我是按呢想的，」李超然忍住鼻酸，「我講なだれ(雪崩)，是欲講，我有無相仝(相同)的看法，若是咱攏無掛意(在乎)家己是雪屑仔(小雪片)（seh-sut-á），累積起來就會當造成なだれ。咱毋是攏知影，雪是會將厝(房子)硩(壓)（teh）

害去（壞掉）矣。」

顏春安似乎想說什麼，卻突然劇烈咳嗽，李超然連忙找杯子倒水，慌亂中，那個探病的冬日午後結束在李超然的一個模糊的記憶裡，顏春安在咳嗽間對他抬起手，喚了一聲 Chao⋯⋯

那是李超然在扶輪社活動時使用的代號。大家認為那是李超然為自己的名字取的諧音，便於記憶辨識，唯有顏春安知道時，笑著對他說：「去扶輪社是欲做外交的，結果你沒代沒家己的名叫做 chao，拄（剛）熟識就欲和人 Chao！」

看李超然還摸不頭緒，一臉困惑，顏春安捉弄似的說：「イスパニョ（西班牙語）！」李超然恍然大悟，拍了一下大腿。

Chao，再見。

中山北路上的國賓飯店落成後，台北西區扶輪社的重要聚會便選在十二樓的樓外樓舉行，以台語進行會議。每當去扶輪社開會，李超然心情總是很好，他非常喜歡那個講台語的環境。

要用什麼語言來溝通，怎麼溝通的問題，好像隨著時光流逝漸漸不再是重點，並非語言不再是問題，而是他發現，許多人逐漸無法意識到這是個問題。他隱約有一種坦然。譬如面對書櫃裡的書，他的心情這幾年的轉換是這樣的：我會不會因為這些書而惹上麻煩？↓把那些書放到書櫃的後層，也許就會沒事吧？↓會有事嗎？↓也許可以拿出來看看？↓拿出來看。↓他們也看不懂吧？↓他們看不懂。

他用一種「他們看不懂」的超然態度，悄悄偷渡了許多，包括贊助日本時代台灣人就倍感光榮的ラグビ（橄欖球），包括那沒有知道日本時代與ラグビ關係密切的合唱團，（誰能體會他曾怎樣為那時聽到的和聲感動？），還有專程請康寧祥來演講，竟引來了數個情治人員不請自來，坐在最後一排，從頭坐到尾，都沒離開座位。他自己是年紀大了，雖然內急，卻捨不得去洗手間，他們大概是不敢走。

一九八九年，李超然提議應該來辦高中以上學校的台語演講比賽，「現在人攏無咧講台語矣，真毋通。」

「敢會有人來參加？」有人質疑。

「就算今年無，明年無，咱一直辦落去，就會有人來參加。」他笑瞇瞇。

「按呢好。賞金（獎金）一定愛較懸（高）咧，願意來比賽的，無簡單。」代稱為Honor的律師許森貴附和。

他們在初賽看到了一個高中女學生，「欲按怎管理我家己」是初賽的題目。女孩正確、豐富的聲音表情，讓李超然憶起了他對顏春安說的「雪屑仔」，「無定著，真正有夠額的『雪屑仔』，會當予將咱的文化累積起來。」他想。

評審之一的許森貴，微笑一直掛在臉上。他並不知道，許多年後，他對女孩說的話起了作用。他說：「我讀的是師專，厝內無錢予我讀冊，所以我教過國小仔才擱去讀台大，去作律師。人生重要的是行到欲去的所在，行外（多）遠攏無要緊。」

女孩以「我有一個夢」贏得決賽，女孩被英文課本上的金恩博士的 I have a dream 感動了，敘述了她的夢想，她夢想著學校裡的課程不是介紹中國的蕪湖是米市，山東肥城產桃的中國地理歷史，而是告訴我們台灣的蓬萊米是靠濁水溪澆灌的教育。

許森貴日後回憶起來，「啊，伊只是一個十六歲的查某囡仔（女孩子）爾爾。」

李超然跟許森貴在樓外樓頒獎給她，會後問她：「妳將來想欲做啥物？」

「我想欲做小說家。」

「做小說家佇台灣會真艱苦。但是無比小說家更加偉大的工作！愛堅持喔！」

像是逗弄孫女開心，李超然問女孩：「按呢將來來寫我的故事好無？」

「好啊。」女孩歡快地回答。

那個晚上，李超然從飯店走出來，中山北路的夜晚，又濕又冷。他有點恍惚，這條路以前是「敕使街道」，這條路上的「梅屋敷」，他以前還去過的，日式庭園好像不見了，現在變成什麼了？以前很愛去的江山樓，十幾年前就被拆了，這個城市的許多記憶都不存在了，他們是註定要被遺忘的人。

他想起那個女孩，說要做小說家，她知道那是一個多艱難的課題嗎？如果真的要她來寫他的故事，他該從何講起？

說他在三重埔，午後下個雷陣雨就會淹水的肥皂廠？好多底片跟相機一起泡水報銷。還是說說美援那段時間，可以自由進口牛油後工廠倒閉的困境？他發現這些能說得出來的，都不是真的困境，真實的困境是坐在歷史的灰燼裡一籌莫展，眼看這一生即將過去。

過去曾有一段時間，流行35釐米小型相機，洗出來的相片小小一張，失敗率極高，但是偶爾能捕捉到一張畫面好的照片，絕對生動自然，那小小一方—收錄著想要被看到的一隅。他的人生有幾個小小一方照片便留存的時刻。

他用那小小的一台相機，拍了一九三五年的台灣博覽會，隱身的愉悅感，擷取不經意留下的驚鴻一瞥所造成的驚喜，令他覺得自己絕對可以列為博覽會帶來的新事物之一。

今晚，那種感覺捲土重來，這可能是戰後第一次舉辦的台語演講比賽啊……

他記得國民黨政府初來台後的隔年，在台北公會堂舉辦國語演講比賽，報上抨擊台灣民眾普遍國語文程度低落的社論。

今晚，這一方小小的歷史照片，他拍下了，揣在記憶的懷裡，無人知曉，相當安心。

一九九二年十月十日，李超然逝世於台北。■

正中對照大辭典

你說你想瞭解以前出版社的運作狀況，當作小說題材，所以想訪問我，其實我沒什麼好說的，年紀這麼大了，記憶力不好，能記得多少，我也不確定，不過，因為你透過你的指導教授來請教我，我素來尊敬學者，我就記得多少，講多少，好吧？很多人並不知道，我的心願是當小說家，寫散文當然也可以，但感覺上好像挑戰小了一點。

如果不要花那麼多時間看別人的稿，我一定可以成為小說家的，然而我過去的工作雖然跟文字密切相關，但接觸都是別人的文字，別人的文章，每天在辦公桌上的努力，就是催生別人的書，我厭倦極了這種為人作嫁的事。我渴望在自己的書桌上寫我的小說，就是那種：寫的若是長篇小說，每天起床坐到桌前，就能接續昨天未完的情節與對話；寫短篇小說時，密集地沈浸在其中，因為情節緊湊，每句對話都有意義的那種寫作氛圍，那種氛圍我絕對是知道的。可是我的時間，就被這些要出書的人給佔走了，回到家，已經疲憊不堪，眼睛酸澀。

我真心喜愛文學，這點你們不用懷疑。我走進書店，聞到紙張的氣味，油墨的味道總讓我先起一陣雞皮疙瘩，從下腹湧起一陣痙攣直沖而上，然後在心頭開出暖暖的花，見到女人也沒這麼激動。我常感覺書架上的書都在等待我翻閱，最好能把它們帶回家，慢慢閱讀，僅只我們共處的時間。

大概就是這種對文字的敏感，我跟著軍隊來台灣後，一直做跟文字相關的工作，感謝我的父親，手把手地教我寫小楷，要我在小小的格子內苦練小楷，他說小楷一輩子受用，「有機會你看看帝王批奏摺，可都是漂亮的小楷，沒有帝王的字醜的。」他這樣說。

所以我寫得一手好字。剛開始因為寫字漂亮做文書，謄稿、抄公文，後來人家發現我文章寫得不錯，派我去一個單位，做的是閱讀大量作家的作品寫報告的工作。那份工作我還蠻喜歡的，單位的同事為了讀文章、讀作品，似乎都有一點怪癖，得多抽根煙，喝上自己喜歡的茶，花上長長的時間讀寫，然而，去跟著那些寫東西的人可不是我們，那是菜鳥做的事情，我在讀的時候，搞得很清楚，我們是上端的人，我們讀，發現問題，然後無論颳風下雨都得去跟著的，是不能寫的人。我們不一樣的，畢竟，有腦的人出腦，有力的人出力。

我們單位上，每個人都有「讀懂」的秘訣。我不想承認，我讀到的訊息可跟別人不太一樣。有些同事有能耐讀到一點什麼，不知道哪裡冒出來一堆奇怪想法，我頗為佩服，可是我心裡覺得，他們讀得到那些無關緊要的，是因為他們根本不懂文學，他們只是試圖在文學裡找碴。我，才真正讀到了那些人要釋放的文學訊息，真的。

可是我最終被調走了，真實殘酷的世界就這樣。反正一番波折，最後，給了我一個出版社的編輯工作。能有份穩定工作也很好，出版事業，大方說出來，也算是體面的工作，可是我還是想寫小說。

當個編輯，做了那麼多事情，幫一個作者把交給我們的手寫稿件排版、校對、設計封面變成一本書，至少可以留個名吧？但書頁的出版項從未出現過我的名字，真是荒謬，你們讀過的太多本書，理應都要有編輯的名字，但從來沒出現過。

你若問我這些作者的書內容怎樣，我只能跟你說，他們激起了我的創作慾，如果我有足夠的時間，我一定可以成為比他們更好的作家。經手的每一本書，我都認真看過，每一本都有缺點，理應可以改得更好，他們沒意識到便丟出來出版，只能說他們才華不夠，或是後台太硬吧？我有個習慣，直接在書上把文句修改得通順一點，把形容、譬喻寫得更生動一些，有時候我甚至改了結局。說到這點，還是得說，有些事情不是努力就做得到的，還得講上幾分才情，才華與氣質這種事情，學也學不來。

從大陸來的作者文句不通順，那是不用功，但有些文章、作品只能用慘不忍睹來形容。

哪些喔？大概就是本省籍的那些作者吧？我只能說，從他們身上我們體會到文學很有魅力，讓人前仆後繼，不管自己是否有能力，還是願意勇赴戰場。可是我真的懷疑，他們知道什麼叫審美嗎？我想推薦他們去讀幾本書，或者，先把句子寫通順了再來試試吧？這只是第一步，後續要學的還多得很。我覺得本省籍的作家最大的問題是見識不廣，只侷限在自己感興趣的世界裡，沒有廣大的視野，沒有深沉的關懷，更嚴重的是他們不知道現在文壇的主流，無法迎合讀者的口味，也沒有觀察市場的能力，一味悶著頭寫，讓人不知如何是好。他們不知道，閱讀是有氣味的，像我剛剛說的，我聞到書籍新印的油墨味會有興奮感，但只要是本省籍作者寫的東西，讀沒幾行便覺得索然無味，甚至聞得到字裡行間散發出來的鄉間牛屎味或土氣，他們的程度可還差上我編輯過的那些作家作品一大截，如果他們自己沒意識到，沒突破這點，是很難成為作家的。

你問我編輯過印象最深的書？大概是出版跟語言有關的辭典吧！真是災難。

[ㄎㄛˋ-ㄑㄛˋ=苦楚] ㄎㄨˇ-ㄔㄨˇ；ㄎㄨˇ-ㄊㄨㄥˋ 苦痛。

[ㄎㄛˋ-ㄑㄨㄉ=苦齣] ㄅㄟ-ㄐㄩˋ 悲劇。

[ㄎㄛˋ-ㄑㄝˊ=苦感] ㄅㄟ-ㄊㄢˋ 悲嘆。

[ㄎㄛˋ-ㄒㄧㄇ=苦心] ㄎㄨˇ-ㄒㄧㄣ。

[ㄎㄛˋ-ㄒㄧㄚㄅ=苦澀] ㄎㄨˇ-ㄙㄜˋ。

[ㄛ-ㄚㄇˋ=烏暗] ①ㄏㄟ-ㄢˋ 黑暗【ㄊㄧ° ㄛ-ㄚㄇˋ=天烏暗】ㄊㄧㄢ ㄏㄟ-ㄢˋ 天黑暗。②ㄩˊ-ㄅㄣˋ 愚笨【ㄒㄧㄇ-ㄌㄚㄧ-ㄛ-ㄚㄇ=心內烏暗】ㄒㄧㄣ ㄩˊ-ㄅㄣˋ 心愚笨。③ㄕㄥ-ㄕㄨ 生疎【ㄉㄝ-ㄊㄚㄨˇ ㄛ-ㄚㄇˋ 地頭烏暗】ㄉㄧˋ-ㄈㄤ ㄕㄥ-ㄕㄨ 地方生疎；ㄖㄣˊ-ㄉㄧˋ ㄕㄥ-ㄙㄨ 人地生疎。

[ㄊㄧㄚˋ-ㄆㄛㄚˋ=拆破] ①ㄔㄞ-ㄆㄛˋ 拆破；ㄔㄞ-ㄏㄨㄞˋ 拆壞。②ㄕㄨㄛ-ㄇㄧㄥˊ 說明【ㄊㄧㄚˋ-ㄆㄛㄚˋ ㄏㄛˇ ㄧ ㄊㄧㄚ°=拆破給伊聽】ㄕㄨㄛ-ㄇㄧㄥˊ ㄍㄟˇ ㄊㄚ ㄊㄧㄥ 說明給他聽。

那疊公文在不同的辦公桌上轉來轉去，像是俄羅斯轉盤，轉到的人無奈，摸摸鼻子，再轉一次轉盤，心裡便輕鬆不少，下一次要轉回來，還得耗上一段時間。

這位總統府政務委員遞出的申請公文，是中山學術文化基金董事會成立後不久便收到的案子。不得不排入會內例行會議議程，會內大老有心照不宣的嘟嚷：

——**他消息還真靈通，我們自己人的業務還沒辦，他自己倒先來排隊了**。

——**公文內容寫得四平八穩的，也沒什麼不對**。

——**不能挑剔，但就是不對勁**。

與政務委員認識大半輩子的黃董事，還沒開始讀便猜到一二了，這段故事他講了無數遍，從日據時期的奮鬥起始，一連串的努力都是為了成為中國人。可是為什麼每換一個政權，他的台語就得換一種標音系統呢？黃董事不動聲色，反正等等一定會有人問他的意見，他很清楚自己的重要性是可有可無，但畢竟是個省籍代表。

政務委員最厲害的大概是磨功，想到他，黃董事的情緒複雜，他常有謬誤的喜感錯覺，覺得他們像

《閩南語國語對照常用辭典》，台北：正中書局，1969年，頁597

是夫妻，年輕時作為同志一起打拼，為求一口溫飽，到老了，彼此竟覺面目可憎，無論做什麼都已了無新意，但人生至此，辦離婚手續也無必要，雖然他們意見一致的結果實在太少，談不攏的太多，生命短到做什麼決定都嫌浪費，只能拖著彼此的肥胖身軀，接到「喜帖」，就「湊合」當一家人再出席一下，合包一包「紅包」充數。

政務委員說他要出一本國語與閩南語對照的辭典，用的是他自創的標音系統，前人皆無，因此字模要新鑄，使得這本辭典的印刷費較之一般書籍貴上數倍。細心的他自然也注意到了這件事必將引發討論，因此公文內花了相當篇幅解釋這些字模並不會浪費，他還有相當數量的書籍要以這套標音系統標注後出版，用以推廣國語，進而有利於主義思想的心理建設。

人家說，濕手捏乾麵粉，大概就是這種情形吧？董事們在會議上談笑風生，黃董事沒什麼選擇，當然得挺自己人。此次會議前，政務委員已經打電話關切過與會的委員了，按照他的行事風格，不會只有他打過電話，應該還有不知底細也受託來關切這個案子的大老打了電話，七分閒扯淡，兩分拿來問候一下家人，一分顧情面地提一下這個案子。

這是一個原始基金便有新台幣六仟五佰萬的法人基金會，預算上相當寬裕，給一點沒什麼不好，給不是敵人（觀察看看是不是朋友）的人一點面子，留個兼容並蓄的美名，掏的又不是自己口袋裡的錢，沒什麼損失。最後核出了四萬塊錢撥給這項申請案。

政務委員的心裡一直覺得寂寞，感覺不被瞭解，大概唯有天父知曉他的痛苦。當他收到贊助經費通知，頓時覺得自己又往前走了一步，眼前一片光明，天父垂憐，聽了他的禱告。

是在一場黨部會議上，同志聊天過程中，他得悉正中書局正進行一本國語大辭典的編纂。

「這本字典的特色，是把每個字在每個時代不同的演變過程列出來，把這個字的金文、陶文、小篆、隸書、草書、行書找出來並列，也把字音，反切等等列出來，總之，就是把每一個字的源由、字義、讀音、字型的正確寫法說清楚。」

協助編纂字典的那人，剛開完編纂會議趕過來，從公事包裡興沖沖拿出一大疊紙，「光是要收集這些字形就很辛苦了，從《說文解字》、王羲之、帝王批摺、書帖中去找字，把它弄下來，剪剪貼貼的，這沒黨部啊，正中書局、故宮啊這一些機關的支持，哪裡辦得到？」語氣裡興奮裡帶著驕傲。

雖然沒加入他們的談話，其實泰半也聽不懂，坐在一旁的政務委員瞥了一眼那人手上的資料。

——那些草書還真像日文。

——等等。日本語的仮名（かな）就是從草書來的啊。

這個將近八十歲的老人先是暗嘆自己怎麼這麼糊塗，然後靈光乍現。

可有人能瞭解他身上承載的符碼？

日本時代，他認識矢內原忠雄，還曾見到擔任過總督的伊澤多喜男，當時已經下野的伊澤建議以日本語的假名作為標寫台語文的符號，伊澤對當時這個料想不到以後會為中華民國效力的中年本島人說，如果他放棄羅馬字拼音，改採日語的假名來拼寫台語，他一定幫忙支持推廣。所以，政務委員就努力自創一套用假名來替台語標音的符號，而他在戰後，也以相同的概念，變換國語的注音符號來標示台語。

可以讓國民黨出錢來製作一本國語和閩南語的對照辭典啊！連那麼複雜的字體他們都願意出錢處理了，一本閩南語辭典算什麼？從來不容許自己有失敗主義想法的政務委員，總是穿著長衫，留著一把白鬍子的政務委員，露出了日本時代的他，意識到電影可以拿來當教化工具時的類似微笑。

行動主義至上的他，回家後擬定了幾個重要計畫方針：

1. 當然不能說是台灣話，要說是閩南語，這樣，要推廣到世界各地才有市場性，畢竟祖國福建、南洋，像是菲律賓、星加坡大部分華僑都使用閩南語。
2. 要跟著國語推行運動前進。

首先要找資金。他想到中山學術文化基金會，最近炙手可熱的當紅機構，出版，非得搭配正中書局不可。撇開正中書局的銷售量穩居第一的優勢不說，政務委員更看重的是它的教科書市場，誰都知道，大專院校的教科書，或是中等學校的學生課外讀物，幾乎是正中書局的獨霸市場。不過，政務委員看到的不僅於此。他想到的是他再熟悉不過的一個十字路口，從御茶水車站走出來，慢慢前行，就能看到的一條書店街。

正中書局不僅在台灣的出版市場做得有聲有色，還前進海外市場，在香港、日本都有分店了。日本方面，東京跟京都各有一間分店，分別開在神保町跟京都大學附近。政務委員在心裡默唸那一串的地址：東京都千代田區神田神保町一丁目五十六番地，海風書店……他腦海裡立刻擷取到那附近的街道，彷彿還呼吸著那冬日裡冷冽的空氣。在那條街上的書店店面，上架自己的閩南語辭典，絕對是一種對歷史的復仇。他掐指一算，那本《東亞の子かく思ふ》出版，約莫三十年前了，那本書站上那條街的書架時，他還是日本帝國的子民。

他下定決心，一定要讓這本辭典在正中書局出版，搭配那本，那本什麼字體都收進來的辭典一起出版，相得益彰，一部國語，一部閩南語的，不是剛好？

我很不想講，當那位老人家來談出版時，我們真是傻了。書店不是做慈善事業，要顧及市場需

求，我們很懷疑，這本辭典到底要賣給誰，老實說，那是雙邊不討好，說是要推行國語，已經會說國語的人，不可能看得懂他自創的注音符號閩南語標音系統；不會說國語的，誰又會透過這套系統來學國語？天方夜譚。

他坐在總編輯室的沙發椅上，滔滔不絕說自己的計畫，我陪同在一邊，盯著書櫃裡整排的《宋大詔令集》、《三民主義與反共抗俄》猛瞧，我懷疑他知道不知道我們這間書店只出版好東西？還是，他覺得自己的那本辭典，就是好東西？我們那時的總編是研究詞曲的，可能把他的計畫當曲聽吧？總之，聽說他已經跟董事長和高層說好了，所以我們只能從善如流，接下了這個工作。

那位老人家總是拿我們正在進行的國語辭典來比，但那部分是中華文化的成果展現，他的辭典，我前面說了，是災難。

這個計畫談完後，這位老人家就外出旅行去了，聽說，這期間他又變成了國策顧問。這個計畫沒有他，沒辦法做的，倒不是因為他個人偉大，而是沒有人知道他在做什麼。要排版他的辭典，工人既要會國語又要會閩南語，光會講還不行，還得先懂他那一套符號，印刷廠叫苦連天，裡面出現一堆奇奇怪怪的天書符號，之前沒有書籍用過的。之前因應這套書做的新字模不能用，又重新刻製一套。等到這位國策顧問回來，發現進度全無，又跑到辦公室來發了一頓牢騷，那時候總編已經換人，這位總編著實花了大把時間聽他抱怨，我想，只有那種當過名校校長，處理過學生事務的人才有辦法耐住性子聽完那麼冗長的「演說」吧？

總之，他老人家自己著手處理，就快多了，排版的校對拿回來，即便我們有校對部，也只能他自己來校，因為沒有人看得懂的東西是無從校對起的。你說是吧？

國策顧問自己做完第一次校對後，眼力實在不行，其他的第二校、第三校交給其他人處理，他除了讓眼睛休息之外，還有另一件很重要的事情要進行，他一直擱在心上。他得找一個有力人士來寫這本辭典的序文，能把三民主義跟閩南語好好連結上的有力人士。

[ㄛ-ㄚㄇ=烏暗] ①ㄏㄟ-ㄢˋ 黑暗【ㄊㄧ˚ㄛ-ㄚㄇˋ=天烏暗】ㄊㄧㄢ ㄏㄟ-ㄢˋ 天黑暗。②ㄩˊ-ㄅㄣˋ 愚笨【ㄒㄧㄇ-ㄌㄚㄧ ㄛ-ㄚㄇ=心內烏暗】ㄒㄧㄣ ㄩˊ-ㄅㄣˋ 心愚笨。③ㄕㄥ-ㄕㄨ 生疏【ㄉㄝ-ㄊㄚㄨˇ ㄛ-ㄚㄇˇ 地頭烏暗】ㄉㄧˋ-ㄈㄤ ㄕㄥ-ㄕㄨ 地方生疏；ㄖㄣˊ-ㄉㄧˋ ㄕㄥ-ㄙㄨ 人地生疏。

[ㄎㄛˋ-ㄐㄝㄫˇ=苦情] ㄎㄨˇ-ㄑㄧㄥˊ.
[ㄎㄛˋ-ㄑㄛˋ=苦楚] ㄎㄨˇ-ㄔㄨˇ；ㄎㄨˇ-ㄊㄨㄥˋ 苦痛。
[ㄎㄛˋ-ㄑㄨㄉ=苦齣] ㄅㄟ-ㄐㄩˋ 悲劇。
[ㄎㄛˋ-ㄑㄝˊ=苦感] ㄅㄟ-ㄊㄢˋ 悲嘆。
[ㄎㄛˋ-ㄒㄧㄇ=苦心] ㄎㄨˇ-ㄒㄧㄣ.
[ㄎㄛˋ-ㄒㄧㄚㄅ=苦澀] ㄎㄨˇ-ㄙㄜˋ.

[ㄎㄛ˙-ㄒㄛㄚ˙=靠山] ㄎㄠˋ-ㄕㄢ.
[ㄎㄛ˙-ㄒㄝ˙=靠勢] ㄎㄠˋ-ㄕˋ；ㄕˋ-ㄕˋ 恃勢。
[ㄎㄛ˙-ㄒㄝ-ㄊㄚㄨˇ=靠勢頭] 同上。

二

朋友都叫他許仔。

姓「許」的大概是台灣人的姓中最苦的一個，明明跟苦沒關係，發音起來卻很苦。姓「苦」也許不只是巧合，而是命定，剛入獄的許席圖曾經渴望能獲得一本辭典，他想翻一翻，看看他們一直在對他吼叫的內容是什麼意思，他要逐字查出來，因為他聽不懂他們說的話。他只知道，自己參加了救國團的自覺運動推行會，他愛國而熱血，而且，救國團的形象那麼正面，他沒有別的企圖，成立統中會，只是想延續這個講求道德、服務、救國家的行動而已，大家忌諱的是台獨，他清楚得很，但是，「統中」也錯了嗎？

他渴望有一本辭典，能一一對照，找出他不理解的那些字，就像過往學英文或查國語生字那樣，清楚明白告訴他這個字辭的定義，可是他無法得到。於是他只能日以繼夜的，咦？「日以繼夜」這個詞是不適當的，因為他根本搞不清楚現在到底是白天或晚上，他只知道他無法睡覺。也許睏了就是晚上？對，也不對，因為他實在睏極了，無時無刻都想睡覺。也許有光的時候，就是白天？更不對，那強光對

《閩南語國語對照常用辭典》，台北：正中書局，1969 年，頁 597

著臉來，對著眼睛直射，不是因為白天，是故意讓你閉不上眼睛，恐懼萬分。光，照得人無處可躲，剛開始，他還稍微能辨識一點他們吼叫的內容。最後，他完全不能明白他們在說什麼。

——**我想查字典**。

「他們叫你正反嗎？」

——**朋友叫我正寰**。

一些破碎的念頭從他的腦中炸出來。

外省同學常笑國語說不標準的人：「寰跟反，緩正你們念起來都一樣。」

「你取這個名字是因為想造反嗎？」隨著強光再度襲來，對方大吼。

——**我沒有**。

只要強光照過來，頭痛欲裂的張力便無法抵擋，鬢邊的血管驀地擴大，隨著急促的呼吸持續發漲，他感覺得到血流的速度，血流甚至有聲音，溫熱血管彷彿下一秒就要爆開。他沒照鏡子而不自知，因為連日嘔吐，他臉頰上的微血管的確已經爆裂，出現了一片一片蔓延的紫紅斑。

他下意識把身體縮成一團，他實在太怕肚子再被襲擊了，但他這次沒被踢，恍惚中，他發現，當他把身體縮好，被踢的機率就低，因為在他不注意的時候，被踢或補上一拳才能造成驚喜和傷害，向來如此。也許統計他在沒保護好腹肚的狀態下被踢了幾次，被揍了幾拳，統計完畢，可以算出機率呢！

——喔，我向來成績很優秀的，我沒去朝天宮拜文昌帝君，也考上了一流大學。

「我們都知道了，你在新竹有軍隊是吧?在澎湖也有船等著接應，我們連你有幾艘都知道!還有武器，刀呀槍的，都有，而且，我們還知道，你們這夥人在香港、馬來西亞都佈線，展開行動了，別騙，好好說清楚……」

許仔完全不知道他們在說什麼。如果能將他在審訊時的畫面停住，加上字卡，也許他就能知道，他們說的軍事武裝，指的就是統中會成立的戰鬥團，所謂「戰鬥團」，模仿的是救國團舉辦的寒暑假戰鬥營，成員們當時以為可以複製救國團的訓練活動，他們意識到這些活動背後隱含的軍事訓練意涵，然而在他們的汗水、喘息和成就感之餘，筋肉酸痛混合著的興奮、歡樂使他們忘記了，沒有背後那些幢幢黑影，那些場地、康樂活動怎麼在那種時代出現?遑論一些特定活動能體驗到的軍隊、船艦活動。會上成員規劃的戰鬥團活動，不外乎是登山（**怎麼辦理這麼多人的入山證?**）、露營（**沒透過關係，能有地方紮營嗎?他們大吼：你們是要建立軍事基地嗎?**）、繪製地圖（**是不是要刺探機密軍情?**）、講課（**講的是三民主義嗎?**）他們這些成員試圖模仿救國團的訓練，想以類似的模式來輔助道德重建的自覺運動?

總之，太天真。

許仔無法理解他們到底在說什麼，應該是跟他有所相關，不然他不會在這裡，他不知道自己跟那些他們說的事情有什麼關係。也許這個世界一夕之間變換了運作方式，獨獨略過，沒有來得及通知他？他就算不是個認真的學生，也不算笨，也算盡本分啊！

也許他該重整自己的秩序，那麼他就需要一本辭典，重新認識他們說的那些字辭，如果他能理解他們說的那些字，以他的聰明才智，他一定可以知道，這中間，到底，發生了什麼事。

「給我一本辭典！」許仔哀嚎出聲。

當「得到辭典」這件事，慢慢在他的認知裡變成不可能，他全無重整世界的可能性，他哀嚎的字句變為：「我要出去！放我出去！」

許仔嚎叫著要辭典時，獄中人員覺得這個人精神錯亂了，卻不知道許仔比誰都清楚，唯有辭典能幫助他理解現在討論的究竟是什麼主題。

若能有那本不存在的辭典，他便能知道，他們用的那本辭典裡，「地圖」的意思是「南港彈藥庫分佈圖」、「台灣銀行疏散烏來龜山位置圖」、「基隆地區軍事要塞位置圖」。所謂的「戰鬥團」是武裝軍隊，他們一直嚷嚷要去屏東鬼湖探險（**後來雖然沒成行**），準備的長膠靴、獵槍、開山刀跟急救包可就是意圖建立武裝叛亂基地的明證，（**最後你們根本沒去成？那不重要，沒成功的革命還是具有致命毒素**。）

還有，他們擬的統中會章程怎麼可以沒有「推翻國民政府」這些字詞出現，而只以「驅除腐化政權」簡略帶過？這樣的詞條寫得可不詳盡，應該直接點出，統中會講的腐化政權就是國民黨，國民黨就代表政府，這點不寫出來，說不過去，因為推翻國民黨才不是正經事，向來不是一回事，一定要加上政府才是叛亂啊，這樣，這才是一本他們能用來判刑的好辭典。

因為得不到一本正確的辭典，在腦中翻遍所有可能字彙的許仔，始終找不到對照的正確版本，在確認自己全然沒有可能找到正確的字詞用法後，他打亂了所有字詞的用法，自此找不到全部字詞的意義。

一九六九年八月廿八日，許仔在審理庭上，找到了台上檢察官的對照字義。他激動大喊：「你是日本人，你不愛國！不愛國！你怎麼可以坐在上面？你給我滾下來！」直到法警衝上去壓制他，雙手被銬在法庭欄上的許仔也沒有放棄，他要爬上台去把那個不愛國的日本人揪下來，他絕對要把那個混蛋扯下來，跟其他人對他做的一樣，他要讓他們知道，就算他也不愛國，外面還有很多很多個不愛國的，

眼前就有這一個，你們瞎了都沒看見？

也沒有很久以前，這個許仔在報紙上讀到了一篇〈公德心與人情味〉，這篇文章是名叫狄仁華，來台灣讀書的美國學生寫的，這篇文章先給一個台大外文系的學生看過，改改錯字，隨後這個學生拿去投稿《中央日報》。誰也不知道「公德心」與「人情味」這兩個字詞會兩股交纏，成為一串易燃的炮竹，點火便引發大爆炸。

這個台大外文系的學生一直記得，當政大代聯會主席許仔騎著腳踏車從木柵來找時，他窩在宿舍發呆，許仔實在很有活力，說要找他去清水溝、掃馬路。

「自覺就要從這裡開始。」許仔這麼說。

他掃得真的很徹底，搞得大家都累死了，也樂此不疲。一群大學生去掃街，造成一時話題。

「大家都在玩『來來來，來台大，去去去，去美國』的遊戲，這有好玩嗎？大家本省外省變成一家人，把自己的家園玩得好，才好玩。」許仔說。

台大的沒說話，繼續掃。

「幹，我們下一步要做什麼？」許仔伸伸懶腰。

「我唷，要把英國文學史搞及格，已經補修了，這次再不過，我別想畢業。」

「幹，你就這一點能耐，人家邱吉爾的英國文學史都沒及格，你算什麼玩意兒！」許仔笑罵，咯咯笑出聲。台大的記得許仔特意學出捲舌音，滑稽得很。許仔笑完，嘴角邊掛著還沒消失的自信笑意，以奇怪腔調的英文說：Kites rise highest against the wind, not with it。

台大的開始沒注意到他講的是英文，空楞了幾秒。

「邱吉爾的名言，**風箏逆風高飛，而不是順風去！**」

後來，這個台大的，被救國團的主任秘書通知，蔣經國主任說要見見他。主任本來是約在自覺會辦公室呢，就在青年服務社，就在鄒容堂旁邊呀，他知道的。後來地點改為館前路的台灣銀行三樓辦公室。

蔣經國對待年輕人向來頗和藹可親，他在救國團見過幾次，這次見面大抵也是這樣的感覺。去除掉一些他覺得無關緊要的談話內容，他記得蔣經國提起要見他的理由：「我只是想直接知道，你們這群大學生掃馬路的心理。你是自己人，你可以告訴我嗎？」

台大的沒隱瞞，搬出范仲淹的「先天下之憂而憂，後天下之樂而樂」的名句，加上了他老爸在家常提及的北宋士大夫的自覺意識。蔣經國臉上沒有一條肌肉為之牽動，彷彿他也認識范仲淹這個鄰居，靜靜聽完，說了一句話：「青年學子的要務就是要把書讀好，作國家的棟樑。」

台大的想起自己幾個危機重重的學分，暗自下定決心，一定要洗心革面，絕對要畢業。

結束談話，蔣經國先被隨從簇擁離開，台大的走出來，幾個救國團的人員一擁而上，紛紛追問，問句此起彼落。

——**主任問了什麼？**

——**你說了什麼？**

——**主任有問起救國團跟自覺會的事嗎？**

——**有嗎？**

——**有嗎？**

我什麼都沒講。

幾天後，台大的在佈告欄上看到錢思亮校長署名的告示，寫著這個台大的向救國團借車辦學生郊遊，偽造借車單，觸犯校規，勒令退學。

台大的站在佈告欄前面，凝視告示許久，無數次來回確認，確認是自己的名字跟學號，找了一塊石頭擲過去，玻璃櫥窗應聲粉碎。

這下子，不用煩惱畢業了。他想。

四天後，他收到了兵單。

同時間，許仔正在警總看守所內，尋找他的那本辭典。

《閩南語國語對照常用辭典》，台北：正中書局，1969 年，頁 604

[ㄎㄛ˙-ㄒㄛㄚ˚=靠山] ㄎㄠˋ-ㄕㄢ·

[ㄎㄛ˙-ㄒㄝ˙=靠勢] ㄎㄠˋ-ㄕˋ；ㄕˋ-ㄕˋ 恃勢。

[ㄎㄛ˙ ㄒㄝ˙-ㄊㄚㄨˇ=靠勢頭] 同上。

國策顧問幾經思索，覺得總統府秘書長張羣是寫推薦序的好人選，他跟自己同年，說起來，仕途比他順遂得多。張羣早年留日，是黨內推崇的日本通，跟日本方面的溝通幾乎都由他出馬，跟親身經歷過日本統治的國策顧問頗有話說。他先把自序跟辭典的凡例給張羣看，張羣對於閩南語一竅不通，但禁不住國策顧問的人情拜託，接下這個工作。

張羣在一個如釋重負的時刻著手寫這篇序文。之前，他們密切觀察台大學生們因為刊在《中央日報》上的一篇文章而開始的「自覺運動」，學校還鬧了一份刊物《新希望》出來，他收到訊息，聽說這一期，學生們決定要刊羅素的〈自由或死亡〉，內容是羅素反對核子戰爭，認為若只能在核戰和赤化中選一個，他寧可選擇赤化。校方解釋，他們已經禁止學生刊登這篇文章，學生卻不顧反對執意要登，所以校方出手，直接禁了這份刊物。

看來，應該可以安生度日了。

他提筆緩緩寫道：

我們台灣一省，從光復到現在，雖然國語推行成績很好，所有年輕的人，固然都能懂國語說國語。但就政治觀點看，在現階段中，年輕的一輩，尚不足擔負一方面的責任。而實際上負責任比較多的，又多數是不懂國語的人。一切政令宣傳，如果只是用「國語說了就算了」，它的效果可能會「落空」。

我很慚愧，來台灣十多年了，不論是閩南語或客家話，一句都不會。固然在工作和社交方面，沒有遭遇太多的困難，而小小不便總是會有的。尤其是當我偶而聽到台灣歌曲或歌仔戲的時候，每每被那種曼妙悠揚的聲調所吸引，我就不免想到，假如能聽得懂該多好。因此，我相信這部辭典，不失為有用之書，也就樂於寫這一篇序。

國策顧問收到這篇序文，喜出望外，他盯著張羣的字跡瞧了又瞧，對最後註明寫於台北介壽館，尤其滿意。

放下稿子，國策顧問拿下眼鏡，擦了擦鏡片，重新戴上去，卻沒有看得比較清楚，醫生說他的眼睛已經使用過度，不可過勞。

他躺回椅子上，深深吐了一口氣。他不是不知道昔日同志怎麼批評他，他自己也知道，出版這本辭典無法解決台灣人遇到的問題，即便針對語言的問題，也可說是無濟於事，可是「有做」總比沒做好。「有總比沒有好」，是他一直以來的信念，他讓自己先以「有」的方式存在，可是其他人只管批評，完全不顧他究竟以多大的努力才能「存在」，他們議論他支持「三民主義統一中國」以及「反攻大陸」

的主張，然而等到出事了，卻紛紛找上他尋求解決，有的事情他能幫忙，有的，他愛莫能助。他覺得自己是「有功無賞，打破得賠」。

他正在寫後記，出版的事情這一拖，竟然就拖了四年，人生到底還有多少四年可以耗？唉。想一想，他把昨天因應總理紀念週在黨部開會的總裁訓詞拿出來，抄錄了兩段，接著寫下：

以上兩段訓詞，很明顯地表示我們自由中國的最高領袖，自早就注意到，今後的反共戰爭，必需重視社會基礎與文化工作，我們的領袖真是高明而有遠見。可知復國建國，不能只靠讀書人智識分子，死板板地固執國語國文的統一，單靠國語國文的窄路，才來接觸大陸各省的民眾，才來進行文化工作，像以往二十多年以來，在台灣所做的文化工作一樣，那就大大違背領袖的期望了。

他們恐怕還是很難瞭解我的苦衷吧？國策顧問想。

張羣在總統府秘書長職務交接期間，設想過這份公文不會蓋上他的印章的諸多可能性。公文裡，他寫下：**本案首犯已因精神分裂症暫停審判，次要人犯亦經警總分別交保，衡諸情節原判各處無期徒刑，終覺尚有考慮，似可酌情從寬減處以示鈞座德易**（**喔，鈞座兩字必須平抬**）。（許仔始終找不到那本辭典，若是有，他將在辭典內找到「平抬」這個詞的定義：**傳統書寫表示禮貌的格式。遇尊敬的對象，有關其稱謂、身體、行為等詞換行頂格再寫，稱為「平抬」。**）

張羣隻字未提首犯的名字，而以甲乙兩案送請裁示：

甲方案：其餘三名被告判無期徒刑。

乙方案：姑念三名被告無知，獲案時年紀尚輕，處有期徒刑十五年。

這兩個提議並沒有讓蔣介石忘卻那個正在找辭典的許仔，送回來的公文上以紅筆寫著：**此叛派亂案不論年齡幼如何，凡乎已至十八歲，應依法懲治。主犯不論其是否精神分裂症，既係主犯，不得停審，應判處死刑，餘照甲案辦理，勿延。**

那位老人家，不僅出了那本賣不動的辭典，後續還出了幾本書，最有趣的是他還出版了一本閩南語注音本的三民主義，現在我們當然可以說好笑，但是當時不出還不行，也不能說這件事好笑，畢竟那一套造價不低的字模還是得用，我們也只能硬著頭皮上場，總之，每出一本都是人仰馬翻。

你說的其實不對，其實我們正中書局也不是在市場上所向無敵，還是有很多競爭，也不乏沒佔到優勢的。像「三民主義」就是，今天累了，我們下次再講吧！

三

我們上次講到哪裡呢？喔，三民主義。三民主義課本，最初是正中書局發行的，每一個高中生都要讀，大學都要考的科目，當然是我們很重要的出版品，人手都上下兩冊，講起來，是我們很引以為傲的一件事。

相較於國文、英文、數學其他科目，三民主義就兩冊，佔一個考試科目，說考試範圍好準備呢，也算是，但不好準備呢，當然也是。認識三民主義，在課堂上培養民族情操，本來就很重要。三民主義博大精深，成為考試科目，年輕人嘛，掌握度不夠，在升學主義競爭激烈的環境裡，自然成為兵家必爭之地。

對學生是兵家必爭之地，對書局來說又何嘗不是？我們當初能獨家印行三民主義教科書，有其淵源。當時三民主義由教育部當局負責編輯，是統編制的一個科目。當時提出來的理由不外乎就是，由國家編定，可以傳遞文化傳統和國家的建設理想，也能確認考試範圍，不造成學生的負擔，而且全國通用的話，印刷成本也能降低，這套書確定版本後，無論老師、學生換校、轉學都不必換教科書，更重要的，如果這種科目的教科書放任私人去印，私人企業容易競爭促銷，也會有賄賂狀況，這樣豈不就敗壞了教育風氣？主要是因為這樣。說實話，許多出版界的亂象，我們都主持正義，這部分我只能說，正中書局出力最多。

三民主義教科書內容編寫好後，就由我們正中書局印刷發行了，其實，這種冷門的書是沒有人想碰的，我們就承擔下來了。全國的高中學生一定得讀的，都是我們出的。

[ㄎㄛˋ-ㄒㄛㄚˊ ═ 靠山] ㄎㄠˋ-ㄕㄢ。

[ㄎㄛˋ-ㄒㄝˋ ═ 靠勢] ㄎㄠˋ-ㄕˋ；ㄕˋ-ㄕˋ 恃勢。

[ㄎㄛˋ ㄒㄝˋ-ㄊㄚㄨˇ ═ 靠勢頭] 同上。

[ㄍㄝˋ-ㄐㄨㄧˋ ═ 過水] ① ㄕㄣˋ-ㄊㄡˋ ㄗㄨㄟˋ-ㄈㄣˋ 滲透水分；ㄒㄧˇ-ㄍㄨㄛˋ ㄗㄨㄟˇ 洗過水。② ㄍㄨㄛˋ ㄏㄜˊ 過河；ㄍㄨㄛˋ ㄏㄞˇ 過海【ㄍㄝˋ ㄍㄧㄚㄇˊ-ㄐㄨㄧˋ ㄝˇ ㄌㄤˇ ═ 過塩水的人】ㄉㄠˋ ㄍㄨㄛˋ ㄨㄞˋ-ㄍㄨㄛˊ ㄉㄜ˙ ㄖㄣˊ 到過外國的人；ㄧㄡˇ ㄩㄝˋ-ㄌㄧˋ ㄉㄜ˙ ㄖㄣˊ 有閱歷的人。③ㄨ-ㄉㄧㄥˇ ㄕㄤˋ ㄊㄨㄥ-ㄕㄨㄟˇ ㄉㄜ˙ ㄉㄧˋ-ㄈㄤ 屋頂上通水的地方【ㄍㄝˋ-ㄐㄨㄧˋ ㄏㄞˉ-ㄎㄧˋ ㄌㄛˇ ═ 過水壞去了】ㄨ-ㄉㄧㄥˇ ㄕㄤˋ ㄊㄨㄥ-ㄕㄨㄟˇ ㄉㄜ˙ ㄉㄧˋ-ㄈㄤ ㄏㄨㄞˋ ㄑㄩˋ ㄌㄜ˙ 屋頂上通水的地方壞去了。

ㄎㄧㄚㄨˋ（ㄎㄧㄠˇ）部

[ㄎㄧㄚㄨˋ ═ 巧]（ㄧㄠˇ-【ㄧ ㄐㄧㄣ ㄎㄧㄠˇ ═ 伊眞巧】 ㄊㄚ ㄏㄣˇ ㄘㄨㄥ-ㄇㄧㄥˊ 他很聰明。

[ㄎㄧㄚㄨˋ-ㄅㄧㄚㄨˇ ═ 巧妙] ㄑㄧㄠˇ-ㄇㄧㄠˋ

[ㄎㄧㄚㄨˋ [illegible] ═ 巧[illegible]] ㄑㄧㄠˇ-ㄇㄧㄥˊ [illegible]

書店代表登門拜訪杜明，說要出一本三民主義的專書，他在小小客廳裡的竹椅上坐得異常端正。來客坐在唯一的木椅上，他趕忙坐上這把竹椅，因為竹椅的坐面上破了一個洞，竹條已經竄出頭，他常穿短褲，不小心就會刮傷腿，他慶幸自己先坐上這把椅子，要不然，一方面貽笑大方，另一方面，可能鉤傷客人講究的毛呢西裝褲。

書店代表遞上名片，等了幾秒的時間，看杜明沒有掏出名片的樣子，不以為意，坐回位子，說明自己的來意。

杜明對社交的禮貌非常生疏，他沒有名片這種東西。對方稱呼他杜老師，他下意識左看右看，還有其他人也姓杜？

書店代表說，編輯也是湖南人，以往聽聞過杜明是個才子，有一枝健筆，他在尋覓適當的人選撰寫三民主義此類的書籍，想詢問杜明的意願。

經過長時間的訓練，杜明看來淡漠，不露情緒，但仔細聆聽，沒有任何遺漏。杜明對來人低著頭說：「向編輯道謝，我近日內定回覆。」

不過五天，杜明帶著針對大專聯考的三民主義題目所寫的參考答案彙編內容，到書局拜會編輯，說明自己以認為最有國父思想精華的版本為準（**當然用的是大家心知肚明的書局版本**）詳細做出歷年

《閩南語國語對照常用辭典》，台北：正中書局，1969 年，頁 539

題目的解答。編輯一翻內容，喜出望外，絕對是一本兼具實用性和內容的書！面對三民主義這片茫茫大海，真是定海神針。

杜明果然熟讀國父遺教，他寫的內容不僅解答學生的問題，也兼顧老師可以參考的「徵引」部分，這絕對會是長銷書。

杜明這幾天幾乎沒怎麼睡，整天埋首書案疾書，寫得他的手臂酸痛不已，眼睛發霧，拿稿件給編輯時，手仍微微顫抖。他真心喜歡這個工作，在研讀、書寫時，他心無旁騖，因為他知道自己在做一件非常安全而充滿光明的事。

寫文章，最怕寫的是自己要寫的。這句話是父親說的。

年輕時，杜明喜歡看小說，父親看見開口便罵：「那是沒有水準的東西，少浪費時間。」杜明不服地說：「紅樓夢、三國演義、水滸傳、西遊記可都是經典之作。」

畢生不得志的父親聽到兒子回嘴，臉色一沈，意味深遠地望著他說：「那些人得取功名了嗎？文章最怕是寫了自己要寫的，寫了，要不就是殺身之禍，要不就是一世潦倒。」

文章不寫自己要寫的，那要寫什麼？

對日抗戰時，他在家鄉的報紙上寫時事評論，說一時洛陽紙貴也許誇耀了自己，但也是眾人爭先閱讀的名篇。

後來瞭解父親的意思，都已太晚。

父親的話應該繼續延伸：寫文章不僅最怕寫的是自己要寫的，更怕不是你寫的，都變成你寫的。

抗戰勝利，是他人生的轉折。

杜明與朋友一起創辦雜誌，宗旨為「駁斥共匪新民主主義，闡揚三民主義」，他擔任經理，說好由朋友負責稿件。然而國共內戰告急，雜誌移到香港出版，結果出刊的雜誌創刊詞，變成向共產黨輸誠。

杜明這一生都記得自己為了那一段話被逼供，原本不是他寫的，全部變成了他筆下的字，他的責任。逼問者來來回回要他回憶，要他寫自白，他因此一字不漏地背下來。

一談政治當然就要觸及眼前許多實際問題，因此我們不得不對國共兩黨的看法，表示一點意見，我們的態度是這樣的，我們這一群年青人差不多全是在國民黨的統治下生長的，無疑的受他的影響很深，可是由於國民黨政府的腐敗無能，除有失望以外，又還能做什麼？但另一方面我們卻欣慶著中國共產黨今天正領導著一個新興的進步力量在迅速發展。

杜明跟朋友大吵一架，決定離開香港到台灣來。台灣落地沒幾天，保安司令部便上門，把他跟手邊的庫存雜誌一起帶走。

杜明即便緊張，卻不怎麼害怕，他自忖，哪有人白白回來送死？這麼簡單的道理，大家都懂吧！從他自發來台灣的行為也能推知，他絕不是共匪的同路人，他一定能很快洗刷冤屈。

等他到回家，已經是七年以後的事。

判決書上說，雖然有人證證明杜明曾為了雜誌立場改變跟編輯爭吵，也能證明雜誌改變立場、攻擊政府都是編輯一人所為，杜明事前並不知情，但為何杜明在發現後，從未聲明要跟雜誌脫離關係？他並未命令編輯停刊，雜誌繼續出版了六期？杜明依舊脫不了關係。最後依「以圖書有利於叛徒之宣傳」處斷判刑。

杜明從牢房被押出來，一行犯人綁成一列，走路到華山火車站，火車載著這些人犯到基隆，在基隆港登上舊船艦，移送到火燒島。

杜明從未說起這段往事，他當作自己做了一場長長的惡夢，他時常捏自己的手肘內側，或將指甲深深戳進掌心，痛覺能讓他知曉自己還在現實生活裡，當他覺得痛苦，這些事情他反而不做了，這樣，就能繼續以為自己在做惡夢。

寫那本題解內容時，有幾個停下來喝水、上廁所的短暫時刻，恍惚間，他回到了火燒島。

處長同情他的遭遇，把他留在身邊當秘書，他不必出去風吹日曬勞動，多半都在室內處理文書。每週，處長告訴他週會訓話的主旨，他替處長擬好內容，內容得體而切中要旨，重要的是，參考本島傳來的黨部公文、各種訓詞、文件，適時適度置入文章脈絡，這些資料可都是要列入工作紀錄，傳回本島存檔的。等到杜明將訓話內容寫完，給處長看過沒問題，便交給另一位「新生」，把杜明寫在格式欄中，小而工整的楷書，謄寫成大一點的字體，讓有老花眼的處長在司令台上讀稿時看得見。

這樣一來一往，步調緩慢而乏味，但是沒關係，反正他們這些人在島上，多得是大把時間，多得是要耗個十數年的，誰都沒在怕的，怕只怕，嘎然而止的那種，送回去本島「試槍」（槍斃）的那種。

杜明除了負責撰稿，也是「助教室」的助教之一，助教們需要負責編纂教材讓教官採用，在教官教學時輔助授課。這是什麼機制？杜明多年後聽見當年同為助教的獄友說，那是獄方自己想不出方法來教了，乾脆「以夷治夷」，打著「讓這些新生出去後能將在這裡受到的教育傳播出去，所以也需要訓練他們這些新生的教學能力」來掩蓋自己的懶惰。他在心裡悄悄苦笑，調侃自己，怎麼當時一點都沒這種警覺？

不知道為何，他想起當時助教室粉刷的事情。粉刷當然得由新生自己來。白色透水的漆，怎麼漆都不勻，只能勉強蓋住發霉、斑駁的部分。手執刷子一邊漆，杜明萌生錯覺：自己逐漸融入這一片白，整個人消失不見。

他發現自己甚為喜歡做這些事，比起其他人在烈日下搬石頭、砌牆、挑水、種菜，他的工作算是很不錯的差事，他正在做一件異常「安全」的事。他深信，一定是他曾贏得了整個新生之家的三民主義論文大賽，才有後來的機運。

那幾天的書寫雖不能稱上容易，倒也不難，除了振筆疾書，他還跑圖書館、翻閱報紙，有些資料能參考得上。想起在火燒島的那段日子，手邊沒有什麼東西能讀，他收藏許多擬稿時的紙頭，小心翼翼裁成大小方形，先是收集圖書室內的書籍裡，關於國父、總裁、領袖對於專有名詞的闡述與解釋，一一抄錄在紙上，寫明出處、時間，累積起來，成了一疊一疊的「小資料庫」，處長看到成效，更放心把本島寄來的刊物、書冊給杜明閱讀，杜明用同樣的方式謄上紙片，繼續累積，等到他期滿離開，他帶走的就是這樣一大疊寫滿各式詞條的紙片。從未想過，許多年之後，這些紙片已經泛黃發脆，紙角內捲，他接到了一個任務：編寫三民主義大辭典，這些紙片不但派上了用場，更讓他恍然大悟，原來這一生，都在為這個劃時代的工程作準備。

救國團辦的幼獅文化事業也在我們書局附近，我們同樣作為黨營的文化事業，會被拿來比較一點也不奇怪。當他們的《歷屆大專聯考三民主義試題標準答案彙編》、《大專聯考三民主義復習指要》這些衝著考試而來的用書出版，賣到一書難求，我們真是有為他人做嫁的感覺，我們賣的是利潤不多的教科書，結果一本針對考試而出的專用書就襲捲市場，我們那時候，固定要

開黨營事業會議來檢討經營成果，專營出版品的我們跟幼獅文化，當然是競爭關係。

只是，深究起來，我們兩者還是不一樣的，正中書局具有濃厚的文化氛圍，我們仍舊以文學、文化作為主要的經營路線，說起來，我們對文學有使命感。我們跟幼獅文化還是需要努力走出不一樣的路，大致上來說，他們比較著重在校園耕耘這塊，跟學校推廣、校園活動比較有接觸，而我們，如我提到的，文學還是我們的重點。過了不久，我們就聽到了耳語，說救國團出了大事，本來是大學生發起的道德自覺運動，後來卻變成了差點收不了尾的大事。我們那時候誰也不敢談論這些事，都只是耳語、聽說，那陣子的救國團真的是人人自危，氣壓很低。現在回想起來，只能說，原本是大學生的道德性運動，因為救國團積極介入，讓校際之間有了連結，讓年輕人因為串連而有組織運作的經驗，所以出了事，要我說，人還是有劣根性的，自由得有個限度，你讓涉世未深的年輕人輕易享有權力，他們就開始作怪。

這是題外話，扯遠了。

杜明在火燒島的那幾年，聽過本省籍的新生說，他們是來火燒島「留學」、「過鹹水」的，這說法蠻有意思的。他在火燒島上的空白，過了水，淘洗了雜質，剩下「三民主義」。他遞出去的文稿，當然被接受出版，因為他掌握了考生對考試指引的需求，每本推出都大賣，盜版也出現在市場上。接著，館前路上的張老闆也出現了。

他帶著一盒粉筆來。

《閩南語國語對照常用辭典》，台北：正中書局，1969 年，頁 631

【ㄍㄝ-ㄐㄨㄧ ═ 過水】ㄍㄧㄢˊ ㄊㄡˋ ㄗㄨㄧ
ㄏㄣˋ 滲透本分；ㄒㄧˇ ㄍㄨㄛˋ ㄕㄨㄟˇ 洗過水。②
ㄍㄨㄛˋ ㄏㄜˊ 過河；ㄍㄨㄛˋ ㄏㄞˇ 過海【ㄍㄝ
ㄍㄧㄚㄇˊ-ㄐㄨㄧˋ ㄝ˙ ㄌㄤˊ ═ 過鹽水的人】ㄉㄠˋ
ㄍㄨㄛˋ ㄨㄞˋ-ㄍㄨㄛˊ ㄉㄜ˙ ㄖㄣˊ 到過外國的人；
ㄧㄡˇ ㄩㄝˋ-ㄌㄧˋ ㄉㄜ˙ ㄖㄣˊ 有閱歷的人。③ ㄨ-ㄉㄧㄥˇ
ㄕㄤˋ ㄊㄨㄥ-ㄕㄨㄟˇ ㄉㄜ˙ ㄉㄧˋ-ㄈㄤ 屋頂上通水的
地方【ㄍㄝ-ㄐㄨㄧˋ ㄏㄞ-ㄎㄧ˙ ㄌㄛ˙ ═ 過水壞去
了】ㄨ-ㄉㄧㄥˇ ㄕㄤˋ ㄊㄨㄥ-ㄕㄨㄟˇ ㄉㄜ˙ ㄉㄧˋ-ㄈㄤ
ㄏㄨㄞˋ ㄑㄩˋ ㄌㄜ˙ 屋頂上通水的地方壞去了。

ㄎㄧㄚㄨˋ（ㄎㄧㄠˋ）部

[ㄎㄧㄚㄨˋ ═ 巧] ㄑㄧㄠˇ·【ㄧ ㄐㄧㄣ ㄎㄧㄠˋ ═ 伊真巧】
ㄊㄚ ㄏㄣˇ ㄘㄨㄥ-ㄇㄧㄥˊ 他很聰明。
[ㄎㄧㄚㄨˋ-ㄏㄧㄚㄨˉ ═ 巧妙] ㄑㄧㄠˇ-ㄇㄧㄠˋ·
[ㄎㄧㄚㄨˋ-ㄌㄛˉ ═ 巧路] ㄑㄧㄠˇ-ㄇㄧㄠˋ ㄉㄜ˙ 巧
妙的；ㄧㄠ-ㄉㄜ˙ 要的。

[ㄊㄧㄚˋ-ㄆㄛㄚˋ ═ 拆破] ① ㄔㄞ-ㄆㄛˋ 拆破；
ㄔㄞ-ㄏㄨㄞˋ 拆壞。② ㄕㄨㄛ-ㄇㄧㄥˊ 說明【
ㄊㄧㄚˋ-ㄆㄛㄚˋ ㄏㄛˇ ㄧ ㄊㄧㄚ˙ ═ 拆破給伊聽】
ㄕㄨㄛ-ㄇㄧㄥˊ ㄍㄟˇ ㄊㄚ ㄊㄧㄥ 說明給他聽。

「這樣，要我說，每個科目都重要，但是三民主義的特色，就是上下兩本成一個科目，要是有引路人好好帶領學生掌握要點，這種科目的拿分，對學生的幫助實在很大。再來呢，這種科目也不同於英文或物理，這有關於民族精神與國家法理的教育，可不能胡說一通！」

坐在杜明家窄小的客廳裡，張老闆說話仍和教補習班時一樣，在一定資訊量的地方停下來，做個結論並梳理脈絡因果。

張老闆繼續說：「既然杜老師已經有現成的講義，上台講課就是順理成章的事了，我看你在講三民主義的淵源，各別從中國方面、歐美方面著手，最後加入國父的新見解，分段清楚，條理分明，這就是補習班授課的成功模式，毋庸置疑。」

張老闆是個鼻子極為靈敏的商人，他掌握到「讀書」是翻身的機會，然而這種「翻身」，可不是一隻烏龜肚子朝天，努力翻身就翻得過來的，學生靠的是努力讀書，努力常常還是不夠，學校就這麼少，名額固定就這樣，要是大學沒考上，明年重來，家裡也得出個「翻身費」讓學生重考，在補習班蹲個一年。

最先把「翻身」與補習這件事扯上關係的，是個姓王的本省人，在鐵路局上班的張老闆被聘來教物理、數學，原本只想賺點外快，可是聽到那個老闆的上課內容，讓他不禁暗自納悶：「連國語說講不好，怎麼教書哇？」果然沒多久不賺錢就倒了。

張老闆雖然在鐵路局上班，但對火車可沒興趣，純粹是想混口飯吃，他也有去美國的夢想，無奈家裡出不起這筆費用，所以他動了念頭，在補習班倒了之後，自己出來開，最初，搬了四張桌子，八個學生。

補習班雖然位置偏遠，卻因為張老闆好歹是湖南大學畢業的，能言善道，說話風趣又能切中要點，比起許多在學校裡面，從大陸過來，還沈溺在流亡情緒，操著鄉音讓學生聽也聽不懂的老師，能拉近與學生的距離，很快打出名號。

張老闆喜歡用一個比喻形容自己最初創業時的情況：「教學生就好比養鴨子，鴨養得肥、大隻，只要一隻叫，整群鴨子就跟著叫，那種叫聲，大聲得很，再遠也聽得見。口碑，知道吧？」

這個「口碑」不僅幫他賺進了大把鈔票，也讓他被黑函檢舉，安全室幾次找他瞭解狀況，算了算利潤，他直接把鐵路局的工作辭了，專心經營補習班。

張老闆不是無端想到鴨子這種比喻的，他坐在西門町的戲院裡看《養鴨人家》時，片子裡的鴨子叫起來，讓他聯想到他那一群等著被餵食知識的學生。在收錢收到來不及的日子裡，他每天睜開眼睛，滿心歡喜，每日接觸到的新事物瞬間成為講課時的有趣話題，他總想著引發學生興趣的「觸媒」。鴨子的叫聲，同時讓他想到的一件事，鴨子叫起來，再大聲也不能傳遍個十幾條街……

他得做全省學生的生意。

補習班要開在交通便利的地方。

這個念頭撞入張老闆的大腦時，戴著草帽的唐寶雲正操著標準的國語呼喚慈愛的父親，一邊舀起飼食餵鴨子（那個綠綠的顏色，讓張老闆想起以前故鄉似乎也有人舀浮萍養鴨鵝啊……）。張老闆坐立難安，立刻想到送他這幾張公關電影票的老程，他也是湖南人，人面廣得很，這附近的戲院可都是中影的勢力，老程可以在西門町附近幫他打聽一下店面吧？這附近年輕人多。

老程聽完張老闆意見，雙手叉在腋下，像是預備要掏什麼東西出來，也像是要騰出空間來裝些什麼。他搖搖頭，不表贊同，「西門町寸土寸金，哪裡來的店面給你開補習班？來這裡的都是來玩，來看電影的，跟要讀書、補習的，是兩掛人，開在一起不好吧？要我說，直接開在台北車站不更好？」

靠著老程的人脈，幾經尋覓，張老闆買下了館前路的一處店鋪。

老程對他說：「這裡原來是日本人開旅館的，生意好得很，我們那個中山北路的中國青年服務社，知道吧？聽說這間旅館跟那個地方，老闆是同一個，日本人在的時候，生意好到不行，日本人是不長眼沒錯，可是好處呀，跟著日本人的眼光走準沒錯。」老程喜孜孜的，他兩邊都收到了佣金。

張老闆努力賺錢，不僅開發學生，也開發老師，來自全省的學生要考大學，台北車站下車後便到前站的補習班報名。補習班成為資訊交換中心，老師灌給學生考試知識，學生則把故鄉的明星老師名單洩漏給坐鎮台北的張老闆。張老闆不信名牌，只相信實績，做補習事業的，最愛那不被看好，最後卻逆轉的黑馬了——電影裡頭不都這樣演？每個學生也都這樣期待自己。誰都想當官運亨通的那種人，但好看的可都是孤臣孽子的故事。聽說彰化那個地方居然出了全國丙組狀元，他聽到，眼睛閃閃發亮。

「我們的班級不是普通的一二三四班，我們是可法組、蘇武組、句踐組、鄒容組、錫麟組、祖逖組，分到哪一班，老師就解釋這個名字的緣由跟意義，每週週會講一次，週記內容就有得寫了呀……」學生說。

他媽的還真有趣。張老闆想。

於是他從彰化中學挖來的幾個數理老師，成了補習班的新戰力。

當數理的師資穩固了，文史部分也得鞏固，他從書店的熱銷書知道了杜明，翻了翻杜明書裡的索引，從條理分明、綱舉目張的寫作邏輯，他迅速推論杜明若不是口條極差的人，斷可以成為名師。

他首先打聽杜明是個什麼樣的人，聽說也是湖南老鄉，是個學究型人物。那就得動之以義理，而非利益，他在拜訪前對自己做出的結論頗具信心。

張老闆拿出那盒粉筆，放在杜明的茶几上。

「在補習班上課，老師帶著自己的粉筆上台，發揮所長地教書，就能風靡全場。杜老師的才學毋庸置疑，我幫您帶上了粉筆，表示我邀請您加入我們補習班的誠意。」張老闆看到杜明沒有太大的表情，接著拿出合約書，「杜老師可以看看，我們開出了優渥的條件，一定會讓您滿意。」

杜明彷彿聽見海浪的聲音，他沒有讓在場的任何人知道，他聽到了海浪的聲音。

那種海浪聲，好像從很遠的地方來勢洶洶，絲毫沒有因為它從遠處來而逐漸微弱，反而一路衝來，張牙舞爪，有著準備吞噬一切的兇殘，他瞬間明白，一直以來，那記憶裡的海浪從未消失。他聽過一些人說起，家鄉在本島，打在火燒島岸上的海浪，曾漫過家鄉的土地，越過這片海，就可以回家了。對他來說，卻不是這樣。他不知何處是家。張老闆講起了故鄉長沙，提起湖南臘肉、湘江畔的湖南大學，一切如此陌生，現在，他最熟悉的，只有三民主義了。

杜明果然成為三民主義的名師，他的粉筆只要用完，張老闆便偷偷補上，從未讓他自己掏錢買過。

張老闆說：「這是為民族大義奉獻己力。」

杜明從未說過謝謝，張老闆不以為意，這個老師票房好，不廢話，很安全，能把怎麼說都有理的三民主義拉出一個線頭，把這些學生的大腦跟主義縫在一起不漏針，這點很厲害。

在悶熱的教室內上課，整間上百人的教室，只靠著四支電扇無力地吹呀吹，下課後整件衣服擰得出汗水，杜明不以為苦，誰都不知道，他可是去過火燒島，待過更糟的環境。唯有一件事讓他苦不堪言，他始終無法克服嗓子啞的問題，那麼大的教室只能靠他扯開喉嚨近乎嘶吼地講課，雖然已經有麥克風這種發明，可是這屬於管制品，沒有開放使用，正確的原因誰也無法確定，只是大略知道，麥克風裡面的某些構造可以組合成收音機，收音機既然是列管品，使用需要申請執照，那麼麥克風自然也是管制品。

況且，麥克風能夠傳遞訊息，廣播聲音，可以聚集群眾，這對政府是一個挑釁，當然不能開放。

於是，不得不上課的杜明，只能耗盡聲音，下課之後的杜明沒有力氣說話，更加沈默。杜明除了講三民主義，嘴巴裡沒有別的話題。有一段時間甚至只用紙筆溝通。

他不是沒有注意到，教室裡曾出現跟其他人有點年紀差距的學生，跟其他人認真做筆記、聽課，珍惜那一小塊昂貴補習費換來的桌面來讀書的態度顯然不同。他們心不在焉，是整間教室的「奇異點」，這個名詞，是數學老師在休息室內說到的，他記得定義是：**連續的曲線中一個斷掉的點，破壞了該曲線的連續性**。

杜明看著他們的眼神，沒有其他的情緒。早在他們還沒出現的時候，他就已經知道座位上坐著這樣一個人，他會望著他、盯著他、眼神明明空洞卻想著事情，彷彿凝視著黑板，卻面對著一張即將要叫來者寫滿的白紙，那張紙即將填滿文字，即將拿來做比對，即將按下指印，而他們暗地裡興奮著，期待著，雀躍。

他從來都知道這樣一個人總是坐在教室內，所以他從來不舉例，從來不說課本外的任何一個字，從來不提及任何一個課本外的名字。他測量黑板尺寸，裁好同比例縮小的紙，在紙上寫好每一節課要講的內容，使擦黑板的次數達到最少，仔細觀察燈光將使哪一處黑板反光，重點需寫在顯眼處。整片黑板分佈著豐富內容，上課便照著彩排的比例放大寫回黑板上，他兩手空空來上課，卻能準確告訴學生他正在講的是那一頁的內容，學生急急翻書，正好捕捉到紙面上的字句和老師嘴裡的背誦合流完畢。那個光榮時刻，配合學生的讚嘆表情，都在他的預期中，屢試不爽。

學生數量已經多到讓補習班提供的宿舍不能負荷，張老闆繼續買下館前路，原屬於台灣省黨部的另一處房產，除了收學費，「位置」勝於一切的房地產心得，他已了然於心。老程約在衡陽路上的掬水軒粵菜館吃飯。「跟著日本人的腳步準沒錯」的指標，這次指向前身是一家日本商行的店鋪，「能開在這條路上的店鋪都不簡單，風水好。」他說。

要掏出上百萬現金再買一處店鋪，實在有點痛，老程看到張老闆的遲疑，嗤之以鼻。

「張老闆，你們家的補習班已經掀起了台北車站的補習班大戰，大家現在都知道，要補習，就來台北車站。現在不僅是搶學生，連搶老師這種步數也跑出來了，誰不知道？」

「這條路已經貴了，連南陽街那小小一條街的店面也不便宜了，裡面原來當倉庫的，補習班已經買來當教室了，你也知道。」老程為自己倒上一杯酒。

張老闆的補習班收費期，已成為銀行界的傳奇，每隔一兩個小時，補習班伙計就得把裝滿錢的麻布袋往銀行送，老程知道這點錢對張老闆來說不算小，但也不算大，他得要努力一點才能再賺一次他的佣金。

「就說這條衡陽路吧！進來的都幾乎都是上海人，你也看到，沒有一家不賺錢的，位置決定一切。

在這裡的銀樓，簡直就是地下央行啊……你說是吧？」張老闆可是經歷過的，當初買店鋪時，跟親友借貸，有的沒現金直接拿金子借他，他就是拿去銀樓，一捧黃金對上一捆錢地湊足了款項去買。

「但是有件事，你可能不知道。救國團也辦補習班了！」老程壓低聲音，「最近啊，台大、政大學生的那個……自覺學生運動搞得風風火火的，救國團風頭正盛，他們那些大學生，也想來用輔導年輕學子讀書的方式來進行他們那個什麼改善社會風氣的活動，大學生去掃街頭都不稀奇了，你想，去教教高中生讀書有什麼稀奇啊？據我所知，他們申請補習班都立案了呢！位置就在哪裡？不就在車站那邊？中山北路的青年服務社，跟你可是距離不遠咧。」

張老闆仔細聽著，老程知道，一向風趣怕冷場的張老闆若是安靜下來了，便是好戲上場的時刻。

「我去瞭解過了，現在這個救國團總幹事不是乖乖牌。他可是打從救國團開始辦就在的人物，好像是江蘇人。最先從嘉義竄起來，在學校工作，帶著學生組成反共抗俄聯合會，假日上街，車來就攔，要上現金來募款勞軍，餐館、戲院都去募，募款成績好得很。聽說，有一次要借嘉義女中的禮堂辦勞軍晚會，校長不借，他直接帶人進去，佔了就辦，根本不管校長。還有軍人說行軍到市區沒地方住宿，他也去人家嘉義中學，直接打開學校，讓軍人進去住宿，隔天學生進不了教室上課。後來學校妥協，白天學生上課，晚上軍方睡在教室裡，這樣搞了三個禮拜，直到軍方遷到新營區才結束，你看這個人不猛？他主導救國團開起補習班來，那不猛？」

老程最後拿到他的佣金，張老闆買下了那間日本時代的吉岡商店店鋪，拆除舊建築後，直接叫來建築材料自建樓房。

「我不要辦公樓，我要的是教室，」張老闆興奮到微喘，「整間打成一間大教室，中間可以隔開，一間坐個兩百人，鋼筋綁粗一點，水泥也加，要承受得住四百個人同時給我跳—跳—跳！」張老闆豪氣地對工人說，一邊自己也跳起來，惹得工人們哈哈大笑。

他想，有了新教室，這些老師可得給我扯開喉嚨，好好講課了。

當杜明的嗓子過度使用到一個程度，生活也寬裕了，補習班的工作對他不再有吸引力，更有吸引力的工作來了，他進了國民黨文工會工作。他聽到的海浪聲，他曾看過的，那出現在教室一角，盯著他看的眼睛，都被他收拾得好好的，放在他胸前的口袋裡。

直到有一次，在新聞局開會，同場遇到了一樣歷劫回歸正常生活的「新生」也作為單位代表與會。他們兩人眼神的交會使得海浪重新溢出來，眼睛即使朦朧了，仍急著要透過鏡片看得仔細一點，再清楚一點。

散會後，他默默靠近那個「新生」。

沒有不必要的寒暄，從地獄回來的人，與一般活人不同，他們不需要拘泥於這些，也無須去辨識來者究竟是活的還是死的。

「我們以前在助教室最大的好處就是有桌子、椅子可以用，誰知道有人過過連桌椅子都是奢望的日子？」杜明說。

對方點點頭。

「我們現在有的一切都得來不易，我們再遇到，過往在火燒島的事情絕對不能提起，對你沒好處，對我個人更不好。」杜明深吸一口氣，「人生就是江湖，外界對我們的迫害，我們抵抗不了，至少我們相濡以沫，心存善意，不要互相危害。」

這個新生開車送杜明到站牌坐車，回家之後，獨自在車裡點起了一根煙，把所有助教室內的十二個成員想了一遍，每個人去到火燒島前都各自有相當背景，回到台灣後，幾乎都掙扎出了一片天，他們到底是為了什麼必須有那一段「新生」的過程，每每想起都像死了一次呢？

杜明的兒女們不曾知道自己的父親去過火燒島，他妥善抱持這個隨時會起火燃燒的秘密直到死去。

晚年，杜明對著整桌的發黃紙片，編寫《三民主義大辭典》時，才以後見之明驀然發現了這個秘密的奧妙之處。關於他收集到的，「政府與人民」的這個詞條，是這麼寫的：

蔣經國先生：

……政府和人民根本不能一分為二的，更不是對立的，但政府一切施政，必須要向民眾說個明白，好讓民眾瞭解國家的處境和政府的做法。而我相信，祇要政府永遠和民眾在一起，民眾便和政府在一起……

——〈國家的基本立場和精神〉民69年6月9日，彙編冊13，頁27

杜明讀著這個詞條，慶幸自己早早便看出了這個奧秘。

這個政府從未讓民眾與它一分為二，他們必須在一起，直覺地無須對立，微妙到無須說明，人民必得明白政府。政府儘管寬容而樂意地與民眾在一起，民眾便會與政府同心，小心地不以成熟的粗率或者過於直白的愛來破壞這得之不易的平衡，畢竟，記憶會矇騙歷史，像杜明他們這種人，帶著一連串的夢想，或是過於謹慎保護的一點將殘火光，來到可笑的勇氣面前，還能活著回來的——只需要把海浪聲藏好，閃避掉盯著他們望的眼睛就能活下去，極為困難。

畢竟，政府和民眾，是永遠在一起的。

就像杜明和他的海浪聲與眼睛。

那個車裡的新生抽完煙，把煙蒂丟出窗外，突然想起，在火燒島上，為了找參考資料，找遍圖書室，從未找到過一本名為《三民主義》的書，那裡的課程，也從未有過「三民主義」這堂課，杜明得到當時「三民主義論文比賽」的冠軍，究竟文章是怎麼寫出來的？

ㄎㄧㄚˋ（ㄎㄧㄠˋ）部

[ㄎㄧㄚˋ＝巧]ㄑㄧㄠˋ【ㄧㄣㄐㄧㄣ ㄎㄧㄠˋ＝伊真巧】
ㄊㄚ ㄏㄣˇ ㄘㄨㄥ-ㄇㄧㄥˊ 他很聰明。

[ㄎㄧㄚˋ-ㄇㄧㄚˇ＝巧妙]ㄑㄧㄠˋ-ㄇㄧㄠˋ.

[ㄎㄧㄚˋ-ㄌㄛˇ＝巧路]ㄑㄧㄠˋ-ㄇㄧㄠˋ ㄜˊ 巧
妙的；ㄧㄠ-ㄌㄜˊ 要的。

[ㄊㄧㄚˊ-ㄆㄛㄚˋ＝拆破]① ㄔㄞ-ㄆㄛˋ 拆破；
ㄔㄞ-ㄏㄨㄞˋ 拆壞。 ② ㄗㄨㄛ-ㄅㄨㄥˊ 說明【
ㄊㄧㄚˊ-ㄆㄛㄚˋ ㄚ ㄏㄛˇ ㄧ ㄊㄧㄚ゜＝拆破給伊聽】
ㄗㄨㄛ-ㄇㄧㄥˊ《ㄟˋ ㄊㄚ ㄊㄧㄥ 說明給他聽。

[ㄛ-ㄚㄇˋ＝烏暗]①ㄏㄟ ㄢˋ 黑暗【ㄊㄧˋ ㄛ-
ㄚㄇˋ＝天烏暗】ㄊㄧㄢ ㄏㄟ ㄢˋ 天 黑暗。②ㄩˋ
ㄅㄣ 慼悶【ㄒㄧㄇ ㄌㄞˋ ㄛ ㄚㄇˋ＝心內烏暗】
ㄒㄧㄣ ㄩˋ ㄅㄣˋ 慼悶。③ㄗㄞ-ㄗㄨ 生破【ㄑ-
...烏暗...ㄗㄜ ㄏㄥ ㄗㄨˋ...

四

那間正中書局的舊建築，我們在裡面辦公，最後真的受不了。

那棟建築，聽說原本是日本人在的時候的一間百貨行，做百貨的，當然室內的設計就不是給書店用的，做買賣生意，跟做文教事業的，性質差多了。不過，在台灣，不比從前在大陸的好，只能將就著用。空間倒是將就點能克服，但是只要一下雨，屋頂就漏水，隔壁間的裝修導致我們的牆壁滲水，讓我們書架上的書壞了大半，這些才是真問題。漏水時，到處都是霉味，每到梅雨季，苦不堪言。書局之前也花過錢整治漏水，之前直接在外牆上貼磁磚，再來，塗防水漆，這麼舊的房子根本無從修起，花錢去修也不符合經濟效益，這棟建築又舊又破，誰都想拆了蓋新大樓，換個舒服先進的空間，喔，最好還能有冷氣。

我們上面的人想改建這棟不是一天兩天了，礙於經費、多方意見等等，你知道，作為黨營事

《閩南語國語對照常用辭典》，台北：正中書局，1969 年，頁 377

業，不比私人企業，哪能說做就做。直到我們附近的那間廣生藥行倒塌了，我們這棟日據時代的店面才得到當局注意，搞不好那天也會倒呢？廣生藥行倒掉時，我還特地跑到現場去看，那個木屋結構都垮了，正中書局不是木造的啦，可是年久失修，真不敢想像如果有一天也倒了怎麼辦。

書局一直這樣撐著，我們必須為了反攻大陸做準備，若回去大陸，我們改建這樣一間書局杵在台灣做什麼呢？聽說我們上面的提出改建的想法時，被這樣一問，什麼話也說不出來。我們一直都在為反攻做準備。當初進來書局時，每個人都得讀過〈正中書局在反攻收復及重建時期工作綱要〉，對，還要筆試的。我們隨時都得準備好配合反攻準備。例如在反攻復國後，我們得準備好要在收復區域出版的感化書籍，製作紙型。我們要在準備打回去的時候派員隨軍登陸，就地印製，大量供應教科書、研究書刊。更重要的是，我們在抗戰勝利時，各地敵偽出版事業的機構和相關財產都是由我們接收的，大陸淪陷時，我們散佈在大陸的分局卻被共匪掠奪，等到反攻復國後，那些財產要歸還給我們，這些內容，我們都必須要記著。

但是時代不一樣了，就像原來編印教科書可是我們的獨家事業，但是九年國民義務教育開始後，教育部把各科課本交給各書局發行，我們失去這個優勢，也得自己去找出路一樣，我們也得想想未來該怎麼走吧？總之，那間藥行倒了後，那條路上的許多店面便開始思考改建的問題，我們總要跟著時代進步。上面終於開始動起來，聽說我們很快就要拆除這棟舊建築，蓋新大樓了。我想，熬了這麼久，也該我們了。

你說，我們在那棟建築裡有沒有什麼好的記憶呀？我想是有的。對我們來說，最有趣的記憶應該是從辦公室看國慶閱兵吧！

我們書店就在衡陽路跟重慶南路交叉口，國慶閱兵時國軍都要這裡經過，通過總統府前面的閱兵台，這是必經之路。我聽我們書局的前輩說過，之前的盛大閱兵，我們直接可以從窗戶看到，有許多人爬到了我們附近建物的屋頂上看，窗戶打開，我們看到發現別的屋頂滿滿是人，嚇了一跳。對面的東方出版社屋頂上，也很多人爬上去，後來聽說就有管制了。我看過中央社拍的照片，我們因為靠近博愛特區，算是管制區，所以周圍的建物高度有限制，要不是為了拍那些閱兵照片，我還真沒想到，從總統府的方向往重慶南路看的話，我們正中書局跟對面的東方出版社這兩棟建築還蠻有特色，夾著重慶南路的兩側，那個照片場景還蠻好的，這兩棟建築

都是日本人蓋的，每每想到我們同胞在抗戰的犧牲，我們的國家被日本人蓋他們的建築，被踐踏成這樣，就覺得很遺憾。

當素未謀面的歷史帶著一紙公文來敲大倉幸三的門，他才知道，戰爭真的結束了，也許在那兩顆世人從未見過的炸彈掉落之前就結束了，就前一年，他執筆寫下在台五十年感想時便已註定。戰事正盛的時候，作為台北城地標性意義的大倉商店主人，大倉幸三成為幾個各行業的代表人物之一，為在台灣統治五十年的紀念書籍寫文章。

他沒有想其他的，只想到能跟老妻一起度過五十年，身體健康，生活安定，真是幸福。他的大倉商店現在已經不能營業，為躲避彈火攻擊，他們疏開到郊外。大倉幸三時刻掛心自己的店，那家店是他這一生最引以為傲的事。他與新高堂書店的老闆不約而同在榮町買地建店鋪時，曾被總督府請去商議，土木部的人提出想法，要他們以為總督府營建「進城」的氣勢和格局來規劃他們的建築。他的大倉商店跟新高堂書店的店家建築，恍若兩座守護帝國的神像，矗立在榮町通兩側。他寫文章的時候，想起了火車，車行之時，軌道總是緊緊跟隨其後，時而交會迎拒，正如人生，悲喜交加。

他的店跟台灣神社落成時間同一年，他曾與妻多次前往參拜，長長的階梯，妻總是跟在他身後，慢慢拾級而上。他去過鵞鑾鼻燈塔，東洋捕鯨會社邀請的，他們為鵞鑾鼻神社捐獻的白長鬚鯨骨製作的巨大鳥居，他至今仍難忘看到時的震撼。

如果戰爭結束，帝國國勢蒸蒸日上，這樣的苦日子終會結束吧？這篇文章不適宜寫到任何生活的苦處，關於隨著商船被魚雷擊沈，貨物血本無歸的苦；關於民眾疏開，店鋪無法開張，只能坐吃山空的苦；關於各種物品管制專賣，一般商店沒有民生物資可賣，而他這種專賣洋貨、高級品的商店根本沒有客人的苦，更或是，店鋪只能繼續聳立在以往繁華的街道邊，儘管砲火來了也逃不開，被轟炸到玻璃碎裂，屋頂崩落的苦。

收集以他的店作為背景拍攝的照片、繪葉書，是大倉幸三的嗜好，後來發現數量多到無法一一收藏。在這條路上拍的照片，他都認為大倉商店當然得入鏡，若大倉商店並未在鏡頭內，他便推斷，這些人一定是外來遊客，不識好歹。來到榮町通，沒看到大倉商店，等同沒來過。

他把自己的店面當作台北城的鳥居，台北本該當有大倉商店，他無法想像大倉商店開在任何其他地方，若不在台北，不在榮町，不在這個華麗的轉角，不在新高堂書店對面，不在菊元百貨附近，不在這台北的銀座，那就不是大倉商店，若不是大倉商店，他就不是大倉幸三。

其後，他研究起櫥窗外路人怎麼擺態拍照，這比收集照片更有趣。

大倉幸三發現，他的店不適合衣著整齊的來客拍照，因為店面已經把文明當作電燈綴在鐘樓與建物作為花邊，即便在夜晚也不會熄滅，店面的西洋式風雅和優越感，靜靜匯成台北銀座的重要部份，鄉原古統畫的榮町通，大倉商店便是主要畫面構圖。每一年，大倉商店參與台北城的商店櫥窗擺設比賽，用整面的玻璃櫥窗展示縮小的想像世界，英吉利的手套、法蘭西的香水、京都的香粉，或者是內地人和本島人都喜歡的草鞋（**明明東京就有了，為什麼要來台北買呢？**）成就一個縮小版的和平世界，繫上購物的快樂和捧著禮物的欣喜作為花結，戰爭不曾到來，金錢從來沒有匱乏，夢想從未遠離。

學生們參加變裝遊行，台北高校的學生最受注目的標誌：白線帽、黑披風不可或缺，有人穿上和服，穿上制服的一定要踩上高腳木屐，寬而粗的木屐帶在腳背上隨著行走起伏，走路時，木屐喀噠喀噠發出聲音，預告青春尾隨著毫不在乎的笑語到來，他們點起菸，從不介意吸氣時，時光加速燃燒，指間的煙灰帶著希望之類的高溫加速墜落地面。

學生各自選定在鏡頭上出現的位置，不同以往他們父執輩面對鏡頭的正襟危坐，老一輩的總在等待快門時失去笑容。年輕學子隨意站著，一定有人三七步，另一人叉著腰，不聽從指揮的那人側著身，他們讓鏡頭知道他們毫無畏懼，睥睨苦痛，大步跨越懷疑和徬徨，他們通過了全島最難的試驗，穿越了暗黑摸索，還是找到了光明的出口。他們或者直視，或者無視鏡頭，姿勢各異，是他們個別生命的樣式。

大倉幸三看過太多在店鋪附近取景的場合，每次都像第一次，每次都像最後一次。被攝者不知道，大倉自己也不知道，他們拍下的照片是一種悼念，用來檢視歷史究竟是怎麼死去的，或者說，是怎麼僵直，近乎沒鼻息地苟活過無法想像的一日又一日。

張羣坐在黨部會議裡聆聽其他人發言，心思飄到很遠的地方，那時候大陸正是戰後忙著收復的時候，所有日本人留下來的文化機構、書局、印刷廠都被正中書局接收。若是張羣能飄浮在空中觀察此刻坐在位子上的自己，他將發現他真的老了，肩膀垂斜，鬢髮發白。然而他無須太過擔憂，因為他的一生很長，他可能很久以前就知道了，所以少年時主動留級一年，就為了跟蔣介石同班，兩人一起在日本求學，互為知己。他活著見過了很多人先他而死，有的比他年輕許多，或者，活著跟死了並無差別。

他活著見證到正中書局從中國大陸搬來台灣，現在他正在見證正中書局的總局即將死去。

他老去的主因不是他們正在討論的拆除、重建台北正中書局的計畫，而是一種挺身而出的意氣。他記得當初收到一份公文，使得一向被稱為好好先生的他，把那一疊紙重重摔在桌上，來回在辦公室踱步。地點不是在台北，而在還沒淪陷的大陸辦公室。

公文裡寫道，正中書局接收日產後，在瀋陽與資委會東北辦事處幾個機關一起共用「滿洲實業興株式會社」的三層大樓，正中書局認為自己辦公空間不足，要求不與其他機構共用，申請轉帳撥用全棟大樓。張羣沒親眼見識過那棟大樓的規模樣式，不過按照以往經驗，從日本人手裡接收的都是好物，況且接收文化出版事業的主導人，絕不會為自己找麻煩。

張羣也許真的老了，他幾乎忘記他怎麼在刻意操作中失去行政院長大位，他沒有如願當上院長，在那個眾聲喧嘩的時代，許多人以為他當上了，記錄也顯示「可能」是他。然而，一路被趕到台灣來，他們任誰都再回不了故鄉，誰當院長哪有那麼重要？

他上簽呈報主席，把那一棟鐵筋水泥、規模很大的建物等關鍵字眼補進去，除了呈請不同意正中書局的轉帳撥用申請之外，還建議撤銷正中書局原先在那棟大樓使用的辦公空間。主席的回覆讓他知道，同學之誼仍在。憶起這些往事，以及自己為幾本書寫的序文，刊在正中書局出版的書籍裡面，老去的張羣忽然年輕了，他輕笑出來，為了掩飾突然轉身回眸的年輕現象，他以想像的快速動作，緩慢拿起煙，深吸一口。

大陸淪陷後，正中書局與張羣一起來到台北落腳，正中書局用把書上架的速度瀏覽了日產清單，明察暗訪，要了幾間印刷廠、倉庫、宿舍，至於店面，可要好好篩選。他們認為之前上海的三通書局被視為「為敵宣傳」的工具，成為正中書局接收的對象，台北的三省堂書局應該也要照例辦理。然而，他們很快從「台北銀座」淘到了更大更好的銀塊，直接定調要大倉商店。

對大倉幸三來說，那是昭和廿年，對張羣來說，那是民國卅四年，對美國來說，那是一九四五年，苦難將要以炸彈（不管哪一種炸彈）結束的那一年，五月卅一日，美軍B—24軍機又飛來台北城上空轟炸，這次的目標是城內，總督府為中心的區域，圖書館、電力株式會社、鐵道飯店、總督府、台北醫院被嚴重破壞。「台北大空襲」從不曾出現在正中書局出版的教科書裡，不會被這間書店使用的印刷鉛字記錄下來。

還有許多不會被記錄：關於曾被譽為榮町雙璧的新高堂書局或是大倉商店，怎麼炸成了滿目瘡痍，或者是，無意落在總督府防空洞前的炸彈，怎麼封死了入口，使得七百多人即便躲過轟炸，卻活活被悶死在裡面，挖掘出來時，全然變形難以辨認，還有，向著距離這個防空洞沒有太遠的店鋪跑去，倉皇失措的大倉幸三，看著千瘡百孔的建物，究竟是怎樣的心情。

大倉幸三以無從選擇的樂觀態度，飛快開始修復店鋪的工作，畢竟，誰也不知道轟炸會不會再來，或是和平就在門邊等著。七十六天後，玉音放送回報了大倉幸三的苦心，戰爭宣告結束，他覺得既悲傷又欣慰，無法分辨到底那一種情緒比較多。大倉幸三沒有停下手邊的清理動作，這是他一生最大的寄託。

大倉商店的位置、空間大小可當門市營業、辦公兩用的優勢，使得它雀屏中選為接收者的標的物，當然，因為屋主已進行修繕，接收後不需要花上太多費用也在考慮之列。

歷史，帶著那一紙公文敲上大倉幸三的門時，沒有管他是否能理解那表格裡的漢字。大倉幸三最後弄懂那張紙上最重要的，是一行「於文到七日內遷讓為要」的文字。他繼續掃地，他叫來的匠師正在依照他的吩咐，用本島人叫做「蠓仔釘」的小釘子，將剛裝上去的玻璃牢牢地固定在窗戶上。

沒有人知道大倉幸三究竟是在七天內的哪一天遷走的，連送信的歷史自己也不知道。沒有人翻閱到任何教科書上寫到這一段。

明明不可能憑空消失的一切，就是消失了，而你以為消失的一切又憑空出現，以陌生的姿態自我介紹，當你試著相信，它竟然在眼前又死亡了一次。

然後，對已消失的大倉幸三來說，是昭和四十七年，對張羣來說，那是民國六十一年，對大倉商店來說，在這年八月，迎來了強撐了七十年的結局。

機具對這幢建物敲下第一槌後，工人忍不住抱怨：「這種日本時代的最難拆，「硬迸迸（ngē-piàng-piàng）、碇硞硞（tīng-khok-khok）。」

沒有一本正中書局出版的辭典，找得到這兩個形容詞的定義解釋。■

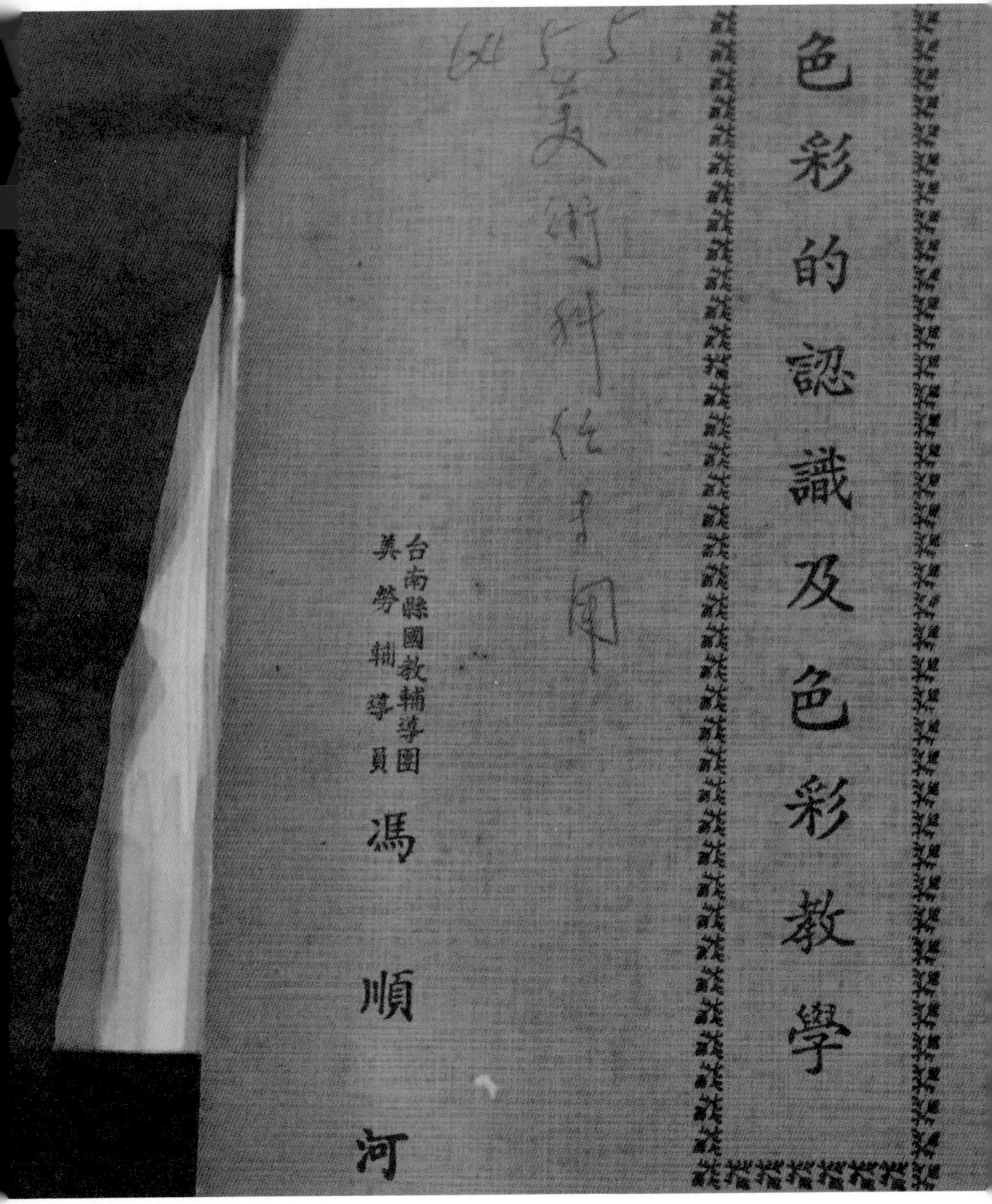
色彩的認識及色彩教學

台南縣國教輔導團
美勞輔導員
馮順河

阿公留下的遺書

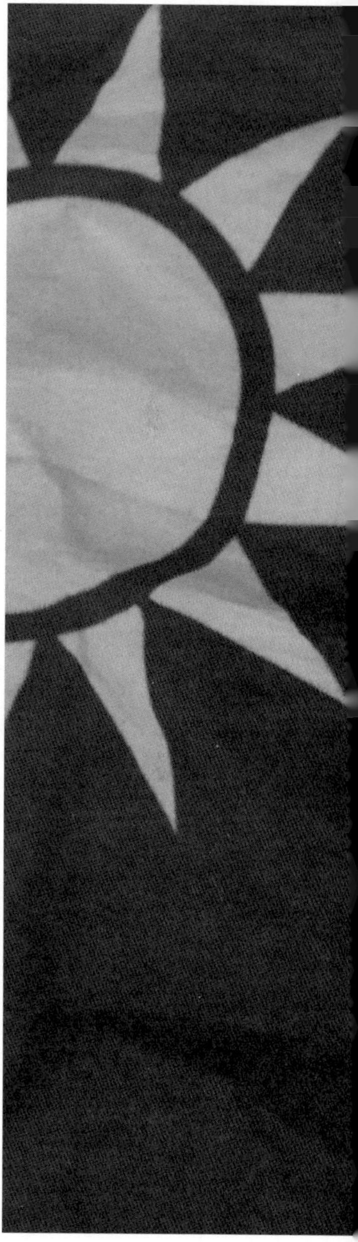

孫女開的租書店說要關了，他想也是。已經好幾年了，客人越來越少。巷子內的小小一方鐵捲門拉開便是店面，租出去也不會比較好，可是開著，就有必須費用，孫女說再進書已不敷成本，只能收場了。

馮順河坐在店門口看孫女無精打采地收拾書，恍然間，孫女也老了，他看到幾絲白頭髮，刺眼。孫女說要開租書店時，他的父母反對，覺得那不是什麼好行業，可是孫女很堅持，她說那是她從小的夢想。他知道孫女的想法，孫女像他，喜歡塗塗寫寫，特別喜歡畫畫，但是個性就不像他了，他放浪不羈，孫女害羞內向，顧個租書店也沒什麼不好。

他問孫女顧租書店好玩嗎？她說，好玩。客人進來時，不管是孩子還是大人，她喜歡先猜猜看這個客人會選什麼書。猜到了，有一種中獎的感覺。

「小孩子的快樂是藏不住的，手裡捏個幾塊錢，興奮跑過來，迫不及待到書架前把要看的書拿下來，找個位子坐，捨不得看完，卻又想快點看到最後一頁的表情，就是滿足。」孫女說。

「大人呢？」

「大人也是啊。有人看小說，有人看漫畫，大人很有趣，看小說的時候是大人，可是看漫畫，又變成小孩，阿公，你沒看到，好多媽媽借少女漫畫時，變成了少女。」孫女笑了，「媽媽比較忙，沒時間坐在店裡看，如果有媽媽在店裡看，我會偷偷觀察她們，她們的表情好可愛，她看的如果是我喜歡的那本，我還可以從他們的表情猜出他們正在看那一段，百發百中。」孫女掩嘴笑的模樣，惹得馮順河也覺得有趣。

他知道孫女喜歡這個工作。

一個月總有一兩次，她約阿公一起去台北選書。那是他們最快樂的時光。孫女跟他一起從台北後站走出來，慢慢步行到圓環，圓環邊有多間漫畫和小說盤商，她自己選新書，選上一大堆，有的書因為太熱門，需要買上兩三套，有的是因為被翻壞了，有的是在學校被沒收，有的是不見了，她在一套書中選自己要的那幾集，這些資訊記錄在她帶來的小小本子裡。孫女在地上拆繩，挑挑揀揀，整家店擠滿了全省來的批書人，熱鬧滾滾，吆喝聲不斷，不看買的東西，還真看不出來是在賣書。

馮順河靜靜在一旁等著，跟著翻翻看看。他早就知道，那絕大多數都是從日本翻過來的，改一個名字，加上一個書名，找人翻譯日文對話，再找家打字行把翻譯的對話繕打進挖空的對話框，就大功告成可以印刷。

有一個破綻倒是棘手，原作者直接寫在角色邊，通常是仰天長嘯／笑的場景，從大到小的「ハハハハ」的排列，難以處理，許多時候只能任由它們繼續留在畫面裡面，變成許多兒童童年時不知所以的「八八八八」……

忙完了，在夏天，孫女帶他去圓環市場內吃挫冰，圓圓的盤子綴上各種自己愛的料，淋上糖水，夭壽好吃。孫女節儉，雖然喜歡吃布丁，但光顧個兩三回才會叫一次，馮順河會要老闆直接加一份布丁給孫女，看孫女露出歡喜的表情，是馮順河最大的安慰。孫女搶著付錢，馮順河一次也沒讓孫女搶贏過，她付了火車票，其他的，馮順河自己掏錢。冬天時，他們吃雞捲跟肉羹。

馮順河不曾告訴孫女，他就做過日本漫畫的翻譯。翻譯的對話不難，半天就能翻上一兩本，收入不錯，他自己也能先睹為快。找上他的，是昔日當兵的同梯，這種工作要悄悄進行，（**怕被對手知道自己選了什麼書啊！**）當然也怕當局發現這是日本偷渡進來的漫畫（**問題是，誰不知道？**）更怕的是做好後被抄（**有發生過，但願不要……**）

總之要低調。

馮順河持續接這項外快，直到他發現一件事。另外幾個不認識的某某人，比較晚加入，也在做這個工作，同梯的如果趕件，會同時叫上好幾個人一起進行。他無意間發現那幾個人，明明翻的是「毋成物（微不足道）」的囝仔冊，可是他們一筆一劃，字寫得又工整又漂亮，內容翻得精準又好，用的是孩子能懂的語言，遇到日本文化特有的用詞，特別加註在頁面下方。

有那麼一次，同梯的找他喝酒，賺飽飽的同梯，把整個肚子吃得肥滋滋的，醉了的他對馮順河說出秘密。

「賺錢歸賺錢，做人的道義還是要有的，我啊，實在看不下去，有一兩個朋友，只是看了上面不給看的書，還是交了一些出代誌的朋友，就被抓去關到頭毛生蝨母，放出來後，警總仔，逐日上門查戶口，找到工作，也三不五時去亂，誰敢用啊？那些朋友吃飯都成了問題。我呀，可知道這些人的厲害，叫來翻まんが，有翻就有錢，坐在家裡拿筆就能賺錢，哪需要看人目色！只要我出版社無倒，大家都有一口飯吃！」

馮順河這才知道其他做翻譯的，竟然是坐過牢的政治犯。

「他們翻得很好啊！要翻這個，你要知道小孩子的氣口，也要知道日本人的眉角，兩種語言都要很會，不簡單。」

「他們本來就是這個社會上很有能力的人，不然怎麼會吃太飽去找書看，看到被抓了，坐牢出來還是一付讀書人的樣子，笑起來、說話就是跟我不一樣！幹。」

馮順河乾了一杯酒，覺得這個同梯的真假痟，怎麼認識這麼久了才知道他人這麼趣味。

「啊，只是我只有這種本事而已，偷印尪仔冊，偷賣，他們這種人才也只能翻這種給囝仔看的，我沒有其他的本事了……幹。」

他猛灌一口酒。

馮順河後來跟同梯的說，他眼睛不行了，看不了那麼多尪仔冊，叫他找別人吧。

同梯的聽完，意味深長地盯著他說：「幹，再多書那些人也吃得下來，你這無路用的跤數(kha-siàu)。」

馮順河接著找一份送報的工作來填補家用。

時間若是足夠，孫女總要繞去重慶南路看看。她喜歡那間古色古香的書店，東方出版社，他知道。

孫女說：「書實在是一種奇怪的東西，擺在不一樣的地方，氣質就不一樣。在書店裡的書都很有氣質，怎麼看都覺得是小姐。可是租書店裡的書，怎麼看好像都是查某嫺 tsa-bóo-kán，但是，阿公啊，查某嫺較古錐啊，查某嫺嘛真活潑，你看，歌仔戲內無一個查某嫺無笑容的，小姐卻常常話講不出來，不是很痛苦？人人看租書店的書都很開心，沒有人來看是因為被逼的，可是租書店的書不會考，大家覺得看租書店的書沒文化，到底是為什麼？」

有那麼幾本，他為孫女介紹，是可以買來看的。在東方出版社裡，他發現有一系列的書，選的是世界文學著作，書的封面都很像，像是彩色的石頭砌成石穴入口，裡面畫著不一樣的主角做構圖，那個畫風，如果著色起來，跟孫女店裡的日本少女漫畫角色還有幾分像。他並不確定那是不是從日本翻來的，因為每本都有寫上作者名，並且寫上是由誰改寫的，那些改寫者都是有名的作家，他在報紙上或圖書館裡都看過這些名字，像是林文月、黃得時等等，他翻閱內容，有一點年少時讀過的影子，可是好像更適合孩子讀，像是《茶花女》好像比較沒那麼悲情。孫女埋怨阿公怎麼幼稚，但是艱深一點的，她也看不太懂，想一想，買幾本回去看，不能看還可以拿出來租，於是選了幾本帶回白河去。孫女自己的確是讀完了，還跟阿公討論起內容，但那些書拿去架上放，根本沒有人想拿下來看，更不要說租回家，因此日子久了，先從書背的地方破，然後書裡的裝訂線慢慢散掉，整本書解體後，自然進了垃圾堆。

孫女問：「阿公，世界文學介紹的是世界的文學，世界上有好多國家，他們是怎麼選世界文學的？」

他忘了他怎麼回答的，如果是現在，他可能會回答，世界就是……去除掉中國，其他的地方都是世界。

孫女還記得這些嗎？他看著孫女忙著整理、打包，這幾年腰身漸漸豐腴，已不是當年的少女。他終於感覺到日子的蒼老。

租書店關了，是因為時代變了，他很高興孫女跟他不活在同一個時代裡。

聽說洪瑞麟的畫展要在台北美術館展出，馮順河也去看看。

進去沒多久，他就想走了，這些人不懂畫。畫作放在這個場域，無法突顯價值，洪瑞麟畫的是在礦坑裡勞動的人，在冰涼、靜默，像是醫院的空間裡，哪有辦法可以體會畫家想要表達的？

現代人，不知道在想什麼。

不過這場畫展的名稱「掘光而行」倒是取得不錯。他想像如果是用毛筆來寫，那四個字該怎麼在紙面上佈局？

他看到一個女孩，跟他一樣彎著腰，吃力地想看清楚說明牌上的字，還好不是只有我在這種燈光下看不到，他想。

正當這個念頭閃過去，女孩竟抬起頭來對他微笑，他馬上知道，他們是同一類人，可以說上話的。

你不喜歡?女孩問。

他搖搖頭，不是不喜歡，是覺得可惜，這些畫作被糟蹋了。

女孩微微笑，我知道你在說什麼。

他們聊起來，原來，女孩讀的是台灣歷史。

真好，現在可以光明正大說台灣歷史了。

馮順河順勢自我介紹，我是學美術的，我以前是個國小美術老師。

女孩說，老師都很討人厭。

馮順河說，我也這麼覺得。

他問，妳喜歡那一幅?

女孩帶他到那幅《礦工頌（坑內坑外）》前面，兩人安安靜靜站在畫前。

武藏野大學訓練出來的畫家，跟東京藝術大學的不一樣，如果說出身東京藝術大學的是貴族，那麼武藏野出來的就是「野武士（のぶし）」，這種人豪邁不羈，畫的都是底層的勞工、妓女、庶民，洪瑞麟就是野武士，我很喜歡，他的畫讓人感覺到黑炭下，肌肉筋骨的勞動。我很喜歡。女孩說。

這種畫家很不簡單。馮順河說。

陽光照不到的地方啊……洪瑞麟不只是在畫礦工，畫礦工就是在畫自己，畫自己，就是在畫所有在台灣底層勞動的人們，都在期待著光。他想。

他跟女孩並肩站在畫前，像是在祈禱。半晌，他才緩緩開口說，地底下都是黑的，因為挖礦，身體、肺都是黑的。你看，一坑一坑，只有勞動的地方有光，光不只是礦工工作時帶進去的，也是因為只有勞動，才能有得吃，家人有得溫飽，這些挖礦的，都是家庭生計的光。

女孩歪頭看了他一眼，你直接講台語好啦，講普通話真礙虐(gāi-gioh)。

馮順河笑一笑，按呢較親，好。

女孩引領他來看一面說明版，你若會當，用台語來念一遍好無？

愚鈍、粗魯、醜陋、嗜酒、貧困、好賭是你們的外衣。

耐苦、冒險、勇敢、素樸、率直、莊嚴是你們的本體。

馮順河沒有唸出聲音，他站在這面〈礦工頌〉前默默在心裡讀了一遍。

多謝，我聽著矣。女孩說。

說起來，還是因為太年輕。

那時候是幾歲呢？他忘了，只記得是剛去教書的時候，一群男學生在課後玩耍，追逐中，騎馬打仗的竹竿竟把國父塑像的頭給砸碎了。學生一哄而散，只剩下頭破血流的國父，半身像下一地碎片。

此事非同小可。

訓導四處找人，學校就這麼大，平日頑皮出名的猴囝仔也就那幾個，問完一輪後，認為下手的，是個叫劉興聰的孩子。孩子的爸爸在金子農場工作，家裡情況跟當時附近所有的家庭差不多，種田，跟他一樣窮，搞不好比他更窮，只是他好運，會讀書，讀了師範，不用錢，只是得回來故鄉教書抵債。

訓導不知道用什麼方法，把劉興聰這個猴囡仔嚇到臉色發白，到馮順河這裡來的時候，話已經講不太出來，結結巴巴。

他仔細問了劉興聰，那孩子鑾皮歸鑾皮，倒是背骨，說自己做的，可是馮順河對了一下大家的說詞，劉興聰當時應該是在揀龍眼樹枝要烘龍眼乾，不會在學校裡玩，不過，到底是誰，他怎麼也不說。馮順河只能帶孩子去訓導處，跟訓導講不通，最後進了校長室。

「事情發生的時間他不在那裡，事情不是他做的。」他努力壓抑心裡不滿的情緒。訓導說話的腔調，他著實聽不太懂，

（如果大人不懂，我就不相信孩子懂）

（還有，難怪下三白眼的人老是在戲劇裡當壞人，一看就知道再努力也當不了好人）

如果要描繪人物，幹，那個訓導的猥瑣應該是這樣那樣畫的，他的腦海裡出現了一幅人物速寫，因

為自己的才華跟那個畫面的荒謬，馮順河一直想笑，一直克制著自己。

訓導扯著漫無邊際的話，孩子只是低著頭，什麼都沒說，也沒有掉下一滴眼淚。

很好，不必求饒。

「我有聽過國父故事，國父小時候曾經為了不要讓村子裡面的人迷信，把村裡關帝廟裡面的神像的手給扭斷了，大家都說這樣你會為大家帶來災禍的，但是後來並沒有，國父反而成為了中華民國的偉人，我想，我們的小孩子只是跟國父一樣很調皮，想破除迷信而已，並沒有不敬，國父如果在這裡，恐怕也只會哈哈大笑吧！不然他怎麼會是偉大的國父呢？這樣的事他不會介意的，因為革命是更偉大的事啊！」

「國父當然不介意，馮老師已經把國父的故事都講給學生聽了，學生都知道，搞不好是因為想模仿才不小心弄到的，我們也不用把事情弄太大嘛！」校長說話了。

校長也姓馮，同樣是台南師範畢業的，他看著馮順河，心裡想的是：又是你。

雖然他們都知道這個故事，也都知道國父不會介意，可是他們介意的是有比國父更「偉大」的人會介意，然而任誰都不能明著說出來。

那場在訓導處的推理辯論，馮順河辯贏了。

辯贏不代表是贏家。

校長其實非常欣賞馮順河，他們既是校友，又有相同的興趣，校長也喜歡美術，骨子裡也有一種說不出口的，浪漫吧？馮順河想著。校長常常提起他年輕時跑馬拉松，可是有得名的。

在物資條件嚴峻的時代裡，平時上課教室就不夠了，校長竟堅持每一個科目都要有專門老師來教課，音樂、美術、實驗教室都具備，當時全省各級學校校長最常參觀就是馮順河任教的學校了，每個師範學校的學生一定會在教學旅行中排上這間學校，前來參觀見學。校長的口音跟其他大多數校長不太一樣，他是台籍的校長，慢慢講話的時候，國語是可以的，再快一點，可能得夾雜著一兩句台語，再急一點，連日語都會不小心跑出來。馮順河至今還記得他驕傲的表情：「白河國小，東南亞第一。」

（校長，你不講東北亞，是知道東北亞還有別的國家獨占鰲頭嗎？）

馮順河始終沒問出口，他不願意為難校長。

在一個上課日的早上，派出所的跟調查局幾個，橫霸霸上門搜查，翻箱倒櫃，也不說要找什麼，把馮順河的書架翻了一遍，簿仔紙、畫圖紙翻來翻去，家裡雖不至於說家徒四壁，也沒什麼可以翻上一早上的，換句話說，沒什麼東西好藏的，也沒地方好藏東西。

他們翻出了馮順河珍藏，八根不同型號的真空管，那是他在日本人引揚回去前，在路邊攤子上買的，是組成收音機不可或缺的要件。那台相機，是鎮上的日籍先生，特別要他來家裡，親自遞給他的。

先生把相機拿給他時，摸著機身，眼眶都濕了，像是自己的孩子要送養。因為阿母在先生家幫傭，馮順河常常跟著阿母屁股後面轉，好脾氣的先生也不以為意，馮順河因此有很多時間在窗邊偷看先生怎麼看病。

先生愛畫畫，馮順河沒有看過這麼愛畫畫的先生，在診療病歷上，先生有時隨手畫上當時病人的模樣：咳嗽的小孩，或是背著孩子來給先生看的媽媽。

有一次，母子兩個都咳得厲害，老母卻說自己沒事，要看的是孩子。先生對那個母親說：「我不是要看你，是你傳染給孩子的，我看你就是在治孩子，來，我聽聽看。」聽診器在孩子的胸腔聽一聽，大人那邊聽一聽，先生說，孩子快好了，你一直傳染給他，所以好不了。母親著急了。

「孩子快好了，不用太在意，但是你會一直傳染給他。你吃藥，孩子就會好。」先生一邊寫字（還是畫畫？）一邊說，「你吃大部分的藥，孩子吃一口就好了。」

拿出藥來，跟母親說這是她吃的份，那是孩子吃的份，「這樣總共一人份的藥，可以吧？」咳嗽嚴重的母親背著咳得更厲害的孩子，千恩萬謝地走出去。

先生發現了躲在門邊的馮順河，「即便是日本人，也有很難過日子的。」先生這麼說。

後來，先生會把他不小心打翻了茶水沾到邊角的紙給他，還有，不好用的炭筆也給他，馮順河也就把畫壞了好幾天的圖送給先生。

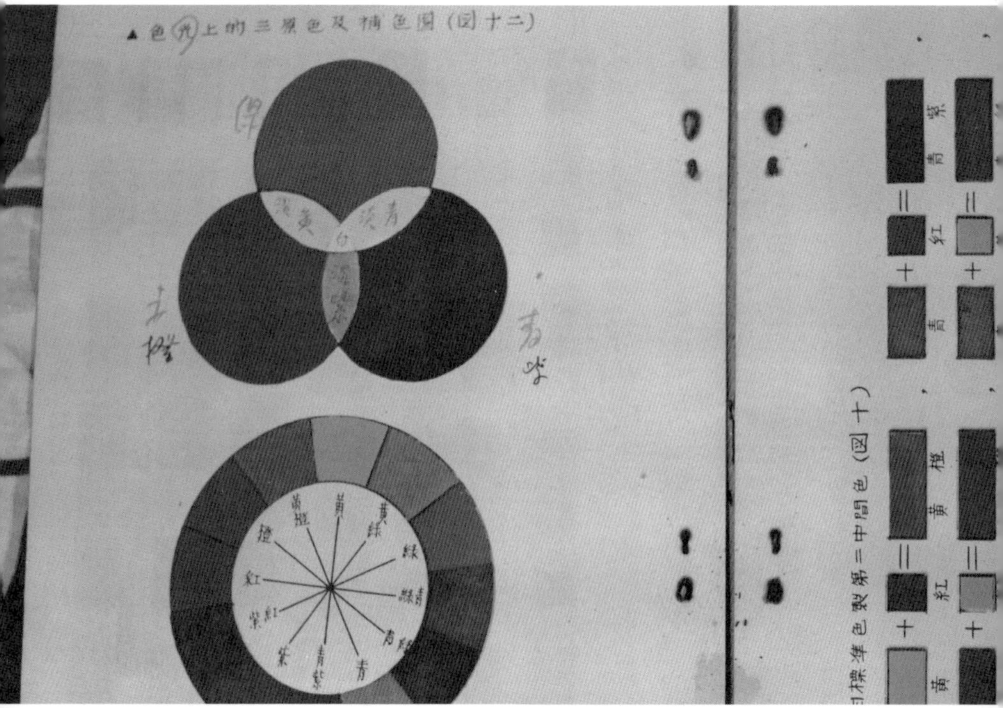
▲色(光)上的三原色及補色圖(図十二)

那些調查局的，把真空管跟照相機都沒收帶走，沒有還給我，之後還陸續上門查戶口、問東問西好多次，我阿母都被嚇得神經衰弱，我阿爸那陣子放出來的大便都是黑色的。

最讓我痛恨的就是不管我怎麼講，我的東西都不還給我。我再也沒見過那台相機，搞不好被他們拿去玩壞還是賣掉了。我想過一個漫畫場景是這樣的：別人踢來踢去玩的，以為是球，結果仔細一看，竟然是一顆人頭。馮順河說。

女孩彷彿被感染氣氛，揣想一顆被當球踢的頭顱，還淌著血滴，那個畫面，非常有歐陽劍華的味道。

先生說，圖畫有好幾種，有的會上色，有的不會，大家都以為上色的好看，其實顏色只是在騙眼睛，真正重要的事情，不是用眼睛看的，眼睛看不到。

女孩說，洪瑞麟隨身帶著一本裁縫師在用的洋裁簿進去礦坑，跟著礦工一起去挖礦，畫下礦工的身影，礦坑裡面其實很少色彩，可是他還是努力要把光跟黑、黑跟色彩的對比畫出來，這很不簡單。所以我說，我們在這麼舒服的地方看這種畫沒有意義，就像躲在安全的地方批評不衝鋒陷陣的人懦弱，哪有什麼道理？馮順河突然出現一股怒氣。

可能想要讓馮順河平靜一點，女孩問：那，你那個學生，後來呢？

後來，誰知道，原來劉興聰家裡也跟我一樣，被攪得天翻地覆，他阿爸想盡辦法湊了一百塊錢，去拜託鎮上開石灰工廠的民意代表幫忙，說要給學校作為國父頭像的賠償。校長說，劉興聰家裡窮，不用這樣，國父不會介意的，把錢退回去給他們。劉興聰他阿爸當時那個絕望又懼怕的表情，讓我永生難忘。我想到，這個時代，要活下去的代價就是必須拋棄尊嚴。

孫女在網路上貼文，說租書店即將結束，店內所有的書籍都出清，她把店內的書架拍照上傳，書架如果有人要，也可以出售，不過要自行搬運。

馮順河坐在一旁看著，那整排書，每一本都是孫女的心血。

租書店生意正好的時候，為了讓漫畫夠堅固，能撐得過那麼多人的翻閱，進店後必須用厚厚的紙板裁成書籍的大小，封面封底各一片，然後用大大的書釘釘起來。為了省錢，馮順河常常上街去幫孫女找包裝的厚紙板，回家後替她用銳利的刀片裁成適當大小，再為她釘書釘。釘書釘需要很大的力氣，當然由馮順河來，他做得很開心。

他釘書釘，孫女負責在書內蓋上店章，以免客人借回家後跟其他商家的書混淆，孫女蓋章的時候，有點像銀行員。高職畢業後就做這途的孫女當然不會是銀行員，他只是說，蠻像的。

那些書，如今要賣掉了，可能還找不到人接手，因為蓋上章，打釘子的書，一般人比較沒有意願收藏。孫女以一套一套做單位，個別用繩子捆成堆。

他看到《尼羅河女兒》就有三套，看得出來由舊到新的三個版本，孫女當初好愛，他也跟著看了幾本。

小時候，孫女說，她喜歡那個埃及王曼菲士。他跟著看幾本後則是很擔心，這個男人（**畫得實在很美艷，像女人**）說話跟想法都很不成熟，看起來無法治理國家，追著女人跑，遲早會亡國（**當他有這個想法時，趕忙環顧四周，看看租書店內有沒有人，會不會有人覺得他在罵誰？**）那個國王愛的女人也蠻麻煩的，三不五時就跳尼羅河不見，像是吵架後常常跑回娘家或離家出走的嬌縱太太，這很要不得。

他跟孫女說，要學會溝通，逃避不是辦法，跳台南運河也不是辦法。孫女說，那是尼羅河，不是台南運河。

以前可是有很多人跳台南運河為情死的，他說。

孫女俏皮地說：「阿公你根本不出門的，台南運河你也知道？」

「我讀台南師範的呢。」他說。

一種孤獨襲上心頭。

馮順河到現在都還認為那是一個壯舉。印象太深刻。

中國青年反共救國團在當年暑假期間舉辦了一次玉山登峰會，朋友A約他一同上山。

「能登上玉山的機會不多，要透過特殊申請，現在只有登山協會跟救國團的活動才能有這種機會，還不把握機會！我跟你說，救國團的活動可是場場爆滿，報到名要點運氣也要靠點關係。把你當作工作人員一起報上去，你才能去，還不情願！」好脾氣的A虧他。

馮順河還是興趣缺缺。

「聽說這一次申請入山的，還有一支日本來的學術登山隊，還不知道排雲山莊夠不夠住咧？」A提起的這件事，反而燃起了馮順河的興致，他眼睛一亮：「喔，這樣有趣，我去。」興沖沖款起裝備，準備一起跟著去登峰。

A也是教員，在台南市區的國校教書，也出身白河，馮順河跟他有共同興趣，有什麼好康的，A總叫上他。相較於馮順河的不積極，A展現的是在教育上的高度熱忱：對朋友好，對學生認真，不愧是師範畢業的。「人家還努力想當上主任，甚至校長！」他時常偷偷調侃自己，跟A比起來，自己一無是處啊！

他們這支登玉山隊伍從嘉義北門站啟程，下午到達阿里山，便接獲了當天天候不好，前一支隊伍在玉山峰巔百多公尺外被迫撤退的消息。團員們揣揣不安，擔心來這一趟，若是無法登峰，就白來了。更擔心的是在北門站就遇到的日本隊。這次的玉山入山許可，他們可是花了很多時間，透過各種關係才申請下來的，若無法登頂，就白跑一趟，他們有很多事情必須在這一趟登山之旅中完成。

A在隊伍中跟年輕學生談得起勁，在火車上從背包內「變」出了幾本免費的刊物給談到文藝創作的學生，A跟他年紀差不多，可能比較有語言天賦吧？那個國語說得真好，雖然還是跟不上人家尾音有「兒」的那種。

比起跟自己人聊天，馮順河對日本隊比較有興趣。馮順河不會承認，當然也不能承認看到這支日本隊伍時，心裡許多的複雜情緒。日本登山隊穿戴標準的登山裝備，臉上有自信的微笑，態度有禮，樣樣比同行的台灣人強多了，他不想相信，他對這支隊伍的感覺，是親切感，帶著羨慕。

還好，破日語還記得一點，還能用，幸好。讓他更驚訝的，領隊的教授自己就會說一點中文。

這是廣島大學教授率領的研究團隊，有十二位教授，八個醫學部的學生，還有三名日本中國地方新聞社和廣播電台的記者。

領隊田中正西博士原本是一副冷淡、保持距離的樣子，但馮順河這次以徵信新聞報的白河駐派記者的身份加入，不能不挖點故事，他沿途展現的熱情跟健談讓田中打開話匣子。

「我們這趟是為了收集動物、礦物和台灣醫療資料，特別要研究人體在不同海拔高度下生理的變化。」田中抽著馮順河遞上的煙這樣說。

馮順河嗅到敏感的問題，立刻問道：「為什麼要收集這樣的資料？」

田中欲言又止，禁不起馮順河幾番追問，終於說出他們國內積極訓練體育選手參與墨西哥世運，由於墨西哥城是有史以來海拔最高的世運主辦城市，他們重視體育選手在高海拔地區的運動成績，擔心會有高山症出現。

「你們也有高山，為什麼特地到台灣來取樣？」馮順河好奇地問。

「我們是有高山，可是我們沒有在短時間內可以歷經熱帶、亞熱帶到近乎溫帶的氣候變化的地方可以做試驗。後來想想，台灣不就是距離日本最近，又具有這種條件的環境？我們才決定來台灣試試。我們是外國人，來台灣只能登雪山跟玉山，我們當然選玉山。」

輸家的感覺籠罩在馮順河頭上。

不知道何時出現在身邊的A，出聲嚇了馮順河和田中一跳，他戳馮順河的背說：「這我們可得學起來。」

馮順河笑罵：「你這個揖壁鬼（mooh-piah-kuí）！」

「講國語啦！」他回答。

從東埔步行到排雲山莊，需要一天的時間。沿路風景優美，綽號叫「山牛」的嚮導，熟悉地形，領軍前行，他是絕對的山林英雄。當別人走的時候，山牛的速度已經算是跑步，當團員氣喘噓噓，他已經站在高處眺望眾人，活力無限地向後喊話：「好大塊烏雲飄過來了啦！走快點，不然會被雨趕上！」大家上氣不接下氣地爬坡，雖是夏季，平地仍燠熱，但山林裡因為風雨頗大，反倒濕冷，加以坡度大，路又泥濘不好走，對體力是很大的考驗。馮順河走在A背後，看著A努力前行，撐著竹竿的手臂溼亮，肌肉起伏，上山之前，他為自己找了一根十分結實的竹子當登山杖，也替馮順河找了一根。

馮順河聽到隊伍裡此起彼落的喘息與腳步聲，又墜入了之前與田中的談話內容。

田中說：「即便是作為戰敗國，我們也要快點找回我們的自信，我們可是努力拼命地做這件事，這個世運的機會，不就是好機會嗎？我們絕對不放棄任何可以重回國際舞台的機會。」馮順河覺得羞愧。戰敗國日本努力地想尋回國家的光榮，那麼作為「戰勝國」的中國，做了什麼？

中國內戰，戰敗了來到台灣，說把台灣當作復興基地，要反攻大陸，結果呢？

不要多想。

在這個時代，做台灣人，千萬不要多想。否則日子會過不下去。

多桑告誡他太多次了，他總是無法控制自己。

自己究竟是怎麼在學校裡面成為問題人物的？他也不知道。時時刻刻，似乎有人吃飽沒事幹，盯著他的一舉一動，他怎麼做都不對，喔，也許這樣說不對，是他知道怎麼做才對，但他就是做不來。

越往山裡走，天候越不好，山牛與A鼓勵隊伍裡體力不濟的年輕人跟上腳步，A還有餘裕虧一下因為相互合作而在空氣中開始瀰漫曖昧感的少男少女，他走過去時，不知道是因為身處山林的關係，還是因為青春，清新的氣息跟著他的身影一起散播出去。

山牛身手矯健，躍上巨石，往後看向努力跟上腳步的年輕人，眼神銳利帶著微些嘲諷，又縱身繼續走，像是雲豹。雲豹到底是什麼樣子？馮順河只有聽山地朋友形容過，沒有親眼見過，但是如果雲豹像是朋友口中那樣的傳奇而具靈性，幻化為人形，一定是山牛這樣的形象。

這團救國團的玉山登峰隊總共有三十個年輕人。A說得沒錯，這種戶外活動每次只要開放登記報名，總是很快就額滿，有時，甚至是開放報名時就已額滿，為了要搶到熱門活動的名額，早就有人透過各種人脈關係運作，早早搶到，當然一開放，所剩無幾。那麼，「沒關係」的呢？怎麼辦？只能指望善心人士，像是學校的訓導主任或是教官，念在你平時素行良好，在校有多少嘉獎，給一點優惠和獎賞。是的，就是這種感覺，資源都把在他手裡，丟點麵包屑還要你道謝的感覺，可是麵包不就是你做出來的？

這是心照不宣的秘密。當這些年輕人走在一起時，看著彼此的臉龐，常有「天選之人」的感覺吧？馮順河一邊走山路，看著努力不脫隊的年輕人身影這麼想著。

然而，怎麼會有個政府搞得國民什麼也不能做？不能靠近山也不能靠近水，入山怕你進去造反，靠海怕你偷渡出港，提防國民就像……提防匪諜，匪諜是要注意沒錯……

馮順河望著這群青年學子，胸臆裡莫名升起一股憤怒，然而看到他們因為發熱而泛紅滴汗的臉，又心生憐憫。

日本隊走走停停，有人拿著儀器，每到一個固定的高度，便停下來，在這個高度做紀錄，採取動植物標本，幾個之前介紹過是醫學背景的學生，刮取彼此身上的汗液，採血、採尿、採糞便做樣本，悉心記錄。到了排雲山莊，他們卸下裝備，首要工作是架起顯微鏡，整理樣本，「日本精神」，馮順河一邊觀察，心裡浮現這個名詞。

到了晚間，救國舉辦營火晚會，馮順河對這種唱歌、雜耍的節目場面沒有興趣，獨自坐在離營火較遠的樹下抽煙。他覺得這種活動比去算命還無聊。算命算到最後，皆以勸世為善做結語，這種活動最後則以呼口號：三民主義萬歲、反攻大陸、統一中國做結束，這到底跟戶外活動、爬山健行有什麼關係？他實在不懂。

排雲山莊的工作人員在眾人慫恿下，唱起聽起來是山地曲調，一聽卻是日文歌詞的歌謠，馮順河丟掉了手上的煙，仔細聆聽。是因為有日本團員來，所以唱這些日文歌詞的歌？馮順河感到悲哀。他十二歲，日本就戰敗了，事實上，他對日本統治，沒有太多記憶。然而，從多桑他們對日本人無限懷念，卻對現今政府又懼又厭的態度，仍能感受到矛盾又可憐、可悲的心情。

他對這個山地人唱的歌覺得無奈而蒼涼。

唉，這個國家為什麼讓自己的人民一直這麼進退兩難。

正在聽他說故事的女孩問：你那時候覺得這是什麼國家呢？

幹！管他什麼國家，台灣人才不管那是什麼國家，只要我們能過得像人就好。他回答。

接著，一個國語還算標準，介紹自己來自韓國的留學生，自告奮勇說要唱一首歌。「我來自韓國，故鄉也在高山上，不過我們原本不是住在那裡，那麼，為什麼我們住在那裡，因為今天的現場，我不想多講，以免壞了大家的情緒。我要唱的歌……」他清清喉嚨，「不是阿里郎啦，是我的家鄉民謠。」

馮順河聽不懂這首韓文歌詞，前面那段國語解說的內容，日本人聽不懂。在場三個國家的人聚集在有不同名字的同一座山巔——新高山、玉山，訴說不一樣的民族故事，類似的悲哀。

馮順河在後來寫的那篇特約稿中說：韓國人民受到日本軍閥蹂躪的那一段苦楚，以及韓國人民心中那一股無法化解的仇恨！使我們不禁對韓國民族意識的強烈深感敬佩，更對他們隻身流落在海外，仍然記取國仇家恨的愛國情操肅然起敬。

那個晚上，即便有這些複雜情緒，台灣人樂天的性格依然在酒精催化下發揮作用，他們分享暖身的高粱酒、麵條跟皮蛋，奇異的食物氣味讓日本人齜牙裂嘴，卻捨不得放下筷子。到了就寢時間，雖然台灣隊伍的人數超出日本團隊一倍，為了讓他們舒服一點，仍讓出了一半的床位給他們睡，排雲山莊的工作人員，多半是山地人，就在椅子或凳子上半坐半臥到天亮，馮順河與A直接拆了門板鋪在地面，睡了一晚，早上將門板又裝回去。

隔天，天候更加惡劣，領隊山牛的壓力非比尋常。

「我有睡覺啦！」他說，可是馮順河睜開眼睛時，他已經站在風雨不止的山莊外面，凝視雨水霧成一片的起伏山巒，衣角滴水。

「天氣不好，容易有高山症，而且輔導長也不會讓我們攻頂，可能只會讓我們在碎石坡那邊看看。」

「看著辦吧！」馮順河說。

一路上風雨交加，根本不適合出團攻頂。救國團的活動一向有口碑，一兩次活動失敗是無妨，可是山牛在意這些參加的學生，來一趟可是不容易的，每年不少人特地來拜託是否有門道可以參加救國團的登山活動，他不忍看到大家失望。

從排雲山莊到玉山館，雖然僅有兩公里路程，但是山路陡峭，路面許多亂石，光是前進便耗去整整兩個小時，到了碎石坡，大家更是決心要前往風口，到那裡，距離峰巔已大概百餘公尺。依照山牛判斷，應該還可以前進，他帶著大家前進，繼續前行。

日本隊伍顧及安全，在碎石坡那邊就已經放棄。只有不放棄的年輕人，相互扶持，彼此鼓勵，花了半小時，終於攻頂。只是，站上山頂，雨大風勁，成人都站不穩。

救國團的工作人員似乎胸有成竹，想必每次都會來上這樣一段吧？

「這尊于右任銅像，在民國五十五年由教育部交付給救國團成立『于右任建像籌備處』，由中國青年登山社主持募款，很不容易才達成的任務。這座銅像跟其他材料，先用火車運到阿里山，再轉到東埔集材場，用卡車運上塔塔加鞍部，最後由兩個山青，把重達九十幾公斤的于右任半身銅像、木盒以及銅像基座所需的大量水泥背上山，大家知道嗎？于右任銅像，跟大家昨天住的排雲山莊，是一起舉行落成典禮的。」像是背誦，也像是宣讀。

底下發出驚嘆聲。

「為什麼會在玉山主峰豎立于老銅像呢？因為于老的遺願，是能遙望大陸，他說：『葬我於高山兮，望我大陸』。」儘管風雨有加大的趨勢，工作人員的聲音還是充滿熱情，「今天，天候不好，不過大家等一下如果有機會，一定要在這裡遠眺故國，想像反共復國的情懷！」

幾個人聽完這段話，紛紛爬上前去，想把銅像看仔細一點，無奈風速實在太大，只能抱緊銅像，風雨飄搖，回應大家的是氣象的瞬息萬變，哪裡看得到什麼故國家園。馮順河心裡想，于右任喜歡在這裡遭受風吹雨打，那就自便吧。

工作人員最後提議：「我們一起來唱一首領袖頌！沒有領袖的領導，我們都不可能在這裡安居樂業，還能有機會站在這裡！」

領袖，領袖，偉大的領袖。您是大革命的導師，您是大時代的舵手。
讓我們服從您的領導，讓我們團結在您的四周。
為了生存，為了自由，大家一起來戰鬥。
中華民族發出了反共的怒吼，鐵幕裡的同胞再也不能忍受。
為了生存，為了自由。人人須要戰鬥，人人須要領袖。
我們要在您勝利的旗幟底下，打倒朱毛，驅逐俄寇，把國家民族拯救。
領袖萬歲，領袖萬歲，我們永遠跟您走，我永遠跟您走。

風強雨勁，山牛在一旁有點著急，歌曲一唱畢，他便舉手大喊：「大家跟—著—我—來！領袖萬歲！領袖萬歲！」呼口號的同時，順勢帶領大家往山下走，唱歌唱得熱血沸騰的年輕人，自然跟著慢慢走下山。

我後來寫的這篇新聞稿刊在《徵信新聞報》上，結果當年，台灣的世運代表團也帶到合歡山上去受訓耶，有人說是因為這篇報導提醒他們，原來，運動訓練也得考慮當地的環境因素。

A是第一個跑來跟我說這篇報導寫得好的朋友，他手上拿著報紙，遠遠跑到家裡來跟我說的樣子，

我都還記得。

如果我沒記錯，那應該是唯一一次以台灣名義出賽的奧運會。女孩嘆息，我在書上有讀過。

你知道後來于右任像被破壞了嗎？女孩問。

馮順河乾笑兩聲。

鳥居龍藏跟森丑之助、鹿野忠雄都曾經登上玉山，玉山的頂峰以前曾矗立著日本的新高祠。只是，你看到的是于右任銅像，好慘。女孩說。

妳登過玉山嗎？馮順河問。

沒有，我心臟不好。女孩說。

沒關係，妳讀了很多書，知道玉山以前叫新高山，很好。

有時候，馮順河非常想念相機，要記住手部按快門的肌肉細微運動，他便提筆畫一點什麼。

校長提醒馮順河，他恐怕已經是被監控對象，因為校方收到了教育局幾次來函糾正。

「至少升旗典禮要來啊！你不出現，困るね。」

「我沒有精神參加那個啦。」

「按呢對你本人敢有好處？無好處啦！」校長用台語應他。

馮順河覺得很疲憊。他喜歡教書。每個週六下午，帶班上的學生到白河郊區四處寫生，去虎仔墓、小南海等地，孩子們騎著腳踏車跟在他後面，一邊玩一邊畫畫，很開心。他自己也帶上畫具，畫到一個段落，看看學生的寫生進度，給一點意見，那是最快樂的時刻。

可是學校讓他很疲憊。

整間學校像個軍營，也像監獄。司令台、旗台，就是軍事化的名稱，來學校上課，為什麼學生必須得像軍隊一樣升旗呢？還有，他倒是從外省籍的老師口中才學到了「操你媽」的這種用法，可是學校的運動場叫做「操場」，到底是誰操誰？為什麼被操？更不用說，課本裡的那些「烏魯木齊」，他自己都不想讀，自然也不想教。這教育體制的荒謬，到底是大家都麻木了，還是只有他太敏感？

學校實在太無聊了，他撐不住寂寞，自己私下標會，買來一台中古相機拍照，不必要的額外支出，使家計雪上加霜，妻子怨聲連連，他沒有多做辯解，也沒打算有人瞭解，開開心心拿著他的相機去做他覺得快樂的事。

除了教書，他擔任《徵信新聞報》台南地區的駐在記者，有新聞時幫他們發個特稿，因為他會寫也會拍攝，圖文並茂，很受報紙長官青睞，當然賺進稿費後，看在額外收入的份上，妻子也不再對那突然「長」出來的相機多說什麼。

對馮順河來說，看漫畫書，是一種享受，但他當然不能這麼跟學生說，而且制止學生看漫畫是校規，校長在朝會時都會三申五令。馮順河才不這麼認為，他喜歡看電影，但電影不能常看，票價貴，看但是漫畫只要花上一兩毛錢，漫畫可說就是平面的電影啊！讓學生有想像力，圖畫遠比文字力量來得大，為什麼大人不支持？他覺得很困惑。

對他而言，面對一張空白的紙，在上面寫出作文跟畫出圖畫來敘述同一件事，意義是相同的，平心而論，他甚至覺得畫圖比作文難多了，你看，主角會綁兩個髮髻，因為他根本是個孩子，不用多說，看就知道，作者怎麼想到這個設定的？寫文章的如果直接點明主角是一個小孩，肯定不會有人想看啊……然後你看，他的上衣，是開襟的，下半身……

「馮老師，他穿什麼不重要，怎麼畫的也不重要，重要的是，這會影響到學生的課業，我們不能鼓勵學生看課外讀物，更不能看漫畫。」校長打斷分析得興高采烈的馮順河，慎重對他說，「教美術，教的是技巧，不是藝術家的浪漫，你要記得啊！」

不浪漫，根本畫不出什麼好作品來，充其量就是個畫廟仔的，不是藝術家！住嘴後的馮順河想。

他想對看漫畫被抓到的學生說，看不到，就自己畫啊……畫你自己的四郎與真平。還好他沒有說。

因為過了不久，教育部和內政部就發佈了「編印連環圖畫輔導辦法」，漫畫變得不好看了，因為漫畫的內容在印刷前都要送交審查。

那個盜印日本漫畫的同梯就說：「他們什麼都要管，角色臉的五官看不見不行，所以不能戴面具也不能蒙面。也不能射飛刀，因為武器太厲害不行。不是人的角色卻會說話也不行，因為那會破壞小孩子對正常世界的思想，會搞出神經病。甚至後來連對話框是先左邊還是先右邊都要管，完全沒在管畫面構圖好不好看的……最糟糕的是他規定送審，你送給他查，他叫你改，你送審一次還得給他兩千塊的審查費，不通過，就一直審，這誰受得了？」

馮順河默默喝酒，沒答話。

「所以，就變成，這些官員最恨日本了，可是市場上，日本漫畫大賣啊，就是有人要看嘛！你不讓自己人畫，就變成敵人的天下。我喔，都搞不懂這些頭殼裡面裝屎的在想什麼。」

所以，不能畫畫的人後來都做什麼去了？

他翻譯過機器貓小叮噹。小叮噹變出了好多玩意，開了任意門可以去任何地方，時光機可以倒轉時間。他一面翻譯，心裡浮現羨慕：可以自由創作的國家，真好。

你有想過，能有自由創作意志的國家，應該有什麼條件嗎？女孩問。

馮順河想了想。

我想，他們必須知道自己是誰，要往哪裡去吧？我猜的，我也不知道。我只是希望待在一個想說什麼就說，想畫什麼就畫，想去哪裡都可以去，想拍什麼都可以拍的地方，這樣而已。

因此，孫女說要開一間租書店時，他完全贊成。

他知道租書店安全，裡面的書一定安全，不會有看了會被抓走的書，那種書，沒那麼好讀，不會有太多人看的。**（所以想看那些書的人真偉大！）**

用少少的錢，讓客人有一點點的快樂，做這種生意很好。而且，租借快樂給別人，自己擁有一整間快樂的泉源，沒有比這更好的工作了啊。他贊成內向的孫女做這途。

孫女的租書店內有漫畫，有武俠小說，有言情小說，過一陣子，連外國翻譯小說也有了。他對這種書的內容興趣不大，倒是被這種書的封面吸引。國外的言情小說封面，應該是特別請人畫的，男女主角身邊有盛開的花，女人有時穿著大膽的露胸禮服，有時則是小家碧玉的純情洋裝，男人形象多半是壯碩、勇猛的，衣服下肌肉起伏，霸氣地擁住女人。啊！愛情。

馮順河想，如果我們也有畫家，專門為言情小說、武俠小說畫封面，那麼不就可以為藝術家創造工作機會？馬上，他想到自己真傻，這種畫怎麼可能通得過審查，審查者一定會要這些封面的人物好好把衣服穿上。

偶然間，他發現孫女在紙上畫樹狀圖，孫女說，最近在看一系列言情小說，講的是法國大革命背景的戀愛故事。裡面的主角外婆、媽媽跟女兒三代，都跟一座雕像有關係，「讀完後，我居然對法國大革命還蠻了解的咧，不知道的地方還想去找其他資料，看看原來是怎麼回事。」孫女為了瞭解那些人名彼此之間的關係，特地做了樹狀圖。這個孫女原來不愛讀書，看到歷史就叫苦的，現在居然想知道什麼是法國大革命？

馮順河那天把書帶回家去看，一看便欲罷不能，整晚連著把第一本看完，早早等在客廳，等孫女一開門，急著要找第二本來看。然而孫女拉著他往車站走，說今天不開門做生意，要去台北補書。

他問為什麼，孫女生氣地說：「最近很熱門的幾本書，都被破壞了，人家想借都借不到，也包括你要找的那一本！」

為什麼被破壞？馮順河不解。

孫女又氣又急，「因為裡面有精彩的啊！要不就是要親親的，要不就是脫了衣服的，有人竟然把那幾頁撕走了，我卻沒發現！客人租回去，沒得看精彩的，吵著要退錢！唉，以後還書的時候，我一定要好好檢查！」

後來進書時，孫女會特地翻過整本書，將特別「精彩的」的頁數記下來，還書的時候個別翻來檢查。

跟著孫女一起看漫畫、小說，他體會到一件事，這個教育體制之所以不讓學生看漫畫，不鼓勵課外讀物，是因為這個教育體制不想讓學生會講故事，故事讓人有夢想，當有了夢想，就不會再甘於現狀，不甘於現狀的人讓統治者最為畏懼。

馮順河還沒想到的是：會講故事的人，往往就是革命者。

妳呢？妳混過租書店嗎？馮順河問。

有，我一直在等《千面女郎》完結篇。《千面女郎》你知道嗎？

馮順河想了想，我好像有聽孫女講過，但是忘了……

兩個女人搶一個「紅天女」的角色，搶了一輩子，目前還不知道到底誰要演這個角色呢！女孩說，我阿媽從來不讓我看租書店的尪仔冊（ang-á-tsheh），我阿媽講到言情小說這種書，都是說是「小說仔（sió-suat-à）」，聽那發音就知道很輕蔑，不過，她不是故意的，她只是不瞭解。

人對自己不瞭解的事情還真多偏見。他說。

馮順河的「孽性」大概是從那一次被警總約談之後，被清理一空，從此以後他很少說話。

被約談的那年，是一九六八年，大家慢慢從白河大地震的殘破中恢復。三 四年前那個寒流到來時

侵襲的地震，是很多人的創傷，原本交易熱烈的白河市場倒塌了，鎮上一半以上房子也傾倒或起火燒毀，馮順河任教的白河國小從日治時期就延續至今的木造教室，更是全數毀壞，整間學校幾乎夷為平地。人們感到慶幸，幸好大地震發生在晚飯後不久的時間，若是發生在白天，後果真是不堪設想。

隔天去學校的路上，馮順河幾乎認不出來這是自己居住的小鎮，他家當然也倒了，但街上可能因為人口密集，加上天氣冷，用火取暖，地震來後起火燒成一片。可能因為地震，地層變動，井裡打不到水，大家不知如何是好，無家可歸的人蹲在路邊，守著一堆廢材，眼神茫然。

不知過了多久，軍隊開進學校，載來山東大饅頭，發送起來容易，也能立即吃飽。老師跟軍人，鎮上的救國團和民眾服務社都跑來幫忙分發，過幾天，軍車載來的就是美國的救援物資：尺寸很大、很古怪的衣服、奶粉、麥片、麵粉，學校老師收到美國那邊捐出來的聖誕卡片，要發送給學生的，卡片上寫滿了字。馮順河後來回想，那大概是美國那邊發起的人道救援活動，寫卡片慰問難民吧？發給小孩子正好，小孩子看不懂裡面寫什麼，老師基本上也看不懂，大家顧著欣賞卡片上畫的雪景，聖誕樹、穿紅衣的老公公。卡片上面灑有銀粉，揮舞卡片，銀粉紛紛掉落，小孩對這銀粉可是萬分珍惜，一小粒也不想讓它掉，即便掉了，也要在泥土地上用手指把它「黏」起來。

大尺寸的衣服，被各家媽媽的巧手拆解，縫成幾件孩子的衣服。馮順河也穿上不合身的大襯衫，顯得瘦小的自己更加「薄版」。

A還是那個沒讓人失望的好朋友，馮順河永遠記得他特地帶來的那一碗麵粉。

「民眾服務社發的，我怕你不知道，留了一碗給你。」他走到馮順河家裡臨時搭起來的灶腳，找到了碗公，把麵粉小心翼翼倒進去，拿著自己的空碗公準備離去，「人總是要吃飯。」他說。

馮順河被約談時，便穿著戶手一；件過大的襯衫，起因是他以在地記者的身份寫了一篇文章，內容敘述教員集體苛罰兒童。這件事原本就在台南縣教育界流傳，使得教育局不得不處理，但最讓馮順河覺得可笑的並不是這件事，而是這篇文章後來根本沒有刊登出來。

那一個版面，出現了不為人知機制運作。他想，這個過程可以畫成四格漫畫。

從左上那格開始吧！

諸葛四郎拿著一張紙，上面寫著：謠傳集體苛罰兒童一群教員呼冤要教育局澄清，此格右方文字：「義憤填膺！此時不說，更待何時！」四郎的眼睛注視著紙面，一臉嚴肅皺眉，眉頭可別忘了倒勾。

右上這格：真平綁著雙髻，雙手在胸前交叉，眼神望天，左邊文字：中國時報，民國57年12月14日副刊即將刊載出來！等著瞧！

左下這格：真平拍著四郎的肩膀，兩人互望，他們露出了難得的笑容。兩人中間的空白出現：幹得好！

右下這格：假面出現，空白處的文字：你以為可以逃得出我的手掌心嗎？（**備註：這格特別重要，假面要畫得冷酷無情，讓人不寒而慄。**）

這四格漫畫背後的故事恐怕是：文章即將刊出的消息被密報出去，有人到報社把排版好的稿子抽掉，致使第四版稿件不夠，為免開天窗，只能重新排版，那一天的這一個版面，看起來特別鬆散（**以往珍貴而塞得密密滿滿的版面，竟然出現了呼吸的空隙？**），然而，不知情的人怎會在意？只當是一張尋常報紙，看完就拿去包便當。

然後，馮順河就被找到了調查局。

馮順河沈默很久，久到讓女孩側過臉來觀察他。

像是瞭解馮順河的心事，女孩說，沒關係，我以前作口述歷史的時候，有類似經驗的長輩通常什麼都說不出來。我以前常常覺得是他們不願意講，後來我發現那是因為講不出來，有時候可能痛苦到，因為自己現在還活著，所以以為那根本是一場惡夢吧？

馮順河搖搖頭。不是，正好相反，我根本不知道自己是怎麼過日子的，我每天教書、畫畫，無正經。可是他們比我更瞭解我自己，幾年幾月幾日，我做了什麼事情，清清楚楚，他們反覆問，倒著問，直接問，問我認識的人，不認識的人，他們問更多。我拍的照片，報社不要的，都在他們手上，我能說什麼？我聽他們說我的事，很多連我自己都不記得了，所以我很確定那些事一定是非常瞭解我的人，甚至跟我睡在一起的人才會知道，我們一起去做的事，我講過的話……我那時候才曉得，最好的朋友就在旁邊，一直監視我……

其實，在這種時代，我也沒什麼好活的了。馮順河緩緩地說，我都不知道我被關了幾天，只記得我睡不了覺，分不清楚白天晚上。直到我被放回家，我才知道，不想活是我的事，可是其他人要活下去。我的多桑，居然一下子老了好幾十歲，我卡桑連話都說不出來，他們活生生被嚇掉了命，之所以還能喘氣，大概就是為了確認我還在不在人世吧？

多桑講，伊人歹命，生在亂世，日本人來，無張持，袂過日，「阿公甲我號名叫做『亂』，這是無通選的，結果又擱遇著國民黨來，本來感覺有後生矣，日子擱較歹過也就按呢，哪知影囡仔又擱舞這齣的，拜託咧！我老矣，袂堪得矣。」

阮多桑差一點仔就跟我跪下了。

我想，這就是約談我的人要的，他不只是要摧毀你，他要跟你有關的人都活在十八層地獄裡。

我後來就再也不說話了。

馮順河一笑，也許不是我不說話，是沒人敢跟我說話。大家都知道我思想有問題，被約談了，大家躲我像躲傳染病一樣。

我好不容易教到時限到，就退休了，然後送報紙、打零工。每天送完報紙，我最愛去陳的那邊，坐在他的豬寮邊，喝酒，抽煙，跟他，還有他的豬聊天。

陳的老實可靠，他不會管我有沒有怎樣，反正他也不滿政府，我們心裡都知道，沒什麼好說的，在他的豬寮旁邊下棋，陪豬說話。馮順河乾笑起來，說起來，豬比人實在，你給牠吃，給牠好睡，你說的話牠也不會過嘴，時間到了，牠就回報給你牠的豬肉，全部都給你，一點也不剩，從頭皮吃到大腸頭，一點都不浪費。我那個監視我的朋友呀，地震後，我可是第一個去找他，怕他房子比較差，人被壓在下面……

馮順河聲音沒有起伏，彷彿講的是別人的故事。

馮順河吸吸鼻子，清清喉嚨。講到那個陳的，倒是有一個兒子很可愛，頭髮捲捲的、大眼睛，很適合當漫畫人物。我們陪豬聊天，他也拿個塑膠椅、跳棋桌，坐在一邊，拿枝毛筆沾墨汁練寫字。那時候哪有什麼宣紙，就我有時候拿那天的報紙給他阿爸看，他阿爸如果醉了就丟給他，那個孩子就在報紙上寫毛筆字。我有一次興緻來，就教他寫「誠」，在那一捺要反鉤時，我示範給他看，筆是這樣拿的，這樣寫。後來那一捺就有飛白。那孩子說，阿叔，這裡墨水乾掉了啦！我說，這種效果叫飛白，你看，像不像在飛？好像水濺出來的感覺。學校的老師一定不希望學生學這有的沒有的，可是我跟你說，這才真的美！會欣賞，才不簡單。

不知道那孩子曉不曉得我的意思。

我想他知道啊，還有一大片揮灑的天地呢，女孩說。

孫女的打包終於告一段落。她沒有跟上人家連鎖書店還有碟片出租的風潮，只有書而已，書打包完，就是關店的時刻。

孫女坐在以往等客人的位置上，看著空盪盪的書架發呆，馮順河坐在門口望著她。他無從得知到底孫女的心裡是什麼感覺，孫女安安靜靜，很少吐露自己的心事，他對孫女來說，卻是個常常練痟話的阿公。

沒有結婚的孫女，在租書店關掉後，會頓失生活重心吧？他很捨不得，不過這就是現實，沒有辦法。

應該快到了吧?他猜。

郵差果然在十一點十五分左右來到,輕快交給孫女一個信封,信封上寫著孫女的名字。孫女蓋了印章,收了這個掛號件,覺得很奇怪,國家檔案局寄來的。

打開來,毛筆寫的「馮順河」恍然大大地出現在紙面,下面接一個印刷的紅字「案」。她急急翻閱後幾張,「澄仕專案偵監對象案件清查表」印入眼簾。

這份報告的緣起欄這樣寫:

本案原奉上級(56)7.11固(丙)字第二二八三〇二號代電核列丙類線索五十九年辦理國內政治偵防案件清查會奉(60)4.27治(三)字第二三三五三五號代電改列偵監對象

馮順河知道裡面有什麼,孫女將會看到,裡面有一張由台南縣金湯會報發給台南縣教育局安全組的公文,告知馮順河被該單位提列給調查局台南縣調查站為「澄仕專案」的案件進度,副本抄呈「唐澄仕」

先生。

然後，後面的附件是他不知道什麼時候被竊走的人生切片。

那是一個午後，他接到朋友打電話來，說家族的晚輩讀台史所，詢問能不能來訪問他。那個男學生說，他在研究金湯會報的資料時，看到了馮順河的名字，覺得眼熟，在阿公的書櫃裡一翻，有一本小冊子，找出來看，就是。

那個男孩特地帶了那本小冊子來訪問他。當年校長找他參加台南縣國教輔導團，推薦他擔任美勞輔導員，讓他編寫這一冊《色彩的認識及色彩教學》，校長為了讓他表現才華，在物資貧乏的時代，堅持他的書必須是彩色印刷，如實呈現內容的色彩。這本小冊子，他自己沒存留，他被約談的那段日子，家裡人實在怕極了，把他所有的藏書跟書信都拿去燒光光。

他在男學生的 iPad 裡面看到了自己的資料，彷彿自己靈魂出竅，漂浮在肉體的上方看別人在幫自己急救一樣。文字與文字間，吹出了幾個圖面，有對話框，但那個畫面除了對話，沒有人物，空白一片。

「說吧！不要討皮痛，打到皮開肉綻不好看吧？」

「再說一次，再給你一次機會，我跟你說，你的同黨什麼都說了，拿來對對看你有沒有說謊吧？」

「你也真厲害，日本人來，就迫不及待貼上去？奴性不改啊，你們這些死老百姓。」

擬處意見：本案經審慎研析結果認有續偵價值擬仍列為偵監對象予以偵監。

他顫危危地請學生為他申請一份紙本，特別囑咐收件人要寫孫女的名字。

孫女慢慢看，慢慢讀，初時嗚咽，最後，趴在桌上大哭。

第一次，他沒有過去安慰正在哭的孫女，他連站起來的力氣都沒有了。

孫女終究會找到自己的路，那些資料留著讓她做紀念吧。

人只要活著，就有無限希望。

他想起在美術館遇到的那個女孩，他問她，妳記得自己是怎麼來的嗎？女孩搖搖頭，半晌才說，我猜，我應該是累死的吧。

能活著就好。

他緩緩跺步走出門，漸漸化為一股煙塵，消失在孫女打包好的漫畫堆裡。■

攪動的樹海

一

究竟，歷史要怎麼記述，怎麼被記憶才好？從接下這個工作，我一直思考這個問題。編寫一部鎮志，該記下的是在這個鎮上發生的事件，曾存在過的人物，按照時間序好好陳列出來，然而，我時常被躲在角落的資料吸引，岔出歧路，收集完所有的基本資料後，幾個地名、人名在我心裡迴旋不去。

這幾日微雨，飄來的細軟枯葉就著水痕，貼在山居的窗戶玻璃上，無力離開，也無法重新再綠。

白河曾有一個種「藥仔」的地方被叫做「樂園」。為什麼叫做樂園？不是因為種的植物自己會生長，從來沒有害蟲；不是因為該灌溉的時候，自然有雨；也不是因為土壤的養份缺乏至極時，腐植質會自然出現；更不是因為所有的勞動「總有」收穫，而是因為，曾經在這裡，辛苦的勞力可能得到與其他地方相較來說，還算公平的回報。

這裡的農人與其他地方的耕作者一樣，每日體力透支，在艷陽下揮汗，在暴雨中護衛自己的作物，大自然不時派來颱風、洪水，把作物刮壞、沖走，讓人一無所得，然而，因為種的是藥樹，會社有特別的照顧，農人覺得收入比其他地方好很多，所以叫這裡是「樂園」。

台灣土地上常見的作物是稻米和甘蔗，稻米維持溫飽，甘蔗可以賣給糖廠，都有實際的銷路，但

「樂園」種的東西不能直接吃，市場上也看不到，樂園的作物進入某種秘密形式轉換，回到農人的口袋裡，變成桌上的糧食，變成孩子閱讀的教科書，變成過年時禦寒的衣物，變成屋頂上遮雨的屋瓦。

這裡曾經有一條鐵道直通白河。白河舊名為「店仔口」。看這個地名就知道，這是一個物品的交易中心。

歷史上記載，清朝時，這附近的山區、番社及漢人墾區交易生產與農產的情形日益熱絡，山路途崎嶇遙遠，中途需要歇腳，於是在白水溪畔和急水溪交匯的山隘口，出現簡單的草廬賣起涼水、吃食，隨後提供過路的商販、路人歇腳休息的「販仔間」跟著出現，時間一久，形成商店聚集。腦筋動得快的商人在自家店鋪前設置磅秤，商販乾脆就在店門口進行交易，山內的人省了挑運到山下來買賣的路途，平地人佔到了可以比較、挑選的優勢，「店仔口」不僅是休息消費的地方，也是交易、買賣的地點，人潮聚集形成了聚落，演變為商業的市街。

日治時期，這個地方曾經是不同行政區域的管轄地，明治年間它是鹽水港廳下茄苳南堡的店仔口、嘉義廳店仔口支廳的店仔口街，大正9年成為台南州新營郡的白河庄。白水溪流域附近盛產石灰原石，水中混有灰白物質，流水環繞村落，因此得名。

講行政區域的劃分只是紙上作業，看地圖的話，白河相當靠近嘉義，是現今台南市最靠近嘉義的一個市鎮，然而，無論是嘉義或是以前的台南縣、現在的大台南市，日治時期都是台南州的範圍。

所以歷史文獻上關於種植「蘗仔」的地區，有的在台南，有的在嘉義，似乎是不同產地，但基本上是同區的山脈。這片山區的舊地名有因植物而得名者，像是竹子門、仙草埔、檳榔腳、弓蕉宅，有的因動物起名，例如山豬陷、姜仔崙、惡狗厝。有的則以當地人的生活特點為名，例如鵝酒坑，「鵝酒」是客語釀酒的發音，這裡居住的多半是客家人，據說會社為了種「藥仔」，動員北部客家人遷居至此。

我去附近走過，這個區域現今只剩下幾棟日式建築停留在地面上，搖搖欲墜，殘破不堪。之所以還能有這些殘存建物，是因為它們最初是作為管理階層的日本人長住而設計的堅固家宅吧？

在炎熱的夏季裡，太陽停留在空中的時間，似乎都拿來烤熟這個地方的地面上所有生物，水份蒸發在空中，化為午後強烈的降雨，河流隨著降雨量縮小、擴張。不知道哪裡飛來的小黑蚊貪婪叮咬，導致皮膚上紅腫發癢的疹包。寧靜的樹叢間，來不及回家的蜘蛛，沒有意願收起牠們的織網。不知道是誰家的絲瓜，有些葉子佈滿路上的灰塵，黃花無力開著，被遺忘的絲瓜已經乾涸，變成褐色，硬硬的外殼剝開，應該能得到一條絲瓜絡吧？

我走過的這個地方叫做竹子門農場，更早以前，是金子農場。到底人們說的「藥仔山」的界線是哪裡？問起附近的居民，得到的答案模糊，遙指附近一帶山區，說先人種的是「藥仔」，新營還曾經有「藥仔會社」。

歷史相當的懶惰，你忽略它，它默默低頭走過，當你鼓舞它，它被動地以你想要的方式出現，請記得，是以人們「想要」的方式出現，而不是以真實的面目出場。歷史沒有邊緣，也沒有界限，它從個別的地平線竄出來，如果無人注意，便睡著在不遠處的礁石邊，若是被注意了，才願意將它席捲的東西在岸邊交出來。

歷史也總自以為是，以為可以帶走一切，以為戰爭將抹去所有的痕跡：風吹過的痕跡、河流淘過的痕跡、草著床在土壤上的痕跡、眼淚流過的痕跡。

但是在這裡，樹木紮根過的痕跡與人們的呼吸交融在一起，就算歷史放火焚燒了一切，某些灰燼還是記得，空氣中的氣味記得，手指觸摸過的葉脈記得，不該在這塊土地上生長的樹種記得。

也許一切只是遲到？誰知道。如果沒有記述下來，歷史的惰性，把一切拉長、打薄、變稀，最後，只剩下扭曲的地形圖，指向再也找不到的位置。於是，答案變得很重要。可是，在答案變得重要之前，有一個吊詭的問題必須先解決，我們要如何發問？我們是否知道我們要問的是什麼問題？

很快的，我發現，這是一個無法發問的故事。

二

對丁克檢來說，這是一個永遠夏季的地方。濕熱、黏膩，身上的汗永遠流不完，衣服似乎永遠都乾不了。

勞動完，衣服上出現一片白色結晶，那是伴隨汗味和騷氣從身體析出來的鹽分。他對這種氣味再熟悉也不過，畢竟，在來到這裡之前，他就是個打仗的軍人。

這日，用完早飯後，他站在日式房舍的緣廊上，望著庭院內花草，庭院外，還有綿延不絕的大片山林，他在等待些什麼，也好像不在等待。

等待，是他一天當中花最多時間的事情。

今天將會有一點不一樣。

上頭來人說，會撥來一批開墾農場山林人來報到。

都是精壯有用的人力，有些還學有專精，能派上用途。

上級自有安排。

今天會到。

一百多公頃的農場，目前只有六個人在工作，這些人早該來了。

也許他們來了，那片不分日夜嗚嗚吼叫，禁止靠近，也無人敢靠近的茂林，就能打開了。

這片農場，有平原，有河谷地，也有山林。丁克檢初來之際，看到這裡的地形圖，立刻想到的是，這真不是個好防守的地方，旁邊有地勢高的山嶺，居高臨下，不好佈兵。

還「佈兵」？他自嘲。

戰爭雖然不知道是否會開打，但他的軍旅生活已經宣告結束了，他被派到這裡來，不就很清楚？

接下來，他只能等待，等待什麼，他自己也不知道，總之，也許有一天會派上用場。

不知道哪一天就是了。

他非常不喜歡這裡的日式房舍，雖然他居住的已經是這裡最大面積的一間，這些日本人自以為是，在台灣蓋了這樣子的建築，但事實上問題百出。他不喜歡濕度過高的空氣，受潮的木板地面，走起路來發出起伏的聲響，濕度高，也使得塌塌米的稻草受潮，霉味始終無法去除，只能挖起來全數丟棄。地板下，為了通風而留的空間，蛇鼠藏匿，逼到最後全部用木板封死。不知道從哪裡竄出來的白蟻也是頭痛問題。日本人慣用的浴室設備整修過才符合他的使用習慣，一切的一切都讓他看不順眼，也許他看不順眼只是因為，這是敵人留下的屋舍，他卻不能不住，能做的最大更動，是把庭園內的水池填平，填平的那天，他心裡非常舒爽。

他不應該來這裡的。

他的故鄉是湖南，與許多歷史上記載的偉人事蹟一類似，他因家貧無力求學，偉大的母親在紡織機旁邊教他四書，讀完《幼學瓊林》。

一九二三年，丁克儉考入武岡中學，隔年因為繳不起學費，輟學進入雲南講武堂，走向他的軍旅之途。那時的他並不知道，日後他將長住至老死的地方，也就是台灣的白河，有一個名叫金子熊吉的日本人，在此處大展鴻圖。

丁克檢也不知道，自己在屋內選來做書房的位置，正好是熊吉為自己設計的地方，可以望著他特地開挖的水池，丁克檢把那個水池填死的時候，可沒有像熊吉那樣爬到屋頂上去看，欣喜自己照著台灣的輪廓挖了一個這麼樣的水池。

來自新潟的金子熊吉從養蜂開始他的拓台事業。他從台南市區的仁厚境街成功培育蜜蜂，將數十箱蜜蜂移往面積更大、自然條件更好的竹子門養殖，開設養蜂分廠。熊吉從基隆登陸台灣時，是軍職的身份，但他不想受限於此，他認為台灣是新世界，處處都有機會。他的父親金子小市是個書法家，具有漢文基礎，熊吉受到影響，比一般日本人更通漢文，到台灣時，即便語言不通，他隨身帶著小冊本，用漢字書寫來表情達意，很快結識不少本島人朋友。

養蜜蜂就是這樣開始的。

熊吉得知辜婦媽街上的某個本島人研究養蜂法很有心得，加上養殖的是外國種蜜蜂，生育很快，釀蜜很多，比起以往的本地蜜蜂，利潤更有數倍。他立刻找了朋友介紹，前去拜訪，分養了幾箱蜜蜂，按照本島人指引，把蜜蜂養在龍眼樹叢邊，加上觀察蜜蜂的排泄物、用餌測試等等的專業方法，果然讓他賺到錢。

他內心衡量，如果要擴展這個事業，市區空間勢必不夠，他可不滿足於在自己的小小庭院裡養那十幾箱蜜蜂就夠了，他把腦筋動到了山區的開墾地，幾番尋找，找到了竹仔門這個地方，他的農場面積最初是一百廿多甲，之後因為利潤實在好，面積繼續擴大許多。在這個農場，他不僅養蜂，也種植樹薯，之後跟銀行貸款成立澱粉工廠，生產樹薯粉。他把樹薯粉推廣為一九二五年的台南代表產品，獻給當時來台灣訪問的高松宮殿下，果然一炮而紅，帶著口碑一路賣回內地。

原本沒有田地耕種的劉爐一家人，可以說是熊吉的蜜蜂養活的，劉爐負責照料熊吉的蜜蜂，也照顧蜜蜂的食物龍眼樹。龍眼樹好照顧，但是當它結果時，就是最忙的時刻。他們必須採收結實纍纍的龍眼，不能任果實掉落，採收的果實能趁鮮賣的並不多，腦筋靈活的熊吉，發現日本內地並不生產的龍眼，居然是一種漢藥材的原料，藥名為桂圓，賣給漢藥舖的桂圓，利潤可比鮮果大上太多倍，這項產品受到內地人的大歡迎，桂圓帶有濃厚的異國情調，喝來香甜，發暖可補身，由他這個事業有成的內地人農場作品質保證，價錢大好，農場裡的龍眼幾乎悉數作成龍眼乾出售。

這是熊吉接觸「藥」的開始。種甘蔗、稻米固然好，可是種「藥」更好，競爭對手較少不在話下，「藥材」帶有神秘治癒力量的魅力，讓一向喜歡挑戰的他不能抗拒。

夜裡，坐在書房的他，看著與內地往來的信件裡寫的「藥」字，感到漢字真是奧妙，草本的部首下加上的是「樂」，不管是吃了藥痊癒後就能擺脫疾病而擁有人生之樂，或是種植藥材之後有富利之樂，這是一個有趣的字。

（丁克檢可曾知曉，他所坐的書房位置，就是熊吉最愛的方位呢？採光最好，通風涼爽，可以聽到他的藥樹在風中搖動的聲音……）

對熊吉來說，一切都是樂，對劉爐一家來說，製作龍眼乾是一件苦差事。

將種植面積廣大的果實採收回來絕對辛苦，後續工序更加繁瑣：龍眼剝殼、去籽，備好幾十斤的老薑，切片，然後起大鍋，把薑片放進去乾燒，來回不停翻炒，以免薑片燒焦變苦，薑片收乾之後，加入麻油和新鮮龍眼肉、米酒頭，持續不斷翻炒、顧柴火。龍眼肉首先出汁，由於甜度高，空氣中散發焦甜的香味，糖、麻油容易燒焦，大鍋中，被糖汁簇擁的龍眼肉漸漸從透明發白的狀態變成褐色，要一直翻炒到糖蜜收汁黏稠，附在龍眼肉上，原先鮮嫩多汁的龍眼肉呈現乾巴巴的龍眼乾才算完成。

龍眼的產期是盛夏，桂圓的熱銷期是秋冬，所以必須在酷熱的夏天起鍋翻炒龍眼，在煙霧瀰漫的柴煙中，半燻半炒出龍眼乾，整個人的水份也幾乎被蒸發乾，怎麼喝水都不夠，永遠口乾舌燥、汗流浹背。

同時，還必須照顧蜜蜂。蜜蜂是劉爐家最重要的家庭成員。熊吉總是一派輕鬆地說：「養蜜蜂不是苦差事，輕鬆的很，蜜蜂自己找東西吃，又不用餵，自己釀蜜，不需要人幫忙，養蜜蜂是一本萬利的事業，根本輕鬆到無法當成正業，僅僅當作副業，就有豐厚的利潤。」

表面上看起來好像是這樣，實際上沒親自養蜂的他不知道，為了繳出他要的蜜量，農人有多辛苦。蜜蜂極易染病，只要有單隻蜜蜂生病，傳染狀況沒控制好，整箱的蜜蜂得病機率就高，蜜蜂死掉動輒是以箱數計算的。於是護衛蜜蜂這個「副業」，是劉爐絕對的重要正業。劉爐的孫子劉興聰還記得，天冷時，阿公不是先顧自己添衣服，而是跑到蜂箱旁邊去探測蜂箱的溫度是否適當。颱風天，阿公叫上所有的人，一箱一箱先把蜜蜂搬到家裡，妥善看顧，才能顧到家裡的屋頂是不是被吹走了。

「顧蜂會生錢，顧伝這陣無了時。」劉爐這樣罵子孫，他當然知道，這些蜜蜂要是有問題，他可能賣掉孩子都還賠不起。

每日巡視蜜蜂，蜜蜂的排泄也得觀察，若蜜蜂染病，劉爐得趕快去找熊吉要錢買酵素，餵給蜜蜂吃，這些藥並不便宜，熊吉給錢時總是不情不願，責怪劉爐不用心，威脅要扣他工錢。

說也好笑，劉爐的兒子下痢時，無錢看病，劉爐想，蜜蜂能吃，人大概吃不死吧？便給兒子吃那種酵素，結果兒子竟然奇蹟似止瀉。劉爐偷偷把酵素點點滴滴留存起來，成為一大家子的常備用藥，比寄藥包的還管用。

熊吉沒有結婚，他到處留情，儘管他以內地人的優越自居，可是他喜歡本島女人。他的三個兒子、一個女兒都是本島女人生的，在戶籍上，登記了各自母親的名字，同時也登記是私生子的這件事，他從不介意，他所有的子嗣都是庶子，孩子對自己的身世也知情。

「這是跟內地不同的新世界，許多秩序不需要維持，許多舊觀念通通可以打破。」他對長子義村說。這是一個他說了算數的時代，他打破想打破的，維持他想擁有的傳統，關於他不喜歡的秩序，他總有理由去破除。他自詡是一個維新者。

「我雖然是長子，可是我不要跟我父親一樣，整天與硯台、毛筆為伍，那根本賺不了錢，我父親啊……」他在酒後做出寫毛筆的架勢，「我父親，只剩沒有辦法當飯吃的『文化』而已，文化，沒有辦法變錢，沒有辦法變吃的出來，全部都不可靠。」

又倒了一杯酒，熊吉對義村說：「不是嫡子又怎樣呢？將來你只要能繼承我的財產就可以了，沒人敢瞧不起你。看他們不敢瞧不起你的樣子夠爽了。沒有任何女人的名字可以在我的戶籍上作『妻』，我只要留下生母的姓名就好了。」

他是精明的生意人，絕對不吃虧。當初，台南劇場要設立的時候，當局要買他位於西門町的四十坪地，說好以田町的一百三十坪地作為交換，但是熊吉實際調查後發現面積上有出入，硬是不肯成交。隨後，卻以「一切都是誤會，金子熊吉非常支持公共事務」的新聞報導作為這一事件的終結，同時間，熊吉的銀行貸款也順利通過了，也許都是巧合吧？誰知道呢？

熊吉對「藥仔」的興趣，在一九二三年時得到實現的機會，前一年設立登記的台灣生藥株式會社開始在他的農場種植「藥仔」。會社設在新營街上，地址是台南州新營郡新營街65番地，登記在新營郡白河庄竹仔門18之3番地的農場，是它的原料生產地。

鎖定這個地方種植藥仔並不是台灣生藥株式會社慧眼獨具，事實上，更早幾年前，星製藥會社在附近的嘉義中埔地區已投資種植藥仔，藥仔樹種包括治療瘧疾的金雞納樹、甚至治療痲瘋病的大風子樹。一九二六年，颱風襲捲南台灣，將這些特定種植的樹種連根拔起，毀壞面積不計其數，但是沒有摧毀有心人想在這塊土地上繼續培植這些特定樹種的決心，樹被重新挪種，擴大了面積。因為這些特定樹種所造成的欣欣向榮，人口更加繁盛。

季風的空氣總是潮濕，有人居住的房子傍晚點著油燈，往著燈光而來的山區各種昆蟲在黃昏時出現，油燈照著桌上的菜餚，昏暗而恍惚，昆蟲向著光源不顧一切飛來，結果燒死自己，晚上昏黑看不見，到了白天，昆蟲被燒焦、焚化，帶著硬脆的翅膀、殘缺的屍體，散落在桌上和地板上，不下雨時，屍體隨著空氣脆化消失，遇到雨季，泥濘的地面就是牠們的埋身之處，混在赤足踩過的腳印裡。

一些藥仔的官方記載在紙頁間。其他的樹，連種植者都喊不出名字來的樹，悄悄潛入了記錄底下，沒驚動，它不會醒來。

表面上，土地上的植物只要自然條件符合，就會生長，但是種植的人別有用心，土地提供養分培育了精心設計的樹種，長出開著雙面之花的植物，既能救命，也能殺人。古柯樹，原料最後將精鍊成為古柯鹼，種植一年平均約三尺高，種植三年，就有五尺高，南台灣的天候和土地餵養這些樹，種出來的古柯葉由台北的林業試驗場經手，再送東京衛生試驗所檢驗，可提煉出來的古柯鹼含量和國外進口原料相比，毫不遜色，這些古柯葉向世界宣告台灣之名的時刻，正逢第一次世界大戰，戰爭使得藥品需求大增，麻醉藥品更是價高而難尋，總督府因此亟欲拉高產量來賺取收入。大戰後，日本已然成為古柯鹼輸出大國，然而國際情勢對於麻藥管制的要求卻越加嚴格，日本不得不減少生產量。即便如此，日本國內所需的古柯鹼原料還是只限台灣、爪哇以及星製藥在南美秘魯農場出產的，其餘的一概不准。因此，熊吉與台灣生藥秘密進行的合作種植，是重要的原料來源。

一些在金子農場工作的人，隱約知道，這片土地上的某些樹種相當特別，特別到需要格外呵護，格外照顧，不能隨意碰觸、摘採，樹葉摘下來後，必須快速將樹葉像是烘茶葉那樣地乾燥處理，運到新營去，自有工廠接續後端工作。

在大家辛勤耕作與適合古柯樹生長的自然環境裡，當局刻意低調與私密進行的氛圍中，沒有人意識到這些樹葉與殘酷的戰爭或是誘人沈溺的癮頭有關係。

當我探詢當年的樹是否還存在時，只看到戰後接收檔案裡，星製藥的園內的古柯樹有廿五萬株，價值約三百五十萬圓。台灣生藥的資料付之闕如，現在，也看不到古柯樹了。那些樹消失了。但是，留下來的是什麼？

戰後，竹子門農場成為金子農場的新名稱，繼續跟著歷史前進。

三

在丁克檢的眼中，這塊土地之前的歷史並不存在，他無暇也無力去管這段歷史，他專心投入他的等待當中，就算這種等待是無味的。他不停回想過去的一個場景：如果當時沒有做那件事，現在的我會是怎樣？

丁克檢始終沒有得到一種能力：融入所在之處的背景，就算花上一點時間。這不單是他的問題，那個時代，與他類似背景，從中國來的移民多半都是如此，他們花上大把時間懷鄉，比較這裡與那裡的不同，卻始終沒有察覺到自己回不了家。

做為軍人，丁克檢不僅英勇，還有靈活的腦筋。他私下引以為豪的一件事：當初參加松滬會戰，苦戰數月，師長的姪子被控作戰不力，軍長為了安撫軍心下令槍斃，師長當然不好求情，卻不能眼睜睜看姪子死。剛剛走進哨所的丁克檢，三兩下搞清楚狀況，裝作毫不知情，把軍長的手令捲成紙捻，替軍長點火抽煙，師長也裝作「不知情」，三人一陣矇混過去，這件事在兵荒馬亂之中不了了之。

丁克檢一直是國家的戰將，他的人生就是一部中華民國戰爭史。日本投降後，繼續投入國共內戰。國民黨與共產黨的纏鬥戰爭中，最怕就是搞不清楚敵友，無論結果為何，戰爭的勝敗常常淪為廣告。

一九四九年，丁克檢卡在湖南的戰場上。雖然被任命為邵陽縣縣長，卻沒有實質的意義，整個中國即將淪陷。八月下旬，共產黨沿著潭寶公路向邵陽挺進，在青樹坪短暫挫敗，國民黨卻對外宣稱是他們的「青樹坪大捷」。丁克檢組織各界捐獻財物，動員慰問團前去勞軍，領軍的白崇禧將軍對丁克檢大加稱讚，聲明要為他這項義舉向廣州政府請頒青天白日勛章，但不久後，國民黨兵敗如山倒，九月，共產黨突破白崇禧的湘粵聯合防線，十月底，殲滅了丁克檢率領的部隊，丁克檢與其他殘員逃走，即便重回湘西展開游擊戰，依舊無法挽回戰爭頹勢。最後，丁克檢出走香港。

青天白日勳章的表揚到底來了嗎?沒有人過問，若有，對照丁克檢往後的人生，是一場笑話；沒有，他被視為白崇禧陣營的人馬，也太過冤枉。丁克檢從香港前來台灣「共赴國難」，是應了白崇禧的召喚，只能說，戰亂壞了聯繫網絡，使得消息不流通。丁克檢以為的「青樹坪大捷」僅只是記載裡的一次「阻擊」，他以為勞軍可振奮軍心，或可挽回戰勢，卻不知道白崇禧在此之前已經違逆蔣介石的意思，不願意接受統一指揮徐蚌會戰的指派，兩人心結已深。白崇禧說，這支軍隊內多是「天子門生」，與他沒有淵源，而「驕兵悍將」不易率領。一般史家認為，徐蚌會戰的慘輸，是國民黨政權在大陸崩潰的關鍵。白崇禧於一九四九年十二月從海口飛抵台灣，來途上想必百感交集。

而丁克檢來到台灣，已是一九五一年五月。

對照丁克檢的畢恭畢敬，親自接見他的蔣介石，雖然退守台灣，掩不住的霸氣，讓丁克檢印象深刻，他說起話來，彷彿從未戰敗，不論是假裝的，還是他真的這樣以為。

「辛苦了，丁同志。」被喚進來的丁克檢走到椅子上坐下，蔣介石沒有起身，眼神沒有接觸過丁克檢，其人的一舉一動卻都在他的眼皮下。

蔣介石說了一番決意反攻大陸的話，丁克檢認真聆聽，卻一個字都沒有進去耳朵裡，他還沒想到要怎麼應對這棘手的退守狀況，究竟他們會在這座島上多久？更何況，他雖沒有親眼目睹，但是已經耳聞島上不久前爆發的內亂事件，至今社會仍然動盪，如果反攻不成，這個政權究竟能不能在這個島上生存下去？這是一個誰都想過，但任誰也沒有勇氣提出來的問題。

「我們很快就會反攻了，到時候百廢待興，需要丁同志這樣的人才。我們要來自各省各地，不同的軍事長才，到時候，進駐每一省、每個地方來鞏固軍心，穩定我們黨的根基。我要任命你為湖南軍事專員，湖南，就交給你了。」

丁克檢謹慎道謝，蔣介石接著說：「聽說你的家屬都還在香港，為了讓你在台灣的工作推展順利，一家人就是要在一起嘛！我派大陸工作處的人去把你的家屬接來，你們的住、生活所需，都不需要擔心，黨會照顧你們。」

黨會照顧你們，黨也當然看守你們。與其說黨擔心你們的生活有問題，倒不如說黨擔心你們會製造問題。最好的方式是你待在安全的地方，黨覺得安心的地方。

丁克檢開始忠貞黨員的台灣生活，定期開會，領到軍中／黨職薪餉，可是他知道，就跟戰爭一樣，到處總有機槍的槍口對著，只要你不在掩體的後面，出現在你不該出現的地方，子彈不長眼。

耳語漸漸以不見蹤影的方式以及飛快的速度傳開，即便到他這裡已經是末端，殺傷力猶存，沒有一次不讓他驚心動魄。白崇禧將軍被看管了……聽說張學良也沒有辦法跨出大門，接著，總統府參軍長孫立人的部屬涉嫌兵變，孫立人被限制自由。

經過一段時間的「觀察」，丁克檢表面看來著實無害，一九五三年，他從省黨部會議得到了指示，前往台南白河去接管竹子門農場。

接到職務會調動的通知之前，丁克檢期待的是到某處帶兵，能走出住了這一年多的日式房舍，接到通知之後，知道自己要去農場開墾，消沈不已。

我看到的會議紀錄，主席是這樣說的：「為配合全省黨務經費統籌，本黨計畫於十月間接管竹子門農場。該農場坐落於台南縣白河鎮崎內里，爲縣黨部代管之日產，全場面積一二八甲，餘爲畑及田，大部未墾。原有畑及田約四甲，放租於佃農，由縣黨部收益。並委丁廉同志爲場長，進行開墾造林。」

只有隔著肚皮，隔著客套笑容的人，才會以身分證上的「丁廉」稱呼他呀！他多希望，能有人真心如家鄉的老母親那樣呼喚他。

他是一個戰敗到無家可歸的人，先是日本人，然後是，自己人。

送來會議通知的人，來自不上不下的「高層」，談到為什麼要調丁克檢調到那裡去，那神秘兮兮，帶著威嚇又帶著禁忌的語氣，讓聽者不會再多問節外生枝的問題。

「這是一個極受重視的職位。國家的處境飄搖，黨的經營艱難，亟需有力的同志齊力奮鬥。」來人點起煙，「這是我們的國家機密，我們一定要守住。必要的時候可以採取非常措施。丁同志是個軍人，所謂的必要措施指的是什麼，你應該知道吧？」

丁克檢心想，必要措施？指的是動用軍事配備嗎？

那是一個武器彈藥庫嗎？

來人吐出一口煙，對丁克檢說起了戰場往事，哀嚎、號哭、嘶吼。關於那手持不如人的武器，不明究理就被機槍打死，腦漿四溢的小兵，包括不巧在身後炸開的砲彈，剎時血肉模糊。當場死亡雖然是悲劇，但是沒有時間哀悼，殘存一口氣，重傷需要急救的，在醫護站裡更為棘手。醫藥永遠不足，特別是麻藥絕對是不夠的時刻，遇上要割、要切、要鋸的，為求保命，再痛苦也得進行，那絕對是地獄，不是其他地方可以比擬的，許多人寧可選擇直接死去。

「我就說，日本人怎麼這麼能撐呢？原來他們在戰場上的補給品，麻藥的原料，就來自台灣！我們可是來到台灣才知道這件事的。」

「丁同志要去的地方就是日本人的軍事重地，雖然是一片農場，卻是日本一直能在戰場上撐下去的原因之一。現在我們收復了台灣，這當然也是我們的財產，我們一定要接管，這對反攻大陸大有裨益，我們要儲備戰力。」

丁克檢沈默不語。

「那是一個非常特別的地方，栽種的是管制植物，會提煉出管制藥品，在戰場上大有用途，涉及軍事機密，不能不派自己的心腹前往。」對方壓低了聲量，對丁克檢說：「知道嗎？你是領袖的心腹。領袖非常看重你。」

丁克檢半信半疑，沒有選擇的餘地，只能來到白河。短短時間內他便明白，把他調離台北是一種安置。外放到這交通不便、距離遙遠的山區，代表他的路已然看到盡頭。幾次夜深人靜時轉念一想，慶幸至少天高皇帝遠，自己還能保住一條命，可是認真說起來，仍然心有不甘。他常自問，難道就這樣終老於此？

向山間樹林發問找不到答案，沒有任何回應。坐在書桌前，他試著舉出好幾十個例子，不比他優秀，也許不比他差，可是位置都比他好。有人從不表態，從沒有揭露自己的衝動，當然無從得知他是否隱藏了自己。在這個混亂的局勢中找到一小塊地方立足，不歪斜，不傾倒，不出錯就可以了。自己為何不能這麼淡漠？他經常對自己發問，同樣，沒人能回答。

丁克儉來到農場後，讀到接收的資料，山林中種有古柯樹、金雞納樹以及大風子樹。他開墾山林，種植經濟價值高的樹種，例如果樹或是相思樹、油桐樹、櫸木，但那禁忌的一區，種藥樹的，仍然神秘保留著。

農場的人力永遠不夠，除不完的草，整不完的地，果樹收成時，來不及搶收的熟透果實只能任其掉落。農場沒有經費雇足工人，工人白天要進行農活，晚上要輪班負責巡邏那禁忌的樹林區。一大片幾乎走不完的山林樹叢，每到晚間陰森一片，白天看起來碧綠的樹叢，晚上成為鬼哭神嚎的區域。勁風刮過樹叢的聲音，彷彿下一刻，持刺刀衝鋒的逃兵將衝出來一拚生死，樹葉摩擦的聲音，是把尖刀刺進別人的身體，沾了兩手的血腥，找尋溪流的水來滌淨的急促腳步聲。更不用說，那從四面八方傳來，不知道是低泣還是哀哭的聲音。

鄉野傳說中，把什麼軍帽的國徽拿出來鎮煞的秘笈，根本不管用，面對神鬼之境，最好的方式就是增加陽氣，人多好辦事。丁克檢幾次向上級申請增派人員，黨部以經費短缺或人力不足擱置，直到他土法煉鋼，直接給出了建議方案：接洽國防部，直接取調軍事監獄的人犯來農場勞動，服監外勞役，既可解決沉重的經費壓力，也解決農場開墾的人力問題。

這個饒富興味的提議在那個時代，被接受了。

一輛大卡車駛在崎嶇不平、滿是碎石的路上，震得坐在後面車斗的人頭昏腦脹，有人禁不起長時間的折騰，吐了幾回，胃裡已被淘空，什麼都沒有了，最後嘔的是泛黃酸水。車上每人被蒙著眼，兩兩背對背綁著，車上空間有限，腳無法伸直。他們知道自己在一條長長的路上，天未亮便出發，已經走了非常久了，但不知道要到哪裡去。

路越走越遠，路途折磨人，矇著眼的人，看不到外界景象，暗自擔心是不是要送他們去槍決？藍定恩雖然不知道會被送到哪裡，但起碼知道自己應該不是在死路上。

這趟路的顛簸跳動，讓藍定恩想起來台灣的那一趟海路。他從故鄉梅縣出發時，加入的是一支名為「怒潮軍事政治學校」的隊伍，目標很明確，為了有東西吃，有讀書的機會，可能有活命的機會，也為了躲避共產黨的「抓丁」，躲避他們對地主和國民黨人的報復清算。

來到台灣後，先在新竹落腳，他記得那個地方叫做新埔。

學校沒成立多久，便傳出要移到金門去，藍定恩沒跟著去，他跟王莘一起考學校，入學台大。

他從汕頭上船後，就注意到這個人。

在汕頭上船的，不只有人，還有軍馬。十匹軍馬看起來餵得高大健康，雖然顯得疲憊，並未受到太多摧殘，船上備有馬匹要吃的糧草，分批上船。這幾匹軍馬是高級官員的坐騎，這些官無法預知自己要去的台灣究竟有沒有馬這種動物，同時，馬跟主人感情深厚，視同財產跟著登上去往台灣的船。和身上衣服破舊，渾身散發汗臭，已經多日沒好好吃飯休息的人相較，這些馬還顯得健壯些。

海上風浪很大，有人禁不住暈船，來不及走到解手處便嘔吐了，可怕的氣味悶在船艙內散不去，出不了船艙，也無法呼吸新鮮空氣，搞得更多人跟著嘔吐。上船是晚間時分，悶在船艙內讓人分不清楚究竟是白天還是晚上。藍定恩運氣不好，坐在靠近解手處，一個簡陋的木桶作為船上所有人的排泄之用，很快就滿出來，加上搖晃，穢物淌流，臭氣薰天。藍定恩忍不住作嘔的感覺，閉上眼睛，噁心更加強烈，綁在甲板上的軍馬馬蹄鎮日在頭上踩踏、撞擊，藍定恩很羨慕那幾匹馬，他們還可以活動，在甲板上呼吸新鮮空氣。

藍定恩又吐了一回，當他試圖轉一轉維持長久姿勢而酸痛的肩頸，看到坐在隔兩三個人之外的一個大男生，專注在自己手上做的事，似乎沒有注意到身邊的人都昏睡不適。

那是王莘給藍定恩的第一印象。

這個大男孩手上拿著小刀，仔細地在一小塊木頭上刻畫著。

光線不足，王莘一邊刻，一邊觸摸木面，感受表面的起伏，修整，一刀一刀深深淺淺地刻畫，他對待手上的木塊，像是對待嬰孩一樣，撫摸、撥弄，憐愛不已。

王莘感覺到藍成恩的注視，對他友善微笑，揚揚手上的木塊說：「船上不方便，我弄一個小的在身邊，打發一點時間。」他看藍定恩搞不清楚，先放下手上的東西說：「我們不是都有印章嗎？印章是刻在木頭上，反向的，然後沾上印泥，印在紙上，是吧？版畫的意思相同，我們把要畫的東西，刻在木頭上，刻好以後，把顏料、油墨塗刷、滾呀敷呀的弄在上頭，然後壓印在紙面上，就是一張版畫。」

王莘說，他看了魯迅先生的書，發現版畫這麼有趣。打仗時，印刷、製版困難，所以報紙或刊物的圖片，以木刻代替製版，那麼木刻要刻什麼呢？那個年頭，看不懂字的人居多啊！他說，「藝術得拉下身子來，跟民眾站在一起，服務民眾。」

王莘的臉煥發光芒，「你想想看，木頭紮實，刻板後，要印多少就有多少，揣在懷裡，跟著人走，攜帶方便，打仗的時候，一顆炸彈下來，燒起來，書呀，紙的都燒光光，但我們只要木版帶著，隨時可以再印，甚至原料不足時，還可以磨平，再刻一次，這是最能適應環境的藝術創作了。以前人家總說，畫畫是公子哥的把戲，但是，藝術是為了反應現實，版畫最能反應現實。」

藍定恩從未想過王莘說的這些問題。

王莘變成了他的好友，也成為他人生的變數。

反共抗俄

四

藍定恩從車上下來的時候，腳一軟，幾乎站不住，是自己疲憊到軟弱不堪，也是這塊土地給他的一個下馬威。

給他們這些從軍事監獄轉過來的人住的地方，比軍營環境還糟，旁邊是豬圈，營內的人與室外的豬在睡眠時鼾聲交替，分不清楚哪個是人聲，哪個是牲畜。夜晚，蚊蟲嚶嚶擾人，拍打聲此起彼落，隔天早上起床時，有人的臉上留著昨夜的死蚊子和血痕。

竹子門農場這個地方，夏天天氣悶熱不堪，工人汗流浹背，他們每日要喝上幾十桶大茶桶的開水，那大到看似無邊無際的山林，碧綠到令人發慌。到了冬天，冷到發抖，迎風面的宿舍像是要被強風刮倒了一樣。夜裡，負責值班巡邏的藍定恩，持著火把，腳下的步伐拉扯著濃重的疲憊和睏意，台灣這塊土地，聽說面積不大，但行走在此，常是耗盡體力的筋疲力竭和磨人。

怒潮學校的師生一群人到達基隆後，搭上了原本運煤，整個車廂到處都是煤渣黑炭的改裝火車，搖搖晃晃到台北，已經是半夜十二點，所有人都累極了。

台北車站當然不是最終目的地。細雨中，隊伍從台北車站的後站漫流出來，跨過橫越鐵道的天橋，接著沿著鄭州路，拖著沈重的腳步行軍，然後轉往延平北路。這支隊伍並不知道這些路名，事實上住在這些路上的住民自己也不清楚，這些路名都剛從中國移植過來，路名被冠上了某一些無關的想像，準備在這個地方以無根的方式存活。如果這支隊伍能以飛鳥的眼睛看到他們行進的路線，他們會發現，他們走在當時行政區域劃分地的界線上，也就是建成區與延平區的界線上，如果時間再往前一點，他們則是走在日本時代的建成町、太平町跟泉町的範圍內。

這支來自對岸中國的隊伍與在台北發生的二二八事件起火點擦身而過，他們沿著延平北路一直走，踏過了台北鐵橋。因為是夜晚行軍，他們不會有人知道，台北橋的橋身是鋼樑結構，長達四百多公尺，形狀像是長龍橫跨淡水河的坡堤，站在橋上看夕陽，是一幅美景，日治時期被稱為台北八景之一：鐵橋夕照。

隊伍不停行走，直到凌晨時分，抵達鷺洲，最後抵達新莊。

疲憊和饑餓，使得所有人都有滿腹的心事與委屈，許多眼淚想流，誰也沒餘力去思考，大家累到直接在國民學校的泥土地上沈沈睡去。眼淚是隔天醒來的時候才有能力流出來的，隔天是中秋節。一千多個師生圍著篝火，天上是皎潔的圓月。

有個遮風避雨的地方，是走到新竹新埔之後，他們分批睡在國小教室裡。這些人雖然還沒聽說過「新竹風、基隆雨」的俗諺，但已經親身體驗過。新竹的冬天風大低溫，棉被不夠分配，大家只能緊閉門窗，把身體蜷縮成一團，多日沒洗澡的汗臭、腳氣充斥在室內，沒有人在意這件事，臭味讓他們感到安慰，畢竟，身邊有這麼多發臭的人都在一起受苦。

此時，門稍稍打開，冷風竄進來，有人在黑暗裡驚醒定睛辨識，竟是校長柯遠芬。

柯遠芬在黑暗中，俯身握住學生的腳，摩擦那多日未洗已經變硬的髒破襪子、凍瘡的腳、長水泡的腳，試圖為他們取暖，輕聲安慰：「很快就會暖了，忍耐、忍耐……」帶著客家鄉音的撫慰，讓想家的學生忍不住哭出來，場面感人又溫馨。

藍定恩不知道，這段記憶不只他印象深刻，數十年後，仍有人憶起這段往事，感懷莫名。藍定恩也不知道，在黑暗裡，握住學生腳掌為之取暖的人，也不過幾週前，伸出同一雙手，以血腥武力鎮壓二二八事件，死亡之書的唱名，方才開始。

藍定恩非常懷念那一段日子，他也常常想起王莘。

王莘說，他的老家是賣書的。

「紙在戰火中會被燒光，最先被燒光。」

王莘說著「燒光」這些關鍵字時，心裡疼痛。他們家僥倖不曾被砲火擊中，但是他看過印刷廠、其他書店被燒的樣子。他對於所有的紙類都著迷。他認為紙是世界上最神秘的東西。紙，並不像布可以被針縫合成為一件耐得住身體屈伸的衣服，卻像布一樣吸水，更嬌弱，不能被擰，連水乾掉都會在它身上留下痕跡與起伏腳印。

紙因其質地不同，而有不同的觸感。王莘當然喜歡印有文字的紙張，散發獨特的油印味，他喜歡硬梆梆而粗糙的馬糞紙，似乎寫不了什麼字，可是那是護持書本，作為封面的重要支撐。王莘從小就跟書生活在一起，對紙的熱愛，是愛書的延伸。寫上字的信紙，輕柔，卻承載了墨跡的重量，紙面微幅收縮。折過的紙，無論如何都會留下痕跡，除非裱褙。

紙，單張輕薄，集合成冊卻甚為沈重，雖然單張上的字句有限，收聚卻能成為文章學問，紙最脆弱，點火即燃，燒得極快，瞬間不見。戰爭毀滅一切，當然包括紙，還有書。當店裡開始收到較為單薄的書、傳單，以圖畫為主，以從遠處逃難、撤退攜來的木刻製版印製的印刷品，他知道，那必定是某一些與他一樣，捨不得書籍在這種時局那麼容易被毀掉的人所想出來的辦法。他開始研究那種圖畫究竟怎麼做出來的，後來知道，那叫做版畫，只要有塊木頭，有把刀，就能開始。

他為之著迷。

他的父親說過，一個人一生只能活一次，多不甘願啊！窮人總想試試有錢人怎麼過活吧？有錢人總有抱怨自己欠缺的時候吧？這都可以藉由閱讀彌補。閱讀，甚至可以帶領人離開此處，到任何你想去的地方，遠離痛苦。

「就算是想從幸福的地方回去痛苦的記憶也行。」父親這樣說，當時他面帶憂傷。不久後，父親也被徵兵上戰場。

王莘在藍定恩的記憶裡，始終跟版畫連在一起。他看到王莘的刀鑿入，撥出細細碎碎的木屑。「我家裡掛了一些畫，毛筆畫出來的蘭花，或者那些渲染暈開的技巧，木頭是刻不出來的吧？所以木頭刻出來的畫，肯定是要留下一些比較硬底，難以撼動的東西吧？」藍定恩若有所思。

王莘說：「你體會到真諦了。」

新竹新埔的怒潮學校與台南白河的竹子門農場會有交集，是因為藍定恩，而這純粹是殘酷的巧合。藍定恩加入怒潮學校來到台灣，因為考到大學決定要留在台北，不跟著學校遷往金門，卻無法讀完大學，因為種菜，捲入了他無法想像的人生際遇。

到了台大，他還是處於流離、饑寒交迫的狀態中，說要讀書，沒有課本，沒有像樣的教室。因為他從怒潮學校裡退出來，耗上了一段時間，到台大報到時，已經晚了，宿舍早就分配完了，他只能睡在日式宿舍裡的儲藏室，那裡正好有一個不知道用處為何的木櫃，隔得正好，上面已經有人睡，他睡下面那一格。

東西樣樣貴，口袋裡卻沒錢，稀到不知所以的米湯，使得學生們餓得暈頭轉向，拿不到當初承諾的公費配給，拿到配給也不夠吃。不知道打得如何的戰爭，讓故鄉說要寄來的生活費也沒著落，日子不知道怎麼過下去。想把注意力轉移到讀書上，教科書短缺，好不容易來了幾本，還不是每個人都能有，只能抽籤決定誰能買，藍定恩什麼書都沒抽到，然而有人抽到了書，卻無奈得很，因為書錢付不出來，只能約幾個同學一起合資買，輪流讀。

藍定恩晚上冷到睡不著，寒風四面八方從根本關不嚴的門窗灌進來，更苦的是永遠吃不飽，在走路去學校的路上，聞到路旁民家養豬的豬屎味，居然立刻聯想到的是豬肉的可口，腸胃一陣緊縮，酸水直冒，空氣翻滾。

因此當同學發起自己種菜來吃的點子，他立刻響應，他們集結了身上不多的錢，走上很長的路，過河去溪洲買菜種，找了學校裡面的空地種。

有人問：「會不會有問題？」

「我們是學校學生，餓了，在自己校園種菜自己吃，會有什麼問題？」

只是為了吃飯，學校不會對自己的學生怎麼樣的。

也許學校不會對自己的學生怎麼樣，但國家可是會對自己的人民怎麼樣的，只是他們當時並不知道。

一群學生興沖沖耙鬆了土，下菜苗，施肥、澆水這些都難不倒他們，他們每一個人在家鄉，幾乎都是做過這種勞力活的。

藍定恩在農場勞動時，發覺自己心境有很大的改變。來到農場的季節已從酷暑來到冬天，這裡的冬天遠比台大冷，在山邊，近森林，清早起來時外面常是白霜一片。當年，校園土地裡長出來的青嫩菜芽多讓人雀躍！既驚喜於植物的生命力，更欣喜接下來有新鮮蔬菜可以吃。流亡到台灣的青春，在那一點一滴努力拉長的菜葉裡得到重生的希望。

然而此刻，他必須闢出山坡地，種植能賣錢的樹種，這些樹不是為了餵飽人，而是為了賺錢，短時間內根本看不到成果，土地永遠開闢不完，滿山野的雜草，讓人厭煩。

更何況，不知道為什麼，有一大片的山林不能讓人靠近，神祕兮兮的，晚上，大家必須像軍隊一樣排班駐守、巡邏，他們得到指示，如有盜採者，得採必要手段，到底什麼是必要手段？領班伸出手，一掌劃向脖子。

有一條鐵路，從農場通往白河，然後繼續前往嘉義，這條鐵路運來麵粉，做出早上吃的饅頭。早餐紮實的饅頭可以撐過勞動的早晨，但是這股香氣往往使得藍定恩忿忿想起，若當年在大學裡也有這樣的饅頭可以吃，後續的這些事件就不用發生了吧？

因為勤於照顧，學生也不計「成本」去茅廁挑糞施肥，那群種菜的學生種出肥美的蔬菜，產量遠比想像多，除了供給自己吃，竟然還能擔去市場賣錢，為了讓累積的錢能成為後續買工具和菜種相關用品的儲備基金，他們成立社團，叫做「耕耘社」，同時，他們把自己的蔬菜與「健康社」的同學交換他們打的豆漿，這群健康社的同學，跟他們一樣肚子餓，他們想到的辦法是湊錢買黃豆磨豆漿。他們步行到頗遠的城內買便宜、品質好的黃豆，回來自己磨豆漿。那幾個學生講到磨豆漿，臉龐就像泡過一夜水而飽滿的黃豆那樣有光彩。

「我可告訴你呀，磨豆漿只是開始，先有豆漿吃，大家飽了，不餓了，我們再來賣豆漿，有點錢了，可以買點石膏，大家輪班早起做豆腐，可以加菜！豆乾也可以來做做，那個誰，你，你老家不是做豆腐的嗎？」

藍定恩第一次喝到健康社的豆漿，感動到他媽的眼淚都快掉出來了。

食堂有菜吃，早上有豆漿喝的日子，讓人有了底氣，藍定恩感覺生活正在變好。

那個早上，健康社的學生說起他們的「奮鬥史」，神采飛揚。為了讓他們種菜的、磨豆漿的能組織化，校內學生組成社團，社團之間形成自治會的制度，有了意見領袖，就能跟學校爭取更多資源，反應更多意見，於是自治會常追著校方要談條件。

「食堂要米糧，要不到，配米不公啊，米價貴，又難買，叫校方多配米給學生，校方做不到，自治會便直接找校長，直接喊人一起『抓校長』！校長他人被自治會追著跑，跑到校內的校舍內躲，躲到了工學院旁邊小路上，一間小小的油印室裡面，大家還是找到他啊！那個帶頭的，還算客氣，也是笑笑的、可是拿出自治會的方案，就是要校長同意，很多學生加入，『一起抓校長啊！』大家旁邊圍觀，那個氣氛啊，說多熱烈就有多熱烈！後來校長准了！我們沒想到，真的通過我們的方案呢！」

是青春無懼還是記憶錯置？藍定恩始終記得，他們眉飛色舞的那個早上，空氣特別清冽，光線溫柔，不應該有歌的，卻有人輕哼，雖是冬天，卻滿是春季將至的顏色，也許是因為台灣並不是四季分明的地方，也許是因為台灣此刻不是能將真理辯論清楚的地方。

為什麼會吃不飽、宿舍沒得住，學校資源匱乏至此，讓原來想讀書來台灣的學生這麼難以度日？藍定恩漸漸聽到一些聲音。

跟他一起除草的地質系學生找他去參加讀書會，會上有個很能言善道的學生，叫做于凱，他說：「我們這邊生活固然苦，但是師院那邊我看也很悽慘。許多人是看著有公費去讀的，怎麼會到後來，拿不到公費配給，過不下去？因為學校資源不夠。作為提供學生安定讀書環境的學校，資源為什麼會不夠？我們跟日本的戰爭可是打完，結束了！就因為國民黨把錢拿去打內戰，去打共產黨了。如果內戰停止，我們學生的困境不就解決了？不僅我們的問題解決，也解決了國家耗損，我們解決自己的問題，也救國，不很好？」

論到國共的混戰，藍定恩體會很深。

國共合作破裂後，國民黨準備清黨，在許多地方成立黨務整理委員會，藍定恩從黃埔畢業的大哥受命回到故鄉幫忙國民黨進行黨務推行，母親一度認為，讓聰慧的大哥去讀軍校還真是對了。誰知道國民黨與共產黨在日本戰敗後反而開打了呢？大家好不容易才從對日戰爭中回過一口氣，共產黨卻莫名其妙開進了梅縣，大哥作為主委，沒有意外地被打為國民黨的走狗，家人當然日子過不下去。比起莫名其妙成為共產黨解放區的平民，藍定恩多了一點幸運，他跟著國民黨的軍隊離開，既是軍隊又是學校的怒潮，在當時似乎是一個好選擇。

藍定恩看過共產黨在故鄉造成的災難，可是國民黨也沒有比較好。一些大城市或許能感受到對日戰爭結束的喜悅，可是鄉村籠罩在國共內戰的陰影之下，他們分不清楚究竟哪一種是國軍，哪一種是共產黨，只要軍隊走過的地方，一定掠奪糧食，更可怕的是他們要你表態，軍隊開進來，只有能吃的糧食是中立的，飲水是中立的，其餘的都必須表明是誰的陣營。然而，不管怎麼表態，死亡與傷害都無法避免，只要國家動盪，受苦的一定是老百姓，別無他人。

「現在台灣掌政權的是國民黨，要是鼓勵國民黨，給他們改進的機會呢？」藍定恩問。

「要國民黨改，我看這一點，不管是本省人，剛剛經歷二二八事件的，還是像我們這種外省人。都覺得不大可能。所以，就期望進步的那一邊嘍，我們只能支持進步的一邊呀！」于凱說。

進步的是哪一邊？

對藍定恩來說，想出了種菜、磨豆漿的這些點子；敢拿著文件追著校長跑；敢突破學校禁忌，跨校串聯自治會來爭取更大的權益；花那麼大把時間讀書，也願意教人讀書的，就是進步。無奈的是，當時，這種「進步」，結合的是左傾，在那種氣氛下很難不覆沒。

進步的究竟是哪一邊？

對藍定恩來說，肯定是王莘代表的那一邊。

王莘讀哲學系，比起其他進行學生運動的人來說，他泰半時間都在讀書、刻板畫。王莘當然也吃了他種的蔬菜，對拿著豆漿來的藍定恩微笑，他也花很多的時間跟藍定恩分享他讀的書，一如過往。

王莘不是不會生氣，藍定恩知道，他只是始終提不起什麼力氣面對這個世界，卻又無處可逃。唯一一次比較激動，是提到許壽裳老師死亡的這件事。王莘原本說得一口極為好聽又流利的北京話，在激動時卻流出了他的鄉音。

「不是說要建立一個進步的國家嗎？國家的興亡就在認同感，如果一個國家每個人都講各自一省的話，怎麼溝通？本省的同學閱讀文言文，因為曾經被日本統治了那麼久，非常吃力，許壽裳老師編了一本白話文的大學國文教科書，收了魯迅、郭沫若這些作家的文章進去，但因為有些作家沒有跟隨國民黨來台灣，被打成了『附匪』作家，然後，這本台大出版的大學國文教科書就變成禁書了。」他緩緩氣，「本來就不應該有教科書這種事的，不得已出了教科書，又因為種種顧忌禁這個禁那個，這叫什麼進步？」

王莘說這些話的時候，並不看向藍定恩，他始終望著自己的書架，不知道望的是哪一本書。

「更何況，魯迅不是附匪作家，他不是不來台灣，是戰爭還沒結束就死了，他只是一心一意為理念活著。許壽裳老師也不是被搶劫死的，但是，人死了就死了，又能怎樣呢？無怪乎歷史上所有搶皇位的，搶財產的，手段都得致人於死，因為死了，就說不了話，死了，就做不了事，就消失了……」

藍定恩想說點什麼安慰他，王莘繼續低頭刻他的木板，與在船上看似隨興刻的小木頭不同了，他注意到王莘手上的木板，以墨水畫上了圖樣，線條有細有粗，他仔細沿著線條刻。事後回想起來，王莘刻的版畫，多麼的美。理論上，能在白紙上印出來的線條才能顯示力道，可是王莘在刻出來的線條之外的空白，令晚年的藍定恩凝望這些版畫時泫然落淚，那些白，常是覆在勞動者黑色肌理的汗衫；是富人家繁複的雕花欄杆之間，窮人掙扎著呼吸的小空隙；是餐桌上破損一角，空空如也的碗公。

空白，是勞動之外的閒逸，是勤奮之外的怠惰。對藍定恩來說，是他現在的勞動生活外的毫無意義，乏善可陳。

藍定恩被帶走之前，菜園就已經荒廢一段時間，菜園首先沒人挑水澆灌，再來，輪流挑糞施肥的也不見了，輪班的人越來越少。

「不知道」是最恐怖的狀態，人不知不覺消失，耳語不斷，即便是白天也流傳著鬼故事：話說，某一天，某一個時刻，那個誰被兩個人帶走後就再也沒來上課了。

「噓……你去參加過那個『實用心理學補習班』嗎？昨天，跟我說他有去過讀書會的室友，說被約談，去回答幾個問題，到現在還沒看到人影……」

噓……

有些人耐不住耳語，自己先離開了學校。

藍定恩沒有感覺自己有危險，畢竟他什麼事情也沒做，只負責種菜、讀書，時常去探望王苹而已。某個睡午覺的時段，藍定恩睡覺的小木格被造訪，三個高大的身影把他躺著的空間遮滿。

「你是藍定恩嗎？」

他茫然點頭。

「起來！我們有點事情要問你。」

其中一個人到處東翻西找，看到勉強拼湊的桌子上有一張紙，是他前幾天去王苹那邊，把王苹新完成的木板畫印了一張帶回來，那人拿了那張紙，正反翻看「這……是你的嗎？」

藍定恩說：「是我朋友刻的，我喜歡，所以印了一張。」

那人說：「喜歡就能帶著嗎？」

怒潮勝跡

乾笑兩聲。

藍定恩被帶到淡水河邊的房舍關起來，那棟房舍裡的囚間既窄小又不通風，小小空間內擠上了十數個人，無法讓所有的人都能坐著或躺著，因此得輪流休息。然而，休息，談何容易？

他在深夜被帶出去訊問，先問認不認得于凱，再問他們到底聚在一起搞耕耘社是為了什麼？有什麼計畫？有什麼陰謀？是不是共產黨？對當前政府不滿嗎？

藍定恩實在摸不著頭緒。

「我們只是吃不飽，想自己種點菜，大家一起挑水、施肥、種菜，想吃飽而已，沒有陰謀，也不是共產黨啊。」他說。

「吃飽？國家都處在危險處境了，你們這些大學生還管能不能吃飽，我告訴你！共產黨就是這樣跟人民講的，說他們能讓大家吃飽，為了能吃飽，你們這些死老百姓連國家都不要了！」

訊問了好幾天，實在問不出所以然來，他們便要藍定恩從出生開始寫自傳，必須鉅細靡遺交代一切，他們一定要你寫得絕對詳細，然後在其中找到裂縫，希望能就著裂縫順勢將你剝開，一片一片，脫落，他們才不管你會不會痛，會不會流血。

藍定恩到底是為什麼來到農場的？

還是得從怒潮學校說起。

載著軍馬、逃難來台的國民黨軍眷、財產和一千多個怒潮學校師生的船進入基隆港時，住在新竹關西的吳錦來親自站在颱風的雨裡迎接船隻的到來，心裡五味雜陳。

船上掛著中華民國的國旗。他不會承認，有一剎那，他懷疑自己是不是看走了眼，之前來到基隆送自己的兒子、親友遠行，船上掛的旗幟可不是這樣的，他這一生，變換了三次國籍。

船上的這些人，甚少人知道，當他們要遠離國共內戰準備來到台灣，台灣卻因為日本戰敗，更因為國共內戰的關係，又捲入了另一種形式的「戰爭」。最瞭解狀況的，莫過於同時在船上的柯遠芬。早在那一年的五月，台灣就已進入戒嚴狀態，起因是一九四七年的二二八事件，柯遠芬是構成這樁事件的重要人物之一。

思索要帶領這群年輕學子軍隊到台灣來之前，柯遠芬前思後想，始終找不到一個好的落腳處。

根據他收到的消息，孫立人來台灣訓練子弟兵，選的是高雄，高雄是為軍港，有地利之便，已不能成為選項。做為首都的台北目前仍風聲鶴唳，是二二八事件的重災區，也不是最佳選擇。他苦尋自己跟台灣相關但相當有限的人脈網絡，想到了一九三七年時，他到日本後，低調入住東京的一處舊公寓，在樓梯間遇到兩個同棟男性住客，聽到他們交談時講的居然是客家話，因此放慢了腳步，想聽一聽他們的談話內容，不料對方也注意到他，顯然彼此對身份都相當敏感。

柯遠芬考量安全性，開口以客家話問對方：「兩位也是從中國來的嗎？」

那兩個貌似大學生的男生馬上回答：「是的。」

柯遠芬邀請他們來自己房內坐坐。

蘆溝橋事變後，日本認為他們能在三個月內解決支那問題，輿論界出現了「三月亡華論」。中國方面雖然力抗這種言論，然而檯面下相當擔心，要柯遠芬去一探虛實。

柯遠芬需要既熟悉日本方面的輿情，又能瞭解中國問題的人給予意見。那一趟旅途對他最大的啟示，是發現割讓給日本的台灣，能給中國相當有效的資訊，他擷取到當時台灣人對中國的有利之處：台灣對統治者日本懷有反抗意識，對中國仍有孺慕之情，這詭譎的縫隙中，柯遠芬同時理解到，在這個基礎上，日本殖民統治的台灣有語言優勢，可以給中國軍方提供正確的情報。畢竟，目前中國軍方的「知日者」不多，他自己亟欲瞭解日本，但語言不行。另一方面，台灣擁有漢文基礎與日本語言互通之利，便於交流。「就各方面來說，台灣真是一個優質情報站！可以好好利用。」他這樣想。

但是，軍旅出身的他，警戒念頭立刻來到心中：要謹慎！水能載舟亦能覆舟，台胞的優勢會否成為漢奸的溫床？

吳清煥與吳煜南兄弟發現眼前的這個人，居然是擔任國民革命軍第九集團軍總司令部參謀處長的柯遠芬，他們瞪大了眼睛。兄弟兩來自日本統治的台灣新竹州新竹郡關西庄，家裡經營礱米所，是米穀與木材的中盤商，出身優渥。兩兄弟在日本留學，聽到日本報紙上的「支那事變」，心裡對未來既擔憂又徬徨，知道了柯遠芬的身份，彷彿在黑暗中看到曙光，非常欣喜。

「你們祖籍哪裡啊？」柯遠芬問。

「我們祖先來自廣東蕉嶺。」吳清煥回答，父親曾帶他們回鄉去祭祖掃墓。

「蕉嶺就在梅縣隔壁，我就是梅縣寧興人。」柯遠芬說。

擁有共通的語言，加上故鄉地理如此靠近，吳氏兄弟的心情激動無比。他們對日本一點也不陌生，面對的柯遠芬理應是陌生人，但他們有「他鄉遇故知」的感覺。

「最近台灣學生圈在討論日本準備要三個月拿下中國的言論，柯將軍知道這件事嗎？」吳煜南憂心的問。

「大家人心惶惶。」吳清煥為柯遠芬點上一根煙，一邊對他說。

柯遠芬沒有回答。

「大家不是對祖國沒信心，是對戰爭有疑慮。誰都不想捲入戰爭，但如果必須要一戰才能決定國家生死，也不能不戰吧！」吳煜南說。

柯遠芬聽到「祖國」一詞，呼吸較為緩和，也琢磨著如何應對比較好。

「台灣人更擔心，如果日本三月亡華，那麼台灣不就永遠都回不了祖國的懷抱，連同祖國也不見了嗎？這實在是我們不想見到的結果。」

柯遠芬正色地說：「大家要對祖國有信心，祖國地大物博，戰鬥力十足，我們一定會堅持到底，抗戰必定勝利！我們需要海內外同胞的齊聲支援，只要大家團結抵抗，戰勝只是時間問題而已！」

那一場會面，柯遠芬送給吳氏兄弟一幅中國地圖。

吳氏兄弟永遠記得柯將軍對他們說：「我們不道別！我們是永遠的盟友。下次見面，我們可以約定兩個地方，一個是首都南京見！一個就是抗戰勝利後，我們在台灣升旗的時候見！」

他們第二次見到面，已是日本戰敗，柯遠芬接受陳儀邀請，來到台灣出任台灣省警備總部參謀長的時候。

台灣各地籠罩在二二八事件的肅殺之氣，人人自危。已經回到台灣的吳氏兄弟，面對政府當局針對日本時代的有力份子或知識份子進行「清理」的方針，想起與柯將軍在東京的約定。他們帶著戰前曾擔任關西庄庄長的父親吳錦來，涉險來到台北，並不知道如何才能見到柯將軍。

台北街頭處處危機，他們父子一片茫然，不知從何找起。他們事前想了許多可能性，擔心話語不通，也準備了中文的書面稿，以防萬一。

有人指點說，先找找戰前中華民國駐台領事館吧！畢竟那裡是戰前中國與台灣關係密切的接觸點。他們父子於是從台北驛出發，向著台灣神社的方向前進。他們探聽出來，中華民國駐台領事館在戰前的宮前町九十番地，那條路，現在叫做中山北路。

他們經過梅屋敷，在不遠處的一列宏偉的日式木造建築前，看到駐紮的軍隊，還有軍用吉普車。這是他們沒見過的陣容。

「這種陣仗，會不會就是柯將軍？」吳錦來問。

誰也無法解答這個問題。

他們父子不敢太靠近，將前行的腳步放得更慢，暗自觀察，門口的衛兵，注意到這三個人的奇異舉動，三人還沒靠近，三部軍用吉普車已略過眼前，在建物的門口停下來，揚起一陣地上的土灰。

吳氏父子看到一個身材頎長，穿著軍服的人被簇擁著下車。這人稍微偏著臉，警戒四周，無端出現在路邊的父子三人，當然引起他的注意，他面無表情，望了望這三人，沒有停留的意思，非常短暫的反應時間，吳清煥掌握住關鍵的一秒，在這人轉身將進入房舍時，大聲喊出了想盡辦法背起來，用普通話拼寫的一句話：「我們是柯遠芬將軍的台灣朋友。」

這句話有破綻。

日常對話中，他們太習慣以客語講「柯遠芬」的名字，以致於客語的「柯遠芬」挾嵌在普通話出現，整句話七零八落，紛紛砸在另外兩人身上，讓這一行人頓時洩了氣。

可是，這人回過頭來，顯然也在這關鍵的一秒間收到了訊息，他以客家話問：「有什麼事嗎？」

吳煜南聽見客家話，頓時湧現希望，「我們是柯將軍的朋友，帶了他當時在東京送給我們的中國地圖來，我們想拜會他。」

那人沒有太大的反應，「柯參謀長目前不在，我們可以聯絡他。三位怎麼稱呼？」

吳氏父子遇到的是當時駐紮在中山路一段十號的徐康。

這種詭譎多變的氣氛中，柯遠芬居然有自稱是台灣人的朋友前來拜訪？徐康從那三人整齊講究的衣著與不搭嘎的徬徨與手足無措，捕捉到某些意義。試試看，興許可以幫上一把？只要有決定優勢，機會可以被創造出來。他想。

吳氏父子三人在旅館裡苦苦等了四天。終於有車來接他們到徐康的寓所，進到客廳，他們發現不僅柯遠芬，徐康也在。

將近十年不見，話題圍繞在中國戰勝日本的時局上打轉，誰都小心不要提及隨著日本戰敗而加劇的國共內戰，更不能提及在台灣發生的慘案，他們只能對著未來諸多樂觀想像的話題拾柴添薪，試著讓談論的熱度在冷峻的時代裡，不要被凍僵。

「柯將軍記得嗎?當時你送我們一張中國地圖，我們今天帶來了。」吳清煥小心翼翼把收藏在訂製紙盒內的地圖展開，柯遠芬指著地圖開懷大笑說：「這張地圖不對！要重繪！一定要重繪！」

吳煜南的手心湧出一股汗。

吳錦來畢竟做過庄長，深呼吸，試著掩飾自己的緊張。

「送你們地圖的時候，我們是日本侵略的對象，現在，我們可是戰勝國了，時局不同，情勢不同了！而且，當時候地圖沒有畫到台灣，現在得把台灣畫進來啦！台灣當然是中華民國的領土，絕對沒有問題！你們說是吧！」

這一番話，讓吳氏父子鬆了一大口氣。徐康見柯遠芬在這個場合裡，用談話技巧測試對方的底線，試探對方的來意，覆蓋在交情之下的就是交易。

他們決定要把這一批年輕學子移往台灣時，柯遠芬和徐康想到吳氏父子。吳氏父子同樣不負所託，四處奔走，吳錦來考慮再三，跟住在新埔的姻親潘錦河商量，提出了師生可以駐紮在關西與新埔等幾個選項。

「吳家是關西人，補給比較齊全，選關西吧？」柯遠芬說。

「我們都是黃埔出身的，這個叫新埔的地方，能呼應我們把學生帶到台灣認真訓練、重新反撲的精神。」徐康說。

柯遠芬望著徐康，心裡想著，有讀過幾年書，還差點去法國留學的人，想事情就是能擦粉添胭脂。

「地名也有關係？」柯遠芬問。

「關西的地名來自日本，台灣剛脫離日本統治不久，有些麻煩先避開的好。」徐康說。

「還有這等考慮？」柯遠芬吃驚。

徐康沒作聲。

「根據吳家的信上說，新埔那邊的關係是姻親，我們選新埔，也能讓姻親關係作為穩定基礎的保證！我們這樣跟上頭報告，老先生也比較能安心。」徐康說罷，起身走出去。

講到「上頭」，本來像是談話與商量的氣氛忽然凝重，柯遠芬神色一凜。他需要一點時間瞭解徐康這段話的意思。徐康一向話不多，這段話一定有深意。

回去前思後想，柯遠芬終於理解。

台灣這個人生地不熟的地方，他們沒有人脈。如果能讓吳家替他們張羅到新埔，等同於讓吳家也把姻親的關係帶入了這件事，在人際關係緊密的客家庄裡，還能夠有比這更為有力的連帶保證嗎？他跟徐康的「上頭」生性多疑，他們選定台灣仕紳的原有勢力範圍做基地，也得撇除上頭認為這些部下要趁勢壯大自己聲勢的疑慮。寫簽呈，要把這些事情想清楚了再寫，畢竟，字字危機，字字轉機。

柯遠芬不禁喃喃自語：「徐公，真是個陰謀家。」

保安處的囚房，已經關不下那麼多人，藍定恩被移往大龍峒的民宅臨時看守所，處境一樣艱苦，身上的衣服發臭，可以掐出混合不知多少人擠出來的體垢了，一天只有十分鐘，一間一間的人犯被帶到水槽邊隨便洗一洗。

他憶起當初在基隆碼頭的情景。

船艙內的學生知道靠岸了都非常高興，但是遲遲輪不到他們下船，等待下船的時間格外漫長。他們沒有命令不能任意行動，因為頭上的聲響，在船艙內的人知道，載送的貨物先下船了，那十匹軍馬也陸續下船。等到下午，船艙才打開，輪到他們。

當天，颱風襲擊基隆，下著傾盆大雨，雨中的空氣格外新鮮。眾人呼吸到新鮮空氣，不禁高聲歡呼！大家急忙拿出自己身上的各式容器，搪瓷的口杯、茶杯、小臉盆承接雨水，迫不及待地喝下，甚至就在大雨中洗臉、洗手，想洗掉船上沾染的污穢。

而今，一點點水根本不夠清洗藍定恩身上的污垢，他感覺不足夠的水量只稍稍溶解了部分身上的髒污，水份極快乾涸，不潔重新黏上皮膚，無法清爽。

草率盥洗後，藍定恩領到食物，那是發霉的米煮成的稀飯，飯的顏色灰綠，一顆顆不知道是熟了還是敗壞的米粒浮在湯裡，散發腐壞的氣味。他猛然發現，「沒吃飽」這件事是沒有下限的，最初也許只是單純的吃不飽，後來，越往地獄深處走，那已經不是吃不飽，而是吞嚥不下。

捧著生鏽的小瓷缸漱口杯，藍定恩有些失神，他彷彿看到了在基隆碼頭歡快就著雨水張開雙臂的青年，是他，也是王莘。那時，碼頭岸邊已經備好了飯，大家排隊領飯，木頭鍋蓋一開，竟是單純的白米飯！米飯粒粒發亮，顆粒又大，他沒吃過這麼好吃的米飯。沒有配菜沒關係，顧不得大雨，領到飯後，藍成恩跟王莘迫不及待地扒起飯，雨水一邊下在飯裡，他們不以為意，大口扒進嘴裡，非常香甜。

藍成恩在關押進來後，第一次落下了淚。

藍定恩之所以被抓進來，是因為王莘早就已經被抓，跟他的版畫有關的人幾乎都進來了。

「好好回答，那個騎腳踏車，互載，而發生的學生暴動，你有參加嗎？」

「沒有。」

「學校內的校刊，你有參與嗎？」

「沒有，他們為了讓版面好看，有向我要我的版畫，我給過一些。」

「你刻的版畫，是要煽動人心反政府嗎？」

「沒有，只是我的藝術創作而已，藝術創作……」無法以正常方式發言的腫脹嘴唇，含糊地滑出一句：「有罪嗎？」

王苹緩緩說話時，抬頭看發問的人，他一定以為自己張開眼睛了，然而旁邊的人看到的是瘀腫的眼皮，淌血。

藍定恩在囚房聽到擠在一起的人犯一陣騷動，他踮腳尖一探究竟，看到那個于凱，突然出現在這間囚室內，跟原來關著的人犯相比，沒有比較好，也沒有比較壞，只是……只是蓬亂著頭髮的他（**是跟以往俊朗的樣子不一樣**），蒼白著臉，嘴唇發青的他（**喔，囚室內任誰都是這個樣子**）伸出了雙手，髒污的手掌上，長著十根爛腫的指頭，白白黃黃紅紅的，他說：「你們看，他們把我的指甲都拔掉了……」

王莘隱約知道自己終究會被抓。被押到這裡來，從沒想過能好好出去，因此也沒有想要好好回答問題。

他們怎麼能懂，他對這個世界真是厭倦至極了。不管黑或白的，都是版畫的呈現，他怎麼會不知道，要單純以黑或白來區分這個世界，太過勉強，也太暴力。然而，他只會這個，只能會這個。

因為被扔進來囚室後，身體裡不知道斷了幾根骨頭的他，已經無法動彈，只能趴著，爬不起來，因此擁擠的囚房不得不沿著他的身型，讓出他被丟在囚室內殘喘的空間，身軀的疼痛讓他的思緒飄遠，他想起在基隆碼頭吃完那難忘的白米飯後，在火車站等火車的那一小段時間。

「這個基隆火車站原來應該是很漂亮的吧！」

火車站的屋頂被炸開，地面髒污，大廳原本非常寬敞，卻擠滿了不知要搭車還是要停留的人，看得出來原來有美麗裝飾的拱形窗，玻璃污濁，大部分破損，髒到看不見外頭，玻璃破損的空洞，反而很清楚地把室外景觀映入他的眼睛。那是秋天的季節，沒有很冷，好像也不熱，感覺不到真實，成為台灣給王莘的第一印象。

還有什麼呢？王莘感覺嗆到，血汩汩隨著呼吸從鼻孔流出。

已經很多天了，大姐藍琪韻找不到藍成恩，約好要給他買書的錢，等不到他來拿，她抽空從溫州街的台電宿舍走去台大找人，始終找不到，四處追問，弟弟最後被看到的地方是工學院附近的小房子，再來就不知去向。

說是手足，同為父母所生，但是他們差了好幾歲，從她去讀了女子師範學校後，就失去音訊，藍成恩是在基隆下船後，才看到大姊居然也坐了同一艘船來台灣。以前只讀過「恍如隔世重逢」，這些字面的意思要等自己親身體會才能知道。

爸媽暱稱「阿韻」的大姐，激動捏著藍定恩的肩膀，在混亂的時代裡，個人的相逢與別離都是小事，不會有正式的記錄，只會烙印在那些有記憶的人心中。

「我學校畢業後，來不及找工作，省城就進了共產黨，聽說家裡被共產黨抄了，寫的信都沒回音，國民黨在招兵，我也跟著來了。」阿韻說。

「家裡……還好嗎？」她問。

家裡的兩個人都流落到這裡來，連一起上船彼此都不知道了，家裡還能好嗎？不知從何講起，也無須再講，他們都知道，這世上，可能只剩下他們兩個人知道回家的路了，也許再久一點，他們也會忘記。

阿韻在怒潮學校編入女子大隊，跟藍成恩的男生隊不同，雖然一樣辛苦，但要求似乎少一點，在男生們出操，實施「大肌肉運動」時，她們可以做縫補衣服、煮飯、打水的工作，輕鬆一些。那些男生跑完七八公里後，那怕天冷，也跳到新埔河裡洗澡，正好痛快。

阿韻讀師範的時候，學過一點風琴，她欣賞怒潮學校裡面特別重視音樂的特點，柯遠芬說，軍隊的精神表現在士氣，激昂士氣最有效是軍歌，戰爭的勝敗又在士氣，因此軍歌攸關戰爭的興敗，他非常鼓勵反共歌曲的創作。她被分派在怒潮學校裡的出版社工作，幫忙出版編印的就是《怒潮歌集》，裡面收錄的歌真不少，大家當初行軍到新埔鎮上時，雖然已經精疲力盡，可是司令官一聲令下，大家步伐整齊，唱著〈保衛大台灣〉進到鎮上。這首歌也收錄在其中。

女生們在廚房內忙碌時，喜歡哼個兩三句，嘴裡唱著：「毛澤東，一肚子壞！一生一世良心壞，我們在抗日他準備，練好刀槍就造反，毛澤東，一肚子壞！同胞同胞快聯合，捉住了把他剁八塊，我看他還壞不壞！」唱到「剁八塊」，剁細肉餡準備包餃子的菜刀，用力多剁個幾下。

阿韻與其他的女生隊成員一樣，注意到教育處長徐康的風采，從不多說話的徐康，常與柯遠芬一起商量大事，她望著那兩人巡視校園時的身影常想著：校長那麼矮，只到處長的肩膀而已，處長人長得真是漂亮！

處長從未忘記任何紀念日，他要教官帶著學生製作海報，要教官去鎮上找最白最好的紙，大大小小的白紙拼貼成與真人一樣高大的巨大面幅，找來會畫圖的學生，繪上委員長的肖像，準備在國慶日上街遊行。

為了這件事，處長到教室內巡視多遍，對惟妙惟肖的肖像微笑，特地要人磨墨，拿來自己的毛筆，阿韻看著頎碩的徐康，左手撐在地上，右手懸臂，寫出又正又好看的字：反攻勝利在望。寫完字，徐康身手矯健地起身，站起來端詳自己的字，掏出雙喜香菸，點了一根，走出門去。

「處長寫了一手好字，是吧？」藍定恩推了推身邊的王莘。

王莘說：「是好字。」

國慶日，學生們在新埔鎮上遊行，拿著自己製作的海報和委員長的畫像上街，為向來平靜的小鎮帶來難得的節慶氛圍。那幅以六個人護送的巨大委員長肖像，是遊行的重點，熱鬧喧騰的，像是過年。藍定恩與王莘在隊伍中，等等就輪到他們唱軍歌。

「你說，這種年頭了，一張畫像要用六個人來抬，是為什麼呢？」王莘突然問。

「嗯？」一時之間，藍定恩沒有聽清楚。

「應該是為了避免諧音而搞出來的心思吧？」王莘自問自答。

王莘想，領導者應該要跟他們一起並肩前進，甚至走在前頭，而不是等著讓人抬著走。他沒有想到，沒過幾年，他自己是被拖著走的。

對柯遠芬來說，徐康一直是個重要的智囊，他所擁有的人脈，他的正直、聰明。他老是搞不懂，怎麼有人能想出這麼多點子來？最近在談，學生要集會升旗，連個禮堂也沒有，該怎麼辦？學校沒有這種預算，要民間出錢也說不過去。

「徐公，我們學生分住在兩三個學校裡，找不到一個好地方，譬如說禮堂啦之類的，可以讓學生集會，長久來說，這樣下去不是個辦法，你覺得怎樣？」柯遠芬問。

「桂榮，你覺得怎麼樣？」徐康正在喝茶，反問他。很少人會直喚他桂榮之名，只有黃埔的會這樣叫他。

「實在想不出來。」他誠實回答。

「如果蓋的是民間也可以用，軍隊也可以用的建築空間，那麼民間、軍隊、學校都出力，名正言順，也能為我們這間學校，留下一點什麼痕跡吧？」徐康說。

柯遠芬望著徐康，一種不知何處蔓延出來的不好預感油然而生，他知道，此時追問也無用，徐康不是多話的人。

徐康繼續抽煙，「來跟任顯群商量商量，看看有沒有什麼好辦法。」

幾天後，徐康說，任顯群打電話跟他講，他們想到一個辦法，可以發行獎券來籌款，為求財務穩定，要找公家機關來作保，他那邊的台灣省財政廳可以配合。

「面額不要大，前面已經輪過一波公債了，不要造成大家的經濟負擔，劃定範圍，限於我們學校師生跟鎮民可以買而已，來試辦看看。任顯群說，試試水溫，他本來就想在台灣這裡辦辦看這件事。」徐康說。

柯遠芬找上鎮長，透過財政廳協助，新埔鎮農會公庫也願意作保，獎券發行順利，扣除頒出去的獎項，還有幾千塊的盈餘，足夠蓋一個集會禮堂了。

柯遠芬喜孜孜對徐康說：「真沒想到這麼熱烈。接下來就是，該蓋怎樣的集會場所呢？」

「民間跟學校都出錢，當然是兩邊都方便的建築為主。既能讓學生使用，也能讓鎮民辦活動。空間要大，要堅固。」徐康回答。

「我也這麼想。」

「目前，能使得動的工匠，是以前日據時期訓練出來的工匠，我們不能不用，但也不能全採日本建築蓋法，蓋出日本風的建築，這個禮堂，應該要有日本建築的堅固，但有地方特色。」徐康在腦中已經有藍圖，「那麼多師生、民眾同時聚在一個空間裡面……」他側過臉來對柯遠芬說：「要工匠多開幾個門吧！天熱好透氣，有難時才逃得出去。」

柯遠芬點點頭。

他們找人畫圖，動工了，但他們沒有看到這棟建築落成，怒潮學校曇花一現地消失，沒有變成學校存留下來，而是編成了軍隊前往金門。那是另一段故事。

在新埔居民的記憶裡，怒潮學校的師生進到鎮內時唱著〈保衛大台灣〉，然而離開的時候，這首歌已經不能唱。這首歌從大流行被打為禁歌，是因為不知道從哪裡冒出來的消息說：這哪是什麼「保衛大台灣」，根本是「包圍打台灣」。樂譜上強調堅毅、勇壯、有力的結尾：「我們已經無處可退，只有勇敢往前」重複三次，唱到最後真的退無可退，有人說，真是失敗主義，這首歌從此不能再唱。

退無可退的還有阿韻，多日找不到藍定恩，她慌了手腳，這麼一個人竟然憑空消失了，她唯一能掌握的線索來自藍定恩的同學，他們說一起種菜的學生幾乎都不見了。

舉目無親的她到處打聽，最後不得已，問到了處長的住所，來到安東街四一八巷，一排靜謐整齊的日式房舍。她必須提醒自己敲門時不疾不徐，別魯莽無禮，她得好好敲門，一定要敲開這扇門，但不能讓聲響過大驚動他人，瘦小的手不知所措地敲！敲！敲！

急切的手也遞出照片，那張照片裡，只有親人指認得出畫面裡絕對不算清楚的臉，其他人只看得到巨大的委員長。

「處長記得嗎？藍定恩。」阿韻提醒自己，不要急，慢慢說，儘管旁人一定覺得，她要哭出來了。

徐康端詳照片裡嵌在許多臉龐與身體的臉孔，他不是先看到藍定恩，他看到王莘。那個發問「為什麼這種年頭，一張畫像要用六個人來抬」的王莘。

徐康總是收到許多來自四面八方的信息，收取信息是他的工作，而決定什麼是壞信息，什麼是沒意義的信息，也是他的工作，但消滅無效信息並非由他說了算，若是他手上的「無效」信息在別人手上復活了，下一個滅掉的，興許是他自己。

「這就是不能隨意評論的『這種年頭』，王莘。」遊行之後，他找王莘來，在王莘說完一大堆話後，這樣對他說。

那個下午，他問王莘一個問題。

王莘感到詫異。處長問的不是「最近菜色可以嗎」，（**柯校長就問過，誰都說好**），也不是問晚上會不會冷，（**誰都在晚上抱怨過晚上冷到睡不好，但教？官問起來，誰都說不冷**），他也不是問課程聽不聽得懂，處長問：「你最喜歡的一首詩是什麼？」

「聞一多的〈發現〉。」

「為什麼？」

王莘講起讀到這首詩時沸騰的感覺，紙卷彷彿燒起來了，時間靜止了，只聽到那把擎著的火，隨著風來，而他也來了，因為想讀書，不想打仗，來到台灣了，穿越時空來到他身邊的聞一多竟然知道，他正在懷疑，置身戰爭之外，是不是一場空歡喜。

「這就是文學跟藝術，讓人有希望的原因吧？」他說。

王莘不知道，徐康望著他，眼前看到的是聞一多的身影，武昌磨石街十一號，而他住在廿一號。武漢學潮鬧得最兇的時候，聞一多跟徐康住在同一條街上，喔，不是，是因為聞一多住在那裡，徐康就住在那，注視聞一多的動靜，讀過聞一多所有的出版著作。

他怎麼會不明白，詩的吶喊對年輕人是多大的感染力？他們在會議上討論聞一多，其他人對他說的那句「秩序不在我的能力之內」，曾多麼憤慨，他們認為，聞一多不遵守的秩序，就是他們，換句話說，他們認為，自己就是秩序。

這些年輕人可曾知道，這一直是一個企圖以自己的秩序去建構別人的世界？

徐康隱約覺得，這句話，引領聞一多走向了死亡。

依照慣例，他不動聲色找來幾個學生聊聊。他拼湊個人說的話得知，王莘說這句話的當場，在他身邊的藍定恩說，那張肖像的紙實在太大，要所有人都看得到只能這樣，要是小一點，就能讓王莘刻一面委員長的版畫，印上去，這樣，可以人手一張，大家都能看到委員長的樣子，鼓勵大家前進。

阿韻顫抖的聲音喚回徐康，「能麻煩處長瞭解一下藍定恩的狀況嗎？我實在……求告無門了。離開學校的時候您說，有問題，我們都應該互相幫助……」

徐康沒有多說，他要阿韻先回去，一定要好好睡覺，好好吃飯。

「身體要緊，來日方長。」他說。

他不知道，這句「來日方長」，讓阿韻走出去後放聲大哭，這是不是意味著藍定恩已經出不來了？

藍定恩被困在耕耘社的相關問題，持續一段問不出名堂的日子後，問題轉向陌生的人名來展開。訊問者把一個一個名字提出來，問他認不認識，他一個也不認得，真的不認得。

「王莘呢？我們可是在你的宿舍找到他提供給反動份子發放的版畫，那一張，是重要證據，你可不能說你不認識了吧？」

「我們是怒潮學校的同學！一起從故鄉坐船來台灣讀書的，怎麼不認得！他從以前就喜歡刻版畫，他也不是什麼反動份子！我們都只是想讀書的學生而已！」

情緒莫名被點燃，藍定恩提高聲音，「我們都只是想讀書而已，我沒有看過比王莘更喜歡讀書的人了！」

怒潮學校是什麼？

訊問者在紙面上寫下這個名詞，數日後，徐康的到來，證明這間學校的存在，而徐康乘坐的吉普車，也證明了某些他們還無法知道答案的諸多猜測。

徐康來到保密局之前，翻閱過資料，發現幾個沒有跟著前往金門的怒潮學生，捅入了無法想像有多大範圍的馬蜂窩，幾個已經被叮咬得遍體鱗傷（是被叮的，還是被打的？），眼看救都來不及，藍定恩是其中還在被馬蜂循線追逐，尚稱幸運的一個。

面對來了就逕自點菸，話不多的徐康，拿著筆錄資料來的人，莫名畏懼心虛，或許是因為自己問了太多已經寫出答案的問題？也許是這幾日，在拉扯中不小心拔出來的指甲實在太多只？又或許是因為他們發問時聲音太大，因此被問者發出來的聲音必須更大、更響才能讓他們聽見？（還帶著哀號來引起注意：注意！我要……回答……了。）

徐康淡淡的說：「其他案我不評論，有幾個人我倒覺得事有蹊蹺，不知道是我們教育不成功，還是看走了眼，我們覺得單純的學生，沒多少光景，就成了顛覆政府的『要犯』，只能說，我們這些老師都有問題，我看也把我們找來問問的話，也可能都有事吧？不然，我打電話給柯校長，請他有空也來說明說明，他應該也大有問題。」

坐在徐康對面的人，並不像戲劇裡演的那樣有反應，於是徐康要來電話，直接打給柯遠芬。

也就是昨日，他要來保密局之前，給了柯遠芬一通電話，對他說，過去如果有錯，無法追補，有機會時，不妨停下腳步想想。他輕描淡寫說，自己昨晚一時興起，讀到點講明朝歷史的閒書，他覺得奇怪，不知道忠良之後怎麼老遇上那些九千歲派來的追兵準備滅門呢？

「桂榮，我說我們教育不成功了，我看你也來自首吧！你自個兒來約個時間。」徐康將話筒遞給對面的人。

柯遠芬在話筒裡大吼，吼出來的是：「這些梅縣的子弟兵是我親自帶出來的，那個藍定恩，家就在梅縣火車站的後站，我是眼看著他大姊從小挑糞挑水種菜長大的，共產黨進來，把當過國民黨主委的藍家抄了個沒！現在是怎樣？以為他們會認賊做父嗎？」

徐康終於能見到藍定恩時，對他說：「你大姊在外頭傷心透了。」

藍定恩瞪大眼睛卻眼神空洞。

「你光明正大，沒做的事情，不必承認，做過的，就要承擔。你做了什麼對不起國家的事嗎？」

藍定恩搖搖頭。

「沒有就好。配合他們，我保證你沒事。」

他們對藍定恩說，透過自首辦法，簽個不痛不癢的文件，就不會死，國家會給自新的人機會，關個幾年可能還是會，「畢竟，『知情不報』嘛，有罪，但罪不致死，不會死，就萬幸了。」

他們讓藍定恩到某一個算不痛不癢的農場勞動，大多數簽這份公文的人都不太確定那處農場到底在哪裡，有人說，就是開墾農場山林，是黨營事業。做點體力活，還能抵刑期，是好事，遠離是非圈，越遠越好。

徐康特別要求到王莘的囚室前，他對裡面的人說，作為老師，來見學生一面，不為過吧？

王莘依舊趴著在地上。他這種姿勢，相較於那個狹小空間裡，能蜷曲身體，將頭埋在膝蓋間的人，或是因為沒有地方可以坐而站著的人來說，是不是幸福呢？只有他自己知道。刻版畫時，刀尖先插入木板，挖出木屑，使那處鏤空，有陰有陽，而他此時才知道，肉體被搥打、踹踢，骨頭因而有起伏，有斷裂……被他鐫刻的木板……原來會那麼疼痛，就像他此時一樣，但是木板不會流血，他會。然而，他沒有打算因為疼痛而說點輕柔的謊話，最多只是因為他已經說不出話來。

徐康因為王莘的那種趴姿，預知王莘不久後的結局。

那個新埔無辜而晴朗的午後，他問王莘的是：「你最喜歡哪首詩呢？」

他說，聞一多的〈發現〉。

這個年輕人像是唱歌一樣，自顧自地背出聲：

我會見的是噩夢，哪裡是你？
那是恐怖，是噩夢掛著懸崖，
那不是你，那不是我的心愛！

藍定恩簽文件前，他們說，喔，還是需要你幫個忙。我們有幾個罪不可赦，意圖顛覆國家的共匪同路人，你來幫忙指認，你認不認得，都不重要，因為他們都認罪了。

（不重要的話，我就不用指認了吧？）

藍定恩想起于凱那花花綠綠的手指，也許還有淌膿的血味……

處長說，配合他們。

也包括這個嗎？

前一天晚上，因室內的另一個人被拖進來，看起來整個人完好無缺，卻低低哀叫了一晚。他們專打他的關節處、他的腿窩，不用出力，輕力打，打上一晚，表皮看起來沒事，一牽動就痛徹心肺，別說按壓，輕輕一碰，皮膚底層的腫脹瘀血湧入眼眶，變成眼淚奪眶而出。痛。

他們興致盎然，等藍定恩回答。

他慌亂地說：好。

藍定恩用了一輩子問自己一個問題，他有否指認過王莘？記憶已經模糊，那段時間內的許多記憶錯亂，他記不起許多事，他片段記得，被帶到了一兩個房間，暗黑無比，當燈打開來，燈光刺眼，讓你只想迴避，不想直視，老鼠首先四竄，定睛一看，誰也無法辨識那躺在地上的究竟是誰，更何況是趴著的？

他們問：「是嗎？」

他慌亂地說：好。

有人關燈，所有的場景都消失了，就像是舞台上的幕拉上了一樣。

五

因此，藍定恩來到了金子農場，喔，竹子門農場，加入丁克檢漫長的等待行列。

他白天必須墾地，夜裡必須排班巡邏。另外，他還被指派傳送公文。這裡除了少數在地的工人外，大多數都有兩三項工作得做，不是領薪水的員工，而是來監外勞動，來服刑的軍事犯，他當然也是。

在傳送公文過程中，藍定恩進到整理好的日式房子才發現，原來他以前在台大睡的上下層木櫃，是以前日本人拿來放雜物、被褥的衣櫃空間，他個子瘦小，才能睡得進去，那時候營養不良，睡上層的那個也沒有太重，不然以翻身就軋然作響的狀態來評估，睡在下層的他沒被壓垮真是奇事。

他訝然失笑。

他見到了丁場長，名稱上是場長，但他比較喜歡聽到「丁將軍」，這裡沒人會這樣稱呼他。

丁克檢非常嚴肅，話少，藍定恩從未見過他有笑容，他也從來沒有給過農場裡的任何人福利。每天，他們必須升旗、點名，一切按照軍隊紀律來，甚至比軍隊還嚴。

他訓話說：「你們每個都是罪犯，甚至比一般犯錯老百姓更可恥，你們犯的可都是滔天之罪，國家留你們一條命，是大恩惠，讓你們來這裡為黨服務更是黨不念舊惡，心胸開闊的表現。你們要好好利用這個機會，努力勞動，（此時，他清清喉嚨，輕咳一聲），努力……貢獻一己之力，才是正道。一邊工作，一邊反省己過，這是我們的期待。」

丁克檢希望，大家忘記他剛剛講過「勞動」，這種時代，任何敏感的字都不適合隨便使用。

回到辦公室，丁克檢著手磨墨，準備練書法。這是一天的起始，也是一天的結束。他除了這件事，幾乎沒有別的可以做。此時沒有選舉，他沒有理由到處走。若是有選舉，他可以以動員、助選的名義，拜訪台南這裡的黨員，順便可以得到一張輔導本黨當選人當選的感謝狀。每一張感謝狀，每一張褒揚狀，都被他珍惜、收藏，誰知道哪一天用得上？收藏好，讓他自己安心。

那些不能寫下來，無從理解為何的事情，多數從探訪、助選行程中獲知，他從口耳秘密相傳知道：孫立人輾轉於幾處流離，最終被軟禁在台中，家用額度不夠，需要賣花為生；張學良被囚在新竹；白崇禧在台北，自稱「待罪」，幾乎足不出戶，以免遭受議論。丁克檢聽見了，直接進到心裡，盡力不讓它起漣漪，波浪洶湧一來，對誰都沒好處。這幾年，他學會跟外面的這幾座山林和解，試著學會與心裡的幽暗雲深共處，因為他無處可去。

還能往哪去？他的父親跟著來農場，沒多久後就過世了，他將父親安葬在農場的土地上。原本覺得不妥，報請長官核示，上面指示，這些土地他們還沒拿到所有權，但早晚都會是他們的，用，就是了。因為父親的墳在這塊土地上，丁克檢花了兩年時間處理瑣碎的所有權與過戶事宜，才把土地所有權登記為黨所有，請了律師與黨部簽約，每年收入扣除農場開支外，盈餘各半。

丁克檢耽溺於回想，自己想，自己回憶，並不與人分享。想起過往，讓他心裡有底氣，確認自己存在過。他心裡崇拜的白將軍，是那個有情有義的英雄好漢，他記得那年，白將軍的母親馬太夫人九十大壽，他騎著愛駒「烏雲蓋雪」（遍身黑亮，唯有四蹄雪白，奔跑時，鬃毛飛揚），趕回故鄉桂林為母拜壽。歷史上，英雄與馬惺惺相惜，向來是佳話。

他坐在緣廊的藤椅上，細數名將，飛黃騰達的，非我族類，不足為道，自己又不若那潦倒落魄的，還可暗自欣慰，日子就這樣一天一天過下去。

想回對岸故鄉的雄心壯志，從蓄勢待發、漢賊不兩立，漸漸鬆動，他感覺到屋倒瓦落的頹勢。居然有一天，他聽見了一個消息，原來，白將軍母親在重慶的墳，竟然因為沒有土地所有權，棺槨被老百姓棄毀……

歷史坐在丁克檢椅子的扶手上，再次掩卷嘆息：將軍，你總是為錯置的消息貽誤……

晚年的丁克檢被以前的一個景象深深困擾，夜裡難以成眠，日間，他常坐著、坐著便打起瞌睡來，卻突然被自己的鼾聲驚醒。一個揮之不去的念頭總是鬼魅般地糾纏著他：他看到父親的棺被掘出，棄置在外，而白河常發的地震讓墓碑傾頹。他意識到自己終將葬於此處，他勢必得做點什麼。

做點什麼？

他自己也不知道。他寫下陳情信，說明希望能將父親的墓地周邊三公頃的土地過戶於自己名下，同時願意將黨部撥給他的其中一筆，約四十餘公頃的土地，以及那塊地上種植的柚木收益歸還給黨部。

八十多歲的他，退休後一直在台北縣的住家與台北市的榮民總醫院來回，他很喜歡到榮總去看病。有將軍官階的他在醫院裡備受禮遇，那是一種做為軍人的殊榮，唯有那時候，讓他感到過往的辛苦付出都是有意義的。

連總統身體有病痛，都來榮總就醫，所謂「御醫」，都來自榮總系統。每每想到這點，丁克檢安心不已。

由於身份關係，住院時最差就是將官兩人房，多半都是單人房，而這次入院，他跟馬祖政委會的秘書長同病房，實在榮幸。他對秘書長講起了他日夜記掛的農場土地一事，當然也提及去年寄出的陳情信，說明自己附上了歷年來所有的獎狀、感謝狀等等做為佐證，卻石沉大海。

老人以近乎懇求的方式央請秘書長協助、幫忙，看看能不能出點什麼力。

「我已經風燭殘年，行將就木了，只求老父、我自己，能有個安穩的……埋骨之處而已。」說到哽咽處，哀哀哭了起來，老人激動的情緒使某個監測身體訊號的機器也哀哀叫出聲，護士衝入病房察看，病房內一陣忙亂。

也病著，準備開刀的秘書長面對這一陣混亂，無奈嘆息。

秘書長還是幫他寫了一封信，寄到台中市三民路的台灣省省黨部給主任，把這件事重新再敘述了一次，然而這次，點出了重點，老人可是告訴他，等到這次病好了，總統大選一結束，他要直接請求謁見主委，「此乃黨部與資深黨員之事，不宜外揚，以免橫生枝節，請吾兄慎裁之。」秘書長這樣寫道。

丁克檢終究辦成這件事，他決定要求過戶土地是正確的選擇，因為事成沒多久，他被診斷出罹患失智症，始終搞不清楚自己究竟身處何方。

他說的事情後來變成一個一個傳奇性的故事，很值得記載。

「這樣！」老人張開臂膀，「我兒子，是太空總署的總工程師，鄧匪小平，鄧小平，你知道吧？去美國訪問時，我兒子不讓他進去參觀，他說：『你們共產黨毀了中國，你沒有資格來！』他就這樣擋著，不讓鄧小平進去，鄧小平啊，我跟你說，那張老臉掛都掛不住。」

〔本報訊〕

一九七九年，鄧小平訪美，鄧小平表示中國熱切希望得到先進技術，他今天在這裏爬進飛行模擬器的駕駛艙，親身體驗了駕駛美國最新的航太飛機從十萬英呎高空降落到地面的情景。他似乎爲這種體驗而著迷，模擬降落一次後又來第二次，最後離開模擬器時還戀戀不捨。

「我一輩子，從來沒怕過共產黨，有打輸，沒逃過！我火大起來，放火！放火燒了他們整條長征的路，我跟你講，整座山都燒光光！」

那一年，丁克檢收到密電說，潛伏在糖廠的匪諜在圍捕中逃亡，他們可能準備從海岸走私出海，也可能逃往山裡，做長期抗戰，農場幅員廣大，務必，（底下加線）慎加注意。

台南地區實在危險，糖廠就有很多間。聽說孫立人訓練那批子弟兵，讓上頭的人很不安心，孫立人照顧幼年兵，甚有名望，他跟自己在清華的同學，後來做了台糖的總經理沈鎮南商量，從製糖過程裡保留酵母團，做成酵母片，半價提供給軍隊，讓軍隊補充營養、強健體魄。酵母片原料多半都從台南糖廠過去的。

丁克檢知道這個消息後，徹底清查家裡，把之前人家送給他的酵母片連夜偷偷丟棄。

沈鎮南，不就是叛亂資匪而槍斃的那個？

他對底下人員監控更嚴密，日夜巡邏更加密集，一時風聲鶴唳。

想像一下藍定恩那晚的遭遇吧。

那天他運氣不好，排到了夜晚的巡邏，他們必須巡完這一大片山林。任何時間這大片山林都像是藏了人啊，不只那天。然而，那天是真的有人逃入了山林之中，歷史沒告訴我們，究竟是誰，怎麼來到了這裡，山林總是這座山連接著那座，誰也無法區分到底怎麼翻山越嶺過來的，警察來了，軍隊來了，分不清楚的魑魅魍魎似乎也來了。

丁克檢來到白河後，就沒看這麼大陣仗了，他有點興奮，自忖自己能否從這件事獲得什麼優勢，（也許有危害呢？）那個夜晚，丁克檢從農場辦公室可以看到手持火把的點點火光，晃動在樹林間。藍定恩身在其中，樹林山野間異常亮，恍如白日，加上當天是滿月，白天的樹林叢梢間的亮度也不過如此。

沒有人注意到，這片山林已經連月乾荒，沒有落雨，整座山林乾涸，火把的零星火光散落，燃起了地上枯乾的雜草，先燒了一塊，然後，很快延燒成一串，當大家意識到火勢變大時，一切已經太遲了。

古柯鹼的提煉，是要烘乾葉子，而非全數燒盡。

不在歷史記載裡的燃燒山林在我眼前蔓延而開，古柯鹼的故事隨之點燃、毀棄。

印地安原住民素來有嚼古柯葉來舒緩高山症的習慣，他們說，喝酒可以讓你舒服一點，可是古柯葉能讓人手腳有力氣，重新準備登峰。

西班牙殖民者曾經發放古柯葉給殖民地的勞動者，古柯葉使勞工耐得住在銀礦坑工作的辛苦，（也許再辛苦也不得不回來工作，因為已被古柯葉勒住了脖子），銀礦產值更高……

遊蕩了一天卻一無所獲的扒手、在男人身下求饒的妓女、咳血卻得粉裝登場的女演員，誰都願意交出所有的一切，什麼尊嚴都不重要，只要能來上一點，古柯。

啊，丹麥反抗軍曾經突發奇想，把古柯鹼滲入乾掉的兔血，想干擾蓋世太保追蹤逃亡猶太人的軍犬嗅覺。

一九二〇年，全世界的古柯出口開始持續衰退，唯有一個國家變成古柯鹼重要的出口國，那就是日本。一部份供應到中國、印度，數量不明，原料產地很明確，是他們在南美的種藥產地，最主要還是一八九五年成為其殖民地的台灣。

眾人慌亂疏散，丁克檢猛然想起派出去的，多是軍事監獄的人犯，萬一有人逃掉了，那可不得了，趕忙要人吹哨集合，把那些人找回來。

風勢助長火勢，一發不可收拾，頓時，整座山陷入火海，丁克檢看著這片囑咐給他，需要戒慎恐懼看護的樹林猛烈燃燒，不時傳來啪啦啪啦的巨大聲響。

藍定恩在那場火災裡嗆傷了，他後來的餘生感到呼吸時胸腔常有疼痛，他的眉毛因為燒傷，缺了一角，始終長不出毛髮。

當晚，他眼見那一大片禁忌樹林淹沒在大火中，過去，場長時常為了除草、巡邏等等小事怒罵他們，此時的場長倉皇失措，束手無策。他覺得很幸福。

藍定恩不知道很多事情，「不知道」，是幸福的。包括他不知道和看眼前這片山林一起燒掉的是怎樣的一卷歷史。包括他不知道，在那盞指認的刺眼燈光熄滅後不久，王莘便迎來了死亡，即便槍決的消息被貼在台北車站也無人知曉。包括，他也不知道，王莘火化時，高溫熱氣也如他眼前的這場大火那樣，王莘孤伶伶地躺在六張犁的墳地，唯有小小的一塊石版寫上姓名。

王莘的一切都是微小的，少少的，小小的版畫，少少的書，（訊問者問：你有多少財產？犯罪者所得要充公。他幽幽的說：我的財產就是我刻的版畫，跟我的幾本書了。）少少的，活著的日子。

藍定恩彷彿聽到樹海在攪動，如同以往。然而，一切都消失在火光灰燼裡。

那個登陸後，在基隆港靠岸的傍晚，他們——藍定恩、王莘、藍琪韻靠岸後的第一天，好不容易等到下船的藍定恩，手上有點零錢。

他向背著大簍物品，不知如何兜售，卻想賺點小錢的販子買了黃色的弓蕉。弓蕉有特別的香味，形狀飽滿。當他拿著香蕉，竟然看到了大姊藍琪韻，顯然也剛從船上下來。藍定恩握著弓蕉，忍住欲泣的衝動，遞給她一根，按照小販教的，幫她剝好皮，各自吃了一口，弓蕉的香甜，撫慰了一部分的傷痛。

王莘也分到了一根。

王莘嚐了一口糯軟的台灣蕉說，啊！真好吃，你看，人生還是很美好的。■

校旗
陸軍第十二兵團軍事政治學校校歌
Modenato
我是怒潮人
怒潮知我心
抗戰與戡亂
兩役留盛名

耶穌喜愛一切小孩

一

送禮給重要的人是一門大學問。

王太太坐在偌大的客廳裡，思索要送上什麼禮來賠罪。事實上這件事與她沒有直接關係，只是她的朋友圈內，一位官夫人提議要學做菜，邀集了一票姊妹淘一起去，結果她最喜歡的朋友高老師，跟著去了，到了現場，跟著他們一起看，一起嚐味道，卻無法參與一起動手做，她更難受的是，居然不是她，而是其他人先小小聲驚呼出來：「啊，高老師是彈鋼琴的手。」

為什麼她沒有先想到呢？

如果能先察覺到專業鋼琴家不適合參與廚房烹煮之事，那該是一件多有面子的事，偏偏察覺到的是處長太太，從江蘇來的，這個省名她已經很熟悉了，肉漿的「江」，酥油的「蘇」，這個名稱真的很得天獨厚，這個「蘇」，竟然跟台語「炸予酥酥」的「酥」也同音，整個名稱念起來，擺明就是出美食的地方。

高老師在現場仍然笑得好美，輕聲說：「沒有關係，我來看看很好，等著吃吃看！」

即便讓高老師浪費一下午時間的始作俑者不是她，可是她還是決定做點表示，一方面可以彌補她沒注意到高老師是鋼琴家的缺失，也可宣示這些人脈由她這裡拉出去的，因此她必須「負責」。想到這可以收到雙重成效的點子，王太太不禁微笑。

到底要送什麼好呢？幾番思量，扣除掉探病用的水果籃、太過奢侈的酒或是香水等等的非生活必需品，她想到了一種不失禮又體面大方的禮物，畢竟，以重要人物的喜好作為準則，是零失誤的決定。王太太在華興育幼院的某一個場合聽聞夫人喜歡吃一種糕點。要想吃到這道糕點，得先打聽到這是哪位師傅的專門手藝，接著找到門路預訂，然後取回、送禮。這一連串的探門尋路便足以建立這份禮的輕重，更何況，這是夫人愛吃的，絕對不可能不好吃，也絕對不會是不受歡迎。

王太太第一次拿到這道糕點，特地留下來品嚐。糕體似乎是米粉或糯米粉做的，加了糖跟紅豆泥，粉粉鬆鬆，雖然香甜，但不很合王太太的口味。她以叉子挑起一小口，雖然有了紅豆的香甜，卻不由自主地想起：紅豆甜粿實在好吃。過年時，蒸得熱軟的粿，沾著土豆油的筷子向下一叉，纏住拉起一塊，從拉起來的韌度就知道送進嘴裡有多麼好吃。

「腰がある。」

小時候，父親送她去學舞蹈，老師稱讚她身體柔軟，她在父親面前表演下腰的動作，讓父親忍不住拍手叫好，探向客廳天花板的指尖，扭轉自如的身軀……粿拉起時似如她腰身的展延，彈性。

這粉粉的糕點口感，絕對不似紅豆甜粿。

王太太猛然睜開眼睛，責備自己怎能在吃鬆糕時想到最愛的紅豆粿。

對於高老師，她有特別的感情。高老師是女孩們的完美指標，美麗、端莊有禮，彈奏鋼琴時柔美，即便彈奏激烈熱情的琴音，優雅依舊。她嫁的是大稻埕富商，李家的長孫，剛訂了親，漂亮得不得了的照片便登上了雜誌封面，其他日本貴族仕女只能在內頁。

她擁有的讓人羨慕。

高老師似乎沒有什麼語言問題，她很輕易在戰爭結束後，隨著國民政府來臺灣，就跟著從昭和步入了了中華民國的時代，身影輕盈，臉上的笑意未曾稍減，王太太真希望自己也能有那種風采，到現在，她的漢文都還不怎麼好呢。

王太太訂了幾次那道「夫人鬆糕」送人，不論外省本省的朋友都很歡迎，唯獨對高老師，她暗自覺得，她不會喜歡這道糕點。有另一道八寶甜飯，據說也是夫人喜歡的，只因為外觀像是臺灣的米糕，感覺上送禮比較不得體。這道甜飯，是廚藝課師傅的示範餐點，王太太特地在上課前請師傅多做一道，她好直接帶回家，計畫上完課後叫司機送去給高老師。

師傅已經開始講解了，他要助手先在一旁的黑板上寫上材料：紅豆、糯米、紅棗、蓮子糖、桂圓肉等等。王太太翻開自己筆記簿，仔細地在紙面上抄寫材料與作法，她為自己找到這款筆記本感到滿意，頁面上方是方形的橫式空格，正好可以填入材料，下方的直紋寫上作法剛好。

知道師傅帶了一個完整的，倒扣出來有美麗擺花飾紋的八寶甜飯等著要給她，王太太的心裡甜滋滋，比最後要淋在飯上，由太白粉、水、和麥芽糖熬煮出來的透明糖漿，更甜。

高老師看丈夫只吃了那八寶甜飯一兩口便放下湯匙，知道那不合他的口味。她請歐巴桑把這盤端走，丈夫沒再說話，跟歐巴桑說要喝茶，走進書房。

她知道丈夫並不喜歡她去參加王太太那樣的婦女聚會，其實她也不適合去，畢竟，她必須好好保護她的手，演奏鋼琴是她的工作。初時她覺得自己可能參加個一兩次，禮貌周到即可，後來她卻主動地問起王太太課程內容，選個幾次出席，維持只看只吃，不動手下廚實做，她發現，其實大多數參加的太太們都是這樣的。丈夫知道這項聚會並不會讓她的手受傷，也就不再反對，日子就這樣過下去了。

丈夫原本便不健談，這幾年來更加沈默。上一次能開心的談天似乎是戰前在草山疏開的那段時光了。回想起來，那是很奇異的時刻，明明市區時常被轟炸，籠罩在戰事中，但他們心裡隱約覺得日本將敗，他們緩慢試探，小心靠近真相，不無懼怕，也不無掩不住的期待。而今這個世局，表面上並無實際戰爭，「戰爭」活在唇齒之間，「反攻大陸」、「統一中國」都是常掛在嘴邊的言詞，戰事無所不在，即便並無砲彈追擊。還有一種戰事看不到，也無所不在，那是堵也堵不住的恐懼，恐懼加上猜疑，懷疑別人之後，轉而懷疑自己，懷疑別人還可能因為證據不足而有個段落，懷疑自己則因為探索的深度一再加深，而永無止盡，而且越是勇於面對自己，越是受苦更深。高老師從不知道丈夫受苦有多深，她只知道，丈夫的轉變非常明顯，他不再閱讀，也不再書寫，從一個會跟她談詩的男人，變成了一個夜晚被自己的夢囈驚醒，時常頭風發作，頭痛到嘔吐的人。

丈夫進了行政長官公署工作後工作繁雜，她明顯感覺到就算丈夫是個好脾氣的人，回到家後說話也帶火氣。從丈夫發的名片是哪一張，便可推敲對方是什麼來歷的人，因為丈夫面對不喜歡的，有疑慮的人發的總是行政長官公署的名片，後來，丈夫只發這張名片，因為他已無法辨識來人的用意。在連續幾個晚上，因為加班沒有回家休息，丈夫看起來更為疲憊，她的關懷問候常被他惡狠狠的甩門聲打斷，臺北事變之後尤其明顯。丈夫下班後多數的夜晚時刻，常坐在洋樓的客廳裡發呆。

戰爭結束後，他們從草山搬回洋樓來，丈夫把客廳靠陽台的空間規劃為她彈琴的地方，他說，妻子在窗邊彈奏，為大稻埕整條街的人帶來琴音，不用買票就能聆賞大師的演奏，是一件多麼浪漫的事！丈夫一邊說，手掌在空中誇張舞動，像是要捕捉那些飄散出去的音符一樣。丈夫為她擺了兩台平台鋼琴，一架是他購買的，純正日本風格的三號 Yamaha 黑色烤漆鋼琴，另一台則是她少女時代就擁有的原木色一號演奏琴，活潑的胡桃木，是父親為她在濱松買琴的時候挑的，青春的印記。

落地窗前飄掀的窗簾，窗外的商舖街道，應該是一道臺北城的風景，尤其是終結了殖民統治，迎來了光復的新氣息，但是後來，丈夫面對著兩架鋼琴的窗戶，多數時間不發一語。

那數個妻子認為他在加班的夜晚，李超然並不在辦公室內，他被帶到了自己也不知道的地方，像是預知些什麼，他被帶走前，叮嚀一個親近的下屬，告訴妻子他會加班個幾天，忙完就回家。

他沒有把握他能回家，但在有限的信心裡，他必須這麼認為。

對高老師來說，沈默的丈夫什麼都沒說，然而坐在客廳內的李超然，腦中迴盪著轟然巨響。

他覺得那是一個漫長的惡夢，真實到他幾乎不敢相信那是一個夢，他必須一直撫摸自己的下巴，有時甚至必須捏痛自己，才知道自己還清醒著。某一個不確定的時刻，他發現自己淺淺地呼吸不知道多久了，呼吸逐漸消失不見，他的靈魂逐漸脫離身體，他想試著再多吸一點空氣，卻一點都沒有進入肺泡裡，窒息的感覺襲上來，帶著血的氣味。他非常確定就在非常靠近他的地方，也許就在隔壁，他從未看到的隔壁，有血。同時，他也聽見聲音，呼救、哀求、嘶吼，每一次哭喊，都以為停止了，痛苦到了盡頭，但下一聲的哀嚎又更尖銳地被擠壓出來，他認為那可能是脊椎被抽出來，直接磨碎了才能發出的聲音。對於受到同樣痛苦的人，聽到這些聲音，是一種無謂的安慰：知道地獄裡還有其他人，即便對減緩自己的痛苦一點幫助也沒有；對於還沒遇到皮肉之痛的人而言，是一種雙重的折磨，他們必須做出決定：要免去這種痛苦，什麼都講呢，包括不知道的也講呢，還是要堅持自己就是不知道，只求一死呢？歷史很快就讓人們知道，死了還簡單些，死不了才是麻煩。

問問題的人從沒打過他，從來沒有。他們問他問題時總是有禮地提到長官公署，以及當初找他去工作的一些人名，這是一種暗示，也是一種提醒。他知道自己走在刀口上，不能只講自己，自己無法承擔所有的責任，也不能任意提到別人，會造成其他的禍端，不能講不知道，他們不相信你全然不知道，也不能裝作你當然知情，實際上你並不知情——就算知情，也不能多說。

他在疲憊至極的時候，意識模糊，渴求能否喝一口水，他們端了一杯水進來，在悶熱的天氣裡，水裡還加了冰塊，他聽見冰塊在杯內互相撞擊的聲音，喉嚨越發乾，舌頭黏在上顎，無法移動。對方語氣輕蔑，「像你們這種有錢人，外面的生活多好，要什麼有什麼，還差得了這一杯水嗎？跟我們配合，不就沒事了？」

沒有要讓他喝水的意思。他別過頭去，忽視那一杯水，也忽視他們踐踏自尊的惡意。

他們問他許多問題：人名、地點、時間。他發現這些問題一直循環，只是以不同的方式來問，說話速度或快或慢，或許嵌在句子的段落之處，或許躲在某一段他們敘述的情節裡，他們的說法永遠不會離題，卻一直伺機而動，等待你出錯。發問者永遠都有答案，等待著你回答出來，卻不明說，被訊者必須在發問者拋出問題之前就知道，他們要什麼答案而不能回答，否則下場就是皮開肉綻，這是這場遊戲最殘酷的部分。

他們讓你以為可以自由回答，回答者卻在回答時同時懷疑自己，親手把自己關進地獄去。

李超然經歷無限迴圈的地獄，步出偵察處後，從未再複述過這些事，一如許多經歷過一切的人那樣，帶著沈默往前走，無法對任何人說出口，當高老師看著他兀自發楞坐在自家的客廳內時，他的腦子響起的許多聲音，雜亂場面，他無法不回想，也無法停止。

許多年後，李超然已過世數年，居住的洋樓終於要拆掉，高老師送走了最後一個來練琴的學生，坐在丈夫常坐的位置上，望著丈夫時常看出去的方向，她看到了晚餐時刻，將要沈入近處樓房邊的夕陽，映襯在兩台鋼琴之後，置於牆角邊的立燈燈泡，在潔亮的鋼琴烤漆上反射出光點。

學生剛彈完一號琴，琴蓋是全開的。學生練習高階演奏時，高老師會掀開琴蓋，讓學生體會完全無遮掩的琴音，直接聽到那琴弦振動的金屬聲與音板震動的木質聲音，這兩種不同的聲音必須在技巧的掌握中達到一種平衡，唯有直接撞擊，毫無遮掩散落到空氣中，經過傳導，通過上帝創造的精密耳朵裡，才能辨識其中細微的不同，手指與琴鍵的配合，許多細節變化後帶給聽眾的音色。現在，她眼前看到的是，暮色中，一架緊閉的黑色鋼琴，跟一架全開的原木鋼琴，構成了眼前的奇幻時刻，一室的燻暖燈光，讓她想起了過去與丈夫重回日本旅遊的某一日。

他們最初到日本求學、旅行，都是乘船，後來當然是坐飛機。他們特意選了門司港舊地重遊，門司港已經變成了一個可有可無的站，並非交通要津。高老師沒有忘記，少女時期的她乘船到日本求學的憧憬和期待。她自小被父親送到日本讀幼稚園，因為關東大地震重回臺灣，三四年之後回到日本接受中學教育時，她已經是個能自由搭車來去下關與門司之間，自己在學校註冊、報到的少女。最初到日本的印象，是自己與姐姐穿著漂亮的衣服，被帶到照相館，與受父親鄭重囑託，要好好照顧他們的日本夫婦，一起拍了一張照片，寄給故鄉的父親。母親後來對女兒說，收到這張照片，父親歡呼出聲，歡欣無比，手舞足蹈，盯著照片凝視許久。

她與丈夫乘坐電車，從車廂走出來，已近黃昏，門司港站點起了一盞又一盞的暈黃燈光。她在車站內走了一圈，陳舊的車站，沾染歷史灰塵的空氣，讓她百感交集。她記得到女學校讀書時，學校剛規定水手服為制服，穿著水手服的女學生走在海濱港口的市街，是門司港最佳的風景詮釋。日籍的教師對外籍的女教師說，水手服上的兩條白色斜線彷彿月光照耀的梅花嫩芽，象徵聖潔的精神，穿著高貴套裝的高老師重回少女時期曾走過的車站，心情已非當年。她把皮包掛在小臂上，特地扭開盥洗室前的蛇口（じゃぐち），感覺水滑過指尖的冷冽，她記得這個「水道頭」，從她的少女時代至今都沒改變過，她看到旁邊的牌子說，戰前海外的歸國者，或者戰後復員、引揚的人經過長途跋涉多在此飲用這好飲之水，因此這水被稱為「帰り水」（歸來之水）。的確是，不過她更有印象的，是旁邊的洗手台，每每坐上火車，因為燃煤的緣故，下車後乘客總會湊到這裡洗把臉，因為臉部會沾染到空氣裡燃燒的煤渣，黑黑的。

おかえり……她在心裡低語。

不知何時，丈夫來到她的身後，輕輕把手放在她的肩膀上，兩人望著這「歸來之水」，竟有隔世之感。不知道自己究竟是歸人，還是轉身之後終究要「返家」的遊客。

一架開啟，一架緊閉的鋼琴並列在高老師的眼前，像是一則寓言，選擇，向來都是這樣，無非是對與錯，無非是黑或白。

然而人生卻不如琴鍵那樣黑白分明，就算能，琴鍵至少也有半音的存在。

二

王太太熱衷烹飪，留下了大量的食譜與筆記，一直到年事已高，還是捨不得割捨。她在過了一百歲的生日後的第二十四天離世，那些資料成為堆在遺產房舍內，亟需清空的對象。兒女都已移民，只有最小的女兒蜜多里，因為沒有出國生活，待在臺灣。

最後的一段日子，王太太已經無法顧及自己到底塗上口紅了沒，或是頭髮是否梳好了，泰半時間，都是昏迷的狀態，嘴巴微張，嘴角有乾掉的口涎痕跡，看護看到了沒有，蜜多里不知道，但她沒有動力去清理，也沒叫看護處理。

王太太的眉頭微皺，好像有點痛苦，或是在憂愁什麼，也許是不耐煩吧？一如往常。蜜多里想著，這個人，連最終的時刻都跟「安詳」這麼扯不上邊。之前母親幾次病危，同樣陷入昏迷時，有一次突然眼睛微張，稍微清醒，看到了床邊的她，似乎要說什麼話，她湊近聽才發現，母親以日語說：「天堂怎會這麼遠，走了這麼久還沒到？」

她到底是什麼信心，覺得自己會去天堂呢？蜜多里尖銳地發問，然而，她立刻就為自己的刻薄感到沮喪，坐回座椅，沒有再靠近母親，彷彿保持距離就能避免彼此傷害。

她坐在那裡，等著時間流逝，然後，有一天，王太太終於呼吸衰竭，沒有接續下一口氣，死了。在 Covid-19 疫情管制之際，無論從哪個地方回國都得居隔數日的狀況下，沒有手足願意從僑居地回來奔喪。只有她這個失婚，而且在身邊的女兒能處理後事，兩個兄嫂只是禮貌性地致謝，然後淡淡地帶上最重要的叮嚀：臺灣的房產與土地總是要處理的。

等到兄長傳來訊息，指示更加明確，除了房產土地之後的金額，其他的東西都沒有價值，不需要保留了。

不需要保留，全部嗎？

她站在母親最後住的居所內，環顧客廳，壁櫥裡面放滿了她的各式收藏，

蜜多里印象中的母親，是盡情享受生活的人，她的生活常常不包括其他人，即便是自己的兒女。母親自己極為「惜皮」，怕痛怕生病而重養生，卻從未擔心過兒女的身體健康，蜜多里的外婆曾責備回家的母親，怎麼只顧著自己穿皮草，卻沒注意到幾個孩子寒天只穿著單薄的外套。有幾次，出門去應飯局，飯後打包回來，孩子在菜羹中看見魚肉已經剔光的整尾魚骨頭。蜜多里記得，有一回，母親捧著一團膏狀物回來，說是夫人要送給孩子們吃的。母親興奮地說這是舶來品，巧克力糖。混著奇怪氣味，已經半融化的巧克力從錫箔包裝內緩緩淌出來，混合在一起，可能因為多次冷藏、融化，有的錫箔紙已經被包裹在巧克力中，成為一團莫名其妙的東西。孩子對它興趣不大，放在冰箱內，母親捨不得丟，沒人願意吃，直到長出了青色的霉菌絲才進了垃圾桶。

母親最喜歡的就是食物，研究各式的美食是她畢生的嗜好，她常說，一鍋湯能凝聚一個家，但是不知道為什麼，湯鍋邊卻常只有她自己，也許有兩一次還加上父親——在他還沒有外面的女人之前。

母親對吃食的講究，讓蜜多里對於「活著」這件事感到憤恨，大概是因為相較於對那些細節的講究，母親對其他事物的漠不關心，使人厭世。

她翻閱最靠近母親平時座椅的那一個書櫃，裡面擺滿了各式食譜與筆記，抽出第一個紙盒，裡面是薄紙包覆的一本一本味全食譜，分有湖南菜、粵菜、江浙菜，其中一本是格紋紙為封面的筆記，小小一本，母親娟秀而工整的字體把整本密密麻麻填滿了，還有特別從報紙上剪下來的小塊美食新聞，仔細貼在泛黃的頁面一角，遇到特殊刀工或特別擺飾、作工的菜餚，在一旁繪圖註記。

第一頁的小方塊剪報是民國五十二年六月六日的聯合報第三版：「國宴菜譜美酒佳餚」，內容寫著：總統的國宴以國產紹興酒與法國香檳招待嘉賓，中餐西吃，菜單內詳列了梅花拼盤、通天排翅、生炒鴿鬆……

「蜜汁火腿、脆皮肥雞和奶油草菇菜、火腿蛋炒飯、燕窩鴿蛋清湯、雪銀甜羹和甜點三色、餐後有水果、清茶、紅茶與咖啡。」烹飪教室內的師傅朗誦出這些菜名，令人神往，他清了清喉嚨，繼續說：

「國宴，當然菜款是最重要的，但是更重要的是吃的儀式，中餐西吃，體現了中國菜也能與世界潮流並進。我們的第一夫人，可是受西方教育，具有世界觀。」

王太太想，一定要把這份報紙找出來，剪報存檔才行，這些菜名，聽著就歡喜。她著迷這種烹飪課的原因，除了豐盛的菜餚讓人心滿意足，在食譜內出現的各種名詞是另一個驚奇，她的筆記裡有一頁名詞對照表，粟米：コーン；口蘑：きのこ；上湯：だし；魚生：刺身。食譜成為她學習漢文的好方式。

食譜同時秘密牽起微妙的人際連結。王太太從廚藝教室發現，要認識一個人，如果不能很快約到他同桌吃飯來連起關係，知道他怎麼吃，是瞭解對方的起手勢。教授烹飪的師傅顯然深知其中奧秘，面對一道菜餚，教授其烹調技巧時，順道掛著神秘微笑說：「等等再告訴大家這道菜的故事……」

師傅小心翼翼把雞蛋的頂端打一個小孔，讓蛋白流出來，在大碗裡打散，再把上湯（注意！千萬別是熱的，熱的等等倒進去，蛋白就泡湯了）加鹽和味精調味後，用輕柔手法倒入蛋白裡，用筷子攪拌均勻。

師傅說：「接著就是慢慢灌入蛋殼裡。」

現場一如預期出現驚呼：「怎麼可能！」

師傅再次露出微笑，「這就是功夫所在。」他一手拿著開有小孔的蛋殼，一手端著混著上湯的蛋白液，抬起手臂，把又直又細的蛋液注入小孔中，所有的人都屏氣凝神看著。

他如何知道什麼時候會滿？王太太心想。

專家總是知道的。

師傅注完十二個蛋後，示意太太們靠近電鍋邊，助手已經在蒸籠內鋪滿白飯。他小心地把蛋穩立在飯上，一個一個蛋插在白飯裡，特別的畫面。

「然後，」師傅蓋上蓋子，「小火蒸上一個小時。」伸出食指提醒，「不可以大火，蛋老了可不好吃。」

開火，調整火力，師傅說：「這道菜叫無王蛋。有名的功夫菜。一般餐館幾乎沒有師傅會做，就算有這種功夫，也得預訂才吃得到。」

助手拿起抹布開始抹台面，師傅接著說：「熟了以後，放入冷水泡涼，吃的時候蒸熱，盤邊點綴青菜，調一小飯碗汁淋在上面，就好吃了。」

稍等，什麼汁？

這幾年，王太太參加這種聚會，早已培養出敏銳度。每一個師傅多多少少，都會藏個一手，這個「一手」，常事關這道菜能不能做得成，略過這個關鍵，怎麼都做不出道地的味道。有心者會發問，如果是無心學習者，問不出所以然，師傅算是有教，打馬虎眼也就混過去了。

沒學到？那就再出一堂課的費用，重新聽聽箇中真味。

王太太還在琢磨怎麼發問，身邊的聲音傳出來：「師傅，請問那個飯碗汁是什麼東西？」

問題直接，聲音宏亮。

師傅不疾不徐回答：「不是飯碗汁，是一飯碗汁，太白粉水加鹽，薄薄掛芡就好。」

端出已經做好的蛋，每人一顆，太太們接過助手遞來的特殊小湯匙，小心就著小破口敲破蛋殼，潔白光滑的蛋滑出來，一口一口慢慢吃，有人稍一用力，半熟蛋黃露臉，又是一陣驚喜的討論。

師傅掩不住得意：「監察院長于右任先生吃過我們彭主廚這道無王蛋後，非常高興，當場備筆墨寫字送給主廚，寫的就是：『高懷見物理，調和得工真』。大廚吟哦對聯，作為湘廚大師，與有榮焉。

王太太仔細聆聽吟對，但漢文底子實在不足，師傅的口音又不好辨識，她飛快寫下九…壞….心裡頓覺不對，怎麼可能會有「壞」？後面的字句便已錯過，無從撿拾起。

王太太相當同意中國菜博大精神這句話，畢竟，她上的課程實在多樣，湘菜、粵菜、川菜，每一個菜系都有擁護者，每個人各有喜好，機會是給準備好的人，她必須準備好，她在過程中也相當享受。

從飲食習慣去知道怎麼瞭解一個人實在有趣，而且相當有效。這些各有故鄉的人來到臺灣後，心裡有個不知道如何隱藏的痛處，於是只能四處找尋解方，從口腔投入是其中之一，希望能填滿那個時常吶喊的黑洞，故鄉的風味時常就是替代品，酒、茶、或是一桌宴席。每種菜系藏著一種秘密，秘密繫在廚師身上，廚師藉由觀察食客的品嚐表情，獲知自己的檔案是否被解密，食客因為被解密，解題關鍵重新回到廚師身上。

王太太就喜歡從廚師身上看到懸掛的秘密，那是一枚勳章，也是一張門票。

「名人雅士的鑑賞能力無與倫比，從飲食，可以知道個人的品味。我上週介紹過的油淋糯米脆片雞，記得嗎？那道菜被我們外交部長拿來招待外賓用，自己喜歡的話，外賓當然喜歡！儒家說：『己所不欲，勿施於人』，我是常跟徒弟說：『己若所欲，廣施於人』，這是做大廚的意義，不是嗎？」師傅的這一番話引得大家拍手叫好，可能是因為最後一堂課吧，師傅話講得特別多。

被提醒的王太太，翻開筆記查閱，上週介紹的菜色……心裡一陣小小的歡喜，這道菜最後的秘訣，她寫下了師傅的叮囑：要上菜的時候，在熱好的油裡加入兩大匙麻油，加上上蔥絲，淋在雞肉上會更好吃。她快速筆記：二大匙麻油を熱しみしん切蔥を入りれ雞にかける。這一段，可沒有紀錄在發給大家的食譜上。

這一期的課程收穫真多，王太太還知道了遠在美國聯合國的譚使長回國的時候，一定叫彭主廚做腐乳冬筍尖，百吃不厭，師傅特別叮嚀，這種冬筍尖鮮嫩好吃，調味時一定要抓準鹽的量，不然加入腐乳後會更鹹，反而失去了風味。

師傅輕描淡寫提到，腐乳的品牌當然是關鍵，絕對不是隨便的牌子就能有甘甜醇厚的風味。

那一堂課後，一位中途加入課程的太太，非常體貼而善解人意，那一道菜介紹完，她下一堂課來，帶上了多罐腐乳，送給課堂上的太太們，說是加了紹興酒的腐乳，風味絕佳，是師傅做菜時的完美佐料，師傅跟著附和說：「這款不過甜，也不過鹹，嘗得到回甘滋味，是多年釀製的極品。」

原來，那位太太找上師傅，問起腐乳品牌，買下他手上的存貨，讓師傅賺了一筆，也讓收到禮的人開心。

王太太暗自懊惱，怎麼自己就沒想到這一手呢？

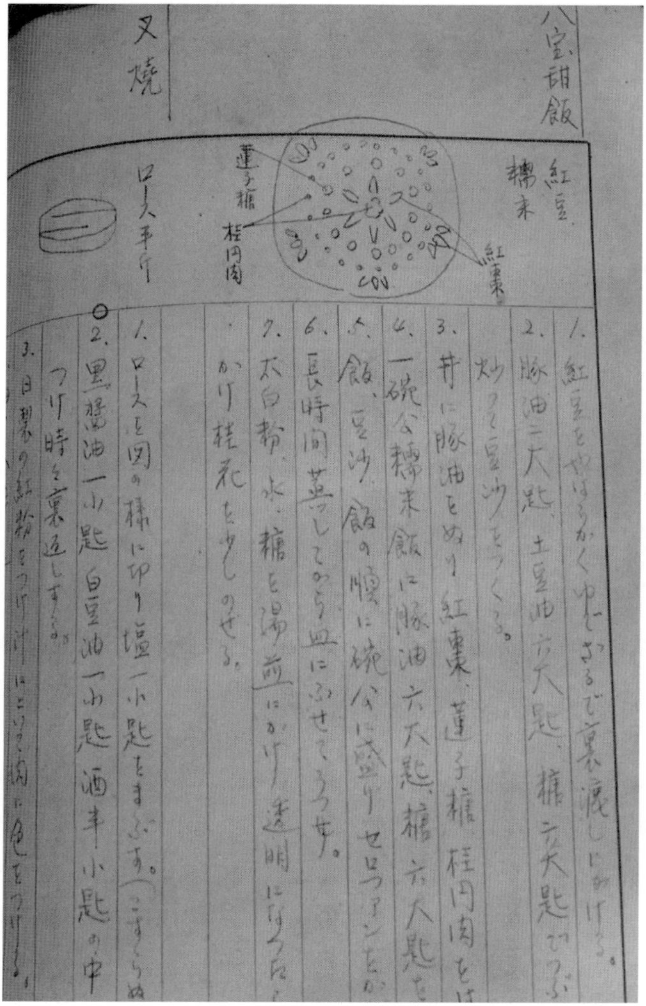

八宝甜飯

紅豆
糯米

1. 紅豆をやはらかく煮てすりつぶして裏漉しにかける。
2. 豚油二大匙、土豆油六大匙、糖六大匙でつぶ
炒って豆沙をつくる。
3. 丼に豚油をぬり紅棗、蓮子糖、桂円肉をは
4. 一碗分糯米飯に豚油六大匙、糖六大匙を
5. 飯、豆沙、飯の順に碗分に盛りセロファンをか
6. 長時間蒸してから皿にふせてうつす。
7. 太白粉、水、糖を湯煎にかけ透明になったら
かけ桂花を少しのせる。

叉燒

ロース五斤

1. ロースを図の様に切り塩一小匙をまぶす。（こすらぬ
2. 黒醤油一小匙白豆油一小匙酒半小匙の中
つけ時々裏返しする。
3. 日本の紅粉をつけ汁にとかし肉に色をつける。

高老師在教會舉辦的婦女事工委員會舉辦的演講上，認識章金桂這個婦人。婦人來參加她主講的古典音樂聆賞心得。那一次，她講的是貝多芬寫英雄交響曲的故事。比起在教室內講課，她在這樣的環境內感到舒適，可以舒服地講台語，氣氛溫暖和善，讓她覺得自在坦然。

章金桂特別去參加這場演講，因為高老師這位鋼琴家在當年中部大地震後舉辦的音樂會上，展現的美麗風采和琴藝，至今還留在許多中部人的記憶裡，她在苦悶的生活之餘，挪出了一個下午特地去聽。

她望著高老師的臉龐出神，有一剎那，她覺得所有學音樂的人都該有這種美麗，好像所有的痛苦都不會沾染上來，不像她，她已經忘記自己上一次好好照鏡子是什麼時候，洗澡的時候，她觸摸到已顯粗糙的臉頰，細細的脫皮碎屑，也許笑起來已有深深的法令紋，但她沒有心情去顧及這些。

高老師說，臺灣民眾對於音樂的鑑賞力是很夠的，當年她在震災音樂會上演奏李斯特的曲子，怕聽眾在曲中該有的停頓中途鼓掌，決定直接彈奏下去，結果結束後，有人走到前台問為什麼該停的地方不停頓。高老師自嘲：「是我低估了聽眾的水準，我們應該要為我們的音樂水平拍拍手。」

吸引章金桂的還有，高老師談起了耳聾的貝多芬怎麼「聽到」他要譜的曲子。音樂家最需要的是敏銳的耳朵，「聽」是必備的本領，可是貝多芬失去聽力，只能用「心」去聽。他究竟聽到了什麼？有人說他崇拜拿破崙，所以拿破崙的英雄事蹟成為創作的靈感，可是高老師認為，對個人的崇拜是暫時的，更深入來談，在神話故事裡，為人類帶來火苗的普羅米修斯，也許更適合用來詮釋貝多芬創作時的靈感，為了光明，普羅米修斯歷經了奮鬥、抗爭，面對恐懼和絕望的死蔭幽谷。貝多芬用法國號吹奏重新燃起希望的樂章，最後用變奏曲帶出只有英雄戰勝自己之後踏出的堅定步伐。

「這個樂章，你聽到勝利的號角聲，很像歡呼，好像生命又重新獲得力量，這絕對不是人獨自可以做到的，也不是稱霸的王，像是拿破崙這樣的霸主可以做到的，這是只有信仰上帝的貝多芬，願意相信光明的存在才能寫出來的。」高老師說。

搬來家裡的唱盤，高老師播放第四樂章給大家聽。

章金桂被流洩出來的音樂深深感動。她原來以為，所有巨大的聲響，只是情緒的發洩而已。台上的高老師看她暗自拭淚，知道音樂觸摸到了某些不易展開的部分，音符總是能給予受傷的人溫暖擁抱。

這個回饋，讓高老師印象深刻，於是將相同的上課內容，當成另一所學校的授課內容，結果課後便有相關單位來關切，舉出有學生質疑，她在課堂上講述貝多芬的英雄交響曲時，提到「個人崇拜只是一時」，貝多芬也許「意識到個人的英雄事蹟不值得用這麼偉大的音樂來襯托」。

「學生在問，那麼高老師認為為中華民國總統做的歌如何呢？」對方問。

她一時語塞，半天說不出話來，只能含糊地說：「當然也是很好的作品。」

千萬不能大意。誰能想得到，講貝多芬也能跟蔣公有關？高老師後來在選擇教材時更加小心，她體會到，彈琴技巧可以教，然而鑑賞，危險。

高老師斷斷續續得知，章金桂為何會在那樣激昂的樂音中落淚。

他們一家人如同被詛咒了一樣，死刑和囚禁像是疫病從家門外帶進屋子來，迴留不去，擄走了這個，不放過那個，最後，三個都是教師的兄弟，槍決一個，囚禁兩個，連帶兩個曾收容自己手足的堂、表兄弟知匪不報，被囚、管訓。章金桂的母親從娘家出嫁，連起了兩個家族的姻親關係，也將「病菌」散播到自己的家庭裡，章金桂的大哥被母親親族拖累，被槍決。

「我的阿母，前一天才陪著自己的大嫂上臺北來收自己大哥的屍，她說，看到阿兄的身體被打了五槍，五個洞，很捨不得，結果收屍完要回家的時候，又有人跟她說，在臺北車站看到張貼的公告，我的大哥隔天要槍決，我阿母當場癱在地上扶不起來啊。」

章金桂抹抹眼睛：「一個婦人兩天內送走自己的大哥跟長子，家裡四五個人都在黑牢裡。我阿爸怨我阿母帶衰，連累到我大哥送命，一輩子都沒有放過我阿母，他常常罵：『恁兜死無夠，死到尋阮囝來鬥。』我家就住在鐵路邊，我阿母整天失神失神，坐著都不動，只剩手會動，都在編草蓆、草帽，但是只要火車經過，她就會立刻爬起來，跑到門邊，唉，火車轟隆轟隆駛過去，離我家很近，吵得要命，她就趁火車經過時，大聲詈罵：『死國民黨』、『死臭頭仔』、『還阮囝的命來』、『還阮阿兄的命來』，有時候聲音啞了，吼不出來了，就放聲大哭。我有時候希望那列火車可以越長越好，可以讓我阿母壓抑的情緒發洩出來，但我也很怕，我阿母衝出去的時候，不是去叫罵，是直接去撞火車。人說，狗吠火車，意思是無路用，我阿母是一輩子都在哭火車，日子過不下去。」

「所以，高老師，是因為妳介紹了音樂，我才知道，原來聲音能形成音樂，我阿母這一輩子在等聲音來的時候，不是為了聽音樂，是為了不被人家聽到她在大罵，那種大到什麼都聽不見的聲音，才能掩蓋她的怒氣跟不甘願。」

高老師沈默良久。

沒多久，她得知章金桂的丈夫居然也被關了，即便她特地為了擺脫家族的匪諜陰影，選了一個外省人嫁，丈夫在大陸時期的過往還是追了上來，過去的同學因為有嫌疑被抓，如同粽子串一樣的人際關係拓展出去，沒有一個逃得掉。

章金桂一夕之間白了頭髮，瘦到眼眶凹陷，顯得眼神格外凌厲，那種終究被詭譎命運擄獲而絕對不甘心的絕望，讓高老師看得不忍。她知道章金桂求助無門，一如許多她所知道的，不外乎送出去的錢完全沒著落；登門拜訪以往稱兄道弟的要人，對方卻避不見面；或者寫出去的無數書狀，石沈大海。這些事情太多太多了，既無新招，也不是新聞，再努力，只會感覺四處碰壁，牆壁直堵到鼻尖來，呼吸不能，翻身不能。

誰都怕，可能有一天，真的接到收屍的通知。

想了幾天，高老師問章金桂：「我知道妳想救丈夫，去參加那個烹飪班，能認識一些國民黨高官的太太，妳要不要試試看，有沒有辦法去運作看看？」

於是，不下廚的高老師帶著章金桂去參加烹飪班。那天，授課的菜餚為清炖肚片湯，章金桂繳了費用，拿到教材，薄薄的一本味全食譜。她翻開，這道菜只有短短的三行文字說明作法，「……冬筍切片放肚底，冬菇、火腿切片放肚片上面，放四碗水，用大火蒸二小時，肚爛為限。」

看到最後一句，她苦笑。

三

蜜多里在王太太留下的筆記裡看到了母親蛻變的過程。母親早期全部使用日文寫食譜的註解，接著先學會了名詞，然後進展到更改漢字寫法，接著是短短的漢文句子，顯示母親的漢文程度一直在進步。她記起被前夫帶去美國的女兒，在國小時期，非常喜歡認字，有一回問到阿嬤「豆腐」怎麼寫，王太太頓時手足無措，她那時的表情就像是作錯事的孩子被當場逮到一樣。

母親的筆記寫有「祖安豆付」這一道菜，那應該是母親邊聽邊寫下來的，母親並不知道祖安應該正寫為「組庵」。她快速翻閱前後頁，別字多多：冷辨（拌）鴨條、蟹粉魚純（唇）、酒壤（釀）湯丸，整本食譜筆記就是母親的漢字練習簿，有幾處，母親特意在自己習慣寫上的「姜」字旁邊練習寫「薑」，寬寬大大的兩個「田」因為不熟練，拖得略長，筆觸黏滯，使得她的「薑」活像是市場躺在籃子上待售，細長而帶土的那種。

母親曾努力用食物串起她的家庭，只是結果失敗。印象中，母親幾次下廚，都得花上好久的時間準備，蔬菜切條切得工工整整，大小一致，一切必須好好地，她專注在手上的刀工，完全忘了時間，整桌人餓著肚子，過了吃飯時間已經很久，只聽到菜刀與砧板傳出節奏的聲響，看來要吃到東西還早得很。

於是哥哥姐姐們藉口要讀書、要補習，紛紛溜出門，幾次父親在家，也等得不耐煩，甚至大發雷霆，直接要人去包便當或叫麵來吃，聽到聲音的母親拿著菜刀從廚房跑出來，兩人便開始爭執。想到這裡，蜜多里將披肩拉得更緊，感覺到冷意。父母時常日語、台語交雜爭吵，最後大概都是父親以一巴掌打在母親臉上結束，母親的哭泣、摔碗盤的聲音、父親震怒的吼叫聲，是揮之不去的夢魘。

如果來得及赴吃飯時間呢？有一次母親端出了前一天晚上煮好的蔥燒鯽魚，對大家說，這是江浙名菜，現在高官都愛吃的。

一盤發黑的魚，腥冷的。大家對著這盤興趣缺缺。父親勉強夾了一口，配一口飯，桌上沒有其他的菜。

母親不無討好地問：「好味無？」

父親說：「魚仔就是愛吃燒、青的，冰過那會好食？鹹篤篤（kiâm-tok-tok）就是掩蓋伊無青，綴（tuè）人變（pinn）這，無知欲創啥。」

母親聽了臉色一沈，直接走開，之後，蜜多里再也沒有什麼關於餐桌的記憶了，因為父親再也不回家吃飯。

她繼續翻母親的筆記，也找到了這道蔥燒鯽魚的作法，母親寫下：味道特別，甜的醬汁（姜、蔥、塩、酢、糖、味素、紹興酒），整隻魚連刺都可以吃。秘訣：過年間鯽魚抱卵，最為好吃。

整條魚連刺都可以吃，整個家庭被嚼得連骨頭都不剩。

母親的桌邊還有一本貼有「三女卒業」標籤的冊子，抽出來看，那是母親三高女的「記念寫真帖」，母親常講的一句話：「我是高女的。」

她在冊中尋找母親，母親在團體照中，站在第一排，看起來是在神社前留影，整班的女學生都穿上了和服，母親穿的那一件非常特別，別人是素色的，母親和服的下身上有兩隻白鶴的圖案，特別顯眼。

蜜多里繼續在書架上搜尋，隨意翻閱母親的相冊，有一兩本是母親參與婦女會的照片，在合影人中，她很難辨識出母親，她驚覺到，原來那一段時間的母親都穿著旗袍。她想起有一段時間，母親很常出入博愛路與衡陽路那附近，常常逛布莊選料，常常量身做衣服。做出來的都是旗袍，是了，母親有那麼一段時間留下的都是穿旗袍的照片。她有一點恍惚，穿著和服的母親與旗袍的母親似乎不是同一人，穿著旗袍時的母親已經將頭髮燙捲，不似高女時期那樣，是梳順的兩根小辮子。

另一本，是生活舊照，大哥被母親抱在懷裡，原來，冷漠寡言的大哥也曾是一個有清亮眼睛，願意被母親摟抱在膝上的嬰兒。算一算時間，約末是戰爭快結束了吧？蜜多里與兩個哥哥年紀有一段差距，父親曾在跟母親爭吵時說出，「那是你設計我生的，我根本無愛。」蜜多里因此知道，自己不受父親歡迎。的確，整個成長過程，父親陪伴著另一個家庭，哥哥們大學畢業後就出國，很少回家，只剩下她與整天自怨自艾的母親。

「妳真像恁老母，親像一個模子匼(khap)出來的。」外婆看到她都這麼說。蜜多里自己也知道，自己的鼻子、眼睛、嘴巴像極了母親，然而她暗暗希望，自己不要有一點一滴像到母親，母親的世界裡，除了她自己，沒有別人。在大哥的婚禮上，父親最終答應跟母親聯袂扮演主婚人為兒子祝福，然而母親不顧一切地在婚禮現場跟父親算起了陳年舊帳，把場面搞得不可收拾，讓大嫂每每憶起那場婚禮便埋怨大哥，讓好不容易娶到世家小姐的大哥，面對妻子的娘家抬不起頭來。二哥記取教訓，更是從不讓母親插手自己的生活，連結婚都沒通知父母，自己在美國登記結婚，母子之間從未和平相處過。

蜜多里察覺丈夫和父親一樣有外遇後，毅然決然離婚，母親知道之後，淡淡地說：「妳會比我更歹命啦！看你比我好多少！」

還沒找到住處時，蜜多里跟母親同住一段時間，她無助地得到一個結論：有這樣一個母親，孩子不能，也不會有什麼懈怠的可能，只會一直奮力往前走，不會耽溺，因為耽溺在原處，比負傷前行更痛苦。

母親在她輾轉難眠的時刻走進她的房間，花上很長的時間跟她說婚姻的經營之道，講到興高采烈時，臉上充滿光彩，彷彿自己就是遵行此道而勝利的贏家，彷彿自己從未被婚姻當掉一般。蜜多里看著母親的臉，不忍將她從自己的夢境裡叫醒，只能繼續坐在床上聽著母親數落自己的不是，因為她是個破爛爛的人，這樁婚姻的失敗全然都是她造成的。

「想一想，他也不簡單，如果不是因為愛情盲目，像妳這樣，哪有人受得了妳八年。」

蜜多里從家裡搬出去的時候，母親正忙著按照清單，把幫忙團購的美國進口營養品分類，準備分送。關上大門的那一刻，母親依舊背對著她，沒有回頭看一眼。

烹飪班的太太們收到章金桂的腐乳，從此對她印象深刻，同時，婦聯會的場合上，也看得到章金桂的身影了。

聽說，章金桂因為家裡經營營造廠，還算有點錢。幾位官夫人似乎與她處得不錯。在這個圈子裡，做個受歡迎的人真的很不簡單。當然，先生的官職得要上得了台面，做衣服得跟上潮流（若是能插上熱門旗袍師傅的等待名單就太了不起了），話題也得跟得上（女人，全身都有機關，丈夫升職的太太，她哪裡做的頭髮，哪一色的口紅，以前沒看過的料子，都成關注焦點），這些都得仔細觀察，各自體會，誰也不願意將自己的秘笈洩漏出來。

婦聯會開會的地點，聽說是以前的偕行社，日本軍方的集會所，王太太加入時，已經看不到什麼日本建築的痕跡了，夫人的品味獨到，一進駐就把室內的擺設、門窗換成了中國風，典雅又大方。整棟洋樓建築的外觀漆了甜美的粉藕色，在附近一片刻板建築中，顯得突出，說不上好看，只能說，特別。王太太在這個社交圈裡學到很重要的功課：事情既能說得順理成章，也能說得坑坑巴巴的——都在一念之間。

走上二樓，許多軍眷在此縫製軍衣、襯衣褲跟被單，王太太的陪嫁有日本製的勝家縫紉機，她當然會做衣服，看到出自這些人手上的成品，有些縫線車得歪歪斜斜的，很難想像收到的人會有什麼感覺。

王太太拿起衣服，對正在車布料的太太說：「這個轉角，要停一下，把衣服轉過來才能車得正。」

正在車衣服的太太露出尷尬的表情，放慢腳踩的踏板，手撐住衣服，不知該如何是好。

「以前沒做過這些嗎？」王太太腦中浮現夫人關注這些軍眷太太、媽媽們的形象，溫情地問。

「我……在司法院上班，以前沒做過這個。」對方回答。

太太們面面相覷，不知道該憐憫還是發出嘆息。

那些歪斜的車縫線起因於太太們認為，婦聯會周遭都是法務機構，來到臺灣後，大家安和樂利過日子，不可能有太多官司問題，應該叫政府機關裡的女性同仁，來參與縫製征衣的工作，才能為民表率，表現軍民一心。這項決定使得婦聯會周邊的司法院、最高法院、行政法院、公務員懲戒委員會等等裡面的女性員工必須分組輪流參加縫製工作。然而，婦聯會的太太們沒多久便發現，這些拿筆的女性不是個個都能車衣服，做出來的成品常常需要拆掉重縫，反而浪費時間與精力，於是他們再發函給各單位，表示派員參與的成績未盡理想，應予以加強，並列入考績查核，這些相關單位只能再做進一步調查，積極檢討，改派對縫紉較熟練的人來參加。

王太太戳到了一個表面看不到痕跡的淤傷，絕對是痛點。

縫出來的成品符合不了軍隊標準倒不是新鮮事，從剛開始就這樣，所以婦聯會縫出來的衣物留有標誌，讓軍隊裡的人知道這可是「慈母手中線，遊子身上衣」的溫暖。穿用這些衣物的軍人可能不知道，這些衣物可是每天許多官太太特意起個大早，誰也不讓誰，搶當第一個到縫衣工廠報到而做出來的。

王太太有一些說不出來的疑惑，很少得到解答。會內的人常說婦聯會是個大家庭，但是要作她們的家人必得經過層層關卡，她們似乎只對她們喜歡的人和顏悅色。會議上重要議題的討論，圍繞著軍人打轉，先是為了解決衣物問題成立縫衣工廠，接著想到的是住的問題，繼而發起捐建軍眷住宅，計畫要對企業募款。

王太太造訪過幾個官太太的家，看起來接收的是日本時代的日本人住宅，對她來說，以前是那些內地同學才會住的房子，又大又漂亮。然而現在住在裡面的太太可有許多抱怨。王太太在閒聊中發現，現在日本人都不在了，這些日式房宅自然找不到懂日式房舍的工匠來修繕，時間一久，房子自然問題一大堆，太太們抱怨日式房子下面的通風口裡面藏老鼠，有老鼠就引蛇；抱怨屋瓦漏水卻找不到適當的瓦片換；稻草地板潮濕發霉，苦不堪言。王太太卻納悶，這些人住的地方都是以前臺北很繁榮、很熱鬧的區域，他們自己究竟知不知道呢？

章金桂在許多人的痛苦裡理出血淚的教戰守則，很多心得來自一個貪污被抓的調查局人員範例。首先，妻子的陳情自白書絕對需要，（妻子不挺，還有人會支持？）妻子一定要自述丈夫老實、守法等優點，這自然不在話下，像她丈夫這種被昔日同窗拉下水的狀況，必須力陳丈夫因為親切待人，人緣極好，或是從根本不知道災禍何起，完全不知道怎麼回事著手，為自己洗刷嫌疑。

然後，得把可能著力的人物名單想過一遍，有沒有認識能拜託也說得上話的有力者？帶著禮品（那個官太太說，可別真的只有禮物，禮品是障眼法，誰好意思直接收錢呢？錢得找機會跟著禮品走！）去拜訪，拜託對方想辦法營救，對方通常是幫忙寫個函，交情好一點，幫你打個電話；再有背景支撐一點，幫你走一趟，接著就看造化了。

除此之外，還能找誰幫忙？官太太對詹金桂說：「我跟你說的例子，這一招蠻高的。你看看，我們編的預算，有一條叫『軍中牧師費』，那是什麼呢？聖經上有一句話說：『凡事都互相效力，叫愛神的人得益處。』夫人是信上帝的，是吧？這一個太太請了一位牧師幫忙寫陳情信，說明這個家庭，老父老母失去兒子，妻子失去丈夫，孩子們失去爸爸，整個家庭愁雲慘霧，大家都殷切期盼這個家庭支柱趕快回來。一般人寫可能沒什麼用，牧師寫，力量就很大了。」

詹金桂仔細記下來。心裡仍然感嘆：這是什麼樣的時代啊？這個官太太的話，讓她心裡的一塊拼圖找到了另一片的邊緣可以密合，拼接上去。她知道幾個太太湊在一起討論祭祖，小心翼翼，在這個團體裡，信仰基督教是唯一的正道，夫人的信仰堅定又崇高，連帶總統也跟著信了，這是一樁多大的美事，誰也不願意其他人知道自己家裡還燒香拜佛。

夫人除了號召太太們縫征衣、募款，也做了許多事情，包括照顧軍人遺孤，興建學校、醫院等等。有一次，育幼院的小孩辦聯歡會，夫人、太太們都去參加，孩子們表演唱歌節目，唱〈耶穌喜愛所有小孩〉，加上可愛的動作。

「**耶穌——**」孩子們的雙手從肩膀輕點舉向天花板，「**喜愛一切小孩，**」

「**世上所有的小孩！**

不論紅黃黑白棕，

都是耶穌的寶貝，

耶穌喜愛世上所有的小孩。」

太太們微笑看向表演這首歌的孩子們，幾個太太心裡明白，這首歌還能唱，是因為上帝的大愛。有人去檢舉，認為現在的公開設計、配色等等禁止使用紅色，以免有赤化或為匪宣傳的嫌疑，書籍的檢閱也力主杜絕黃色色情內容、黑色暴力情節等等，那麼，這個……耶穌喜愛所有小孩，點了那麼多種「顏色」，妥當嗎？紅色？

這件事情傳到夫人耳裡，夫人受的可是西方教育，英語說得比中文好的，聽說夫人杏眼圓瞪說：「胡說八道！這首歌已經流傳很久，我在美國讀書的時候就有的，怎麼會有問題？這首歌是翻譯的，原來歌詞也是這樣！耶穌真的喜愛所有小孩啊，有什麼錯？胡說八道！」

「夫人當場唱起這首歌的原文歌詞，連唱了好幾遍吶！那個警總趕快把這首歌從檢討會議裡撤出來，以後誰也不去碰聖詩歌了。」

信仰的力量雖然勝過一切，帳還是要明算的。耶穌就算喜愛世上一切顏色的小孩，小孩長大成人後，若是不照規訓，也會不蒙總統喜愛，況且那個法律，還能在文字之外用他的大筆一揮，決定哪個可以不必死，而哪個又該從牢獄拖出來槍斃。章金桂拿來當參考範例的調查員可能實在罪行重大，有力者沒有發揮作用，他的假釋沒有批准，依然繼續待在牢裡。反而是章金桂的先生，雖然刑期未減，卻能保外就醫，也算是好事。

當她告訴高老師這個消息時，高老師點點頭，露出理解的微笑。

年末，婦聯會舉辦歲末餐會，已過了幾年時間，即便王太太對桌上的菜如數家珍，眼前還是出現了一道陌生卻有趣的菜，叫「油淋馓子」，燙過的鴨肉去骨切薄片，還有冬菇、火腿、筍子等等都切絲，然後下火炒，糤子炸好後墊底，炒好的菜盛在上面就可以出菜。

這叫「馓子」的東西，字真難寫，她看著桌上的立著的菜單，在心裡以「色の淡い物」來默記，蠻有意思的。

今天會裡特地安排了摸彩，說是今年度的預定目標都已達成，夫人非常高興，為了謝謝大家同心協力，特別拿出一件神秘禮物出來當作摸彩的品項，不論什麼，會上列為特獎，聽說還有珍珠項鍊、珊瑚耳環，來自企業或大老之手，專為捐助摸彩之用，由於今年獎品特別優渥，瀰漫在宴席間的氣氛火熱，空氣裡滿是期待。

負責主持摸彩的主持人在台上說話，王太太沒有聽得清楚聲音，她專注於筷子挾起來，纏上鴨絲條與炒菜芡汁的饊子，似乎是麵粉做的，揉成了長條，油炸後出現了一顆一顆小小的氣泡，口感酥脆，很好吃。

很像イカ(章魚)腳上的吸盤。她想。

坐在身邊的姊妹忽然小小驚呼：「大姊，妳中獎了耶！」興奮拍著她的手背，多道眾人又驚又羨的眼神瞬間投向她，她才驚覺，自己居然中了特獎！

特獎！

主持人邀請她上台，王太太暗自歡喜自己今天選擇了一套新做的深紫旗袍，她覺得非常好看。

當主持人把特獎頒給她，全場響起熱烈的掌聲，這可是夫人捐出來的獎品。

夫人親自繪製的國畫，一幅「蘭花」！

後續獎項一一開出，所有的人都「羨慕」王太太的禮物，所有的人也都羨慕一獎的南洋黑珍珠項鍊（又大又圓，自己買怎麼買得起？）、二獎的紅珊瑚耳環（你看這個紅！）、三獎的電冰箱（正好是我想要的，跟我們家老爺說了好久的……）

王太太拿著裝禎好的畫卷回家，除了在牆上掛起來，沒有其他方法。

蜜多里終於翻到了父母親的結婚照，昭和十六年，母親披著白紗，父親穿著燕尾服，在「披露宴」上合影，另一張照片則穿和服，在神社鳥居前合影，他們凝視鏡頭時，似乎已經預見自己不幸的未來而怔忡不安，表情拘謹。

蜜多里的名字是母親取的，單名綠，但在家裡，誰都叫她蜜多里，叫她的名字像在唱歌。其中喚她的名字時最有韻律感的就是外公，外公可是總督府醫學校畢業的開業醫，蜜多里對他最深的印象，大概就是他人生最後一段時間住在安養院時，有時講出一段一段令人摸不著頭緒的話，惹得母親莫名其妙哭起來。

母親怎麼可能這麼善感？蜜多里不懂，她從不認為那些外公說的故事跟母親有關，如果有關，這個女人也太有本事，怎能這樣毫髮無傷地過日子。

王太太心裡有一幅巨大的拼圖，各有三四塊、四五塊自成一角拼湊出來了，卻對理解整幅拼圖到底是什麼主題，助益不大。她在晚年時，纏綿病榻，時常夢見還在坐月子的她，抱著兒子，鞋子都來不及穿，從娘家飛奔出來，一路追著疾駛而去的吉普車，上面載著她午睡到一半，衣服都來不及穿，被背槍的憲兵從二樓拖下來帶走的歐多桑。

這一定是她後來看到的某一齣戲的片段。

無助的她四處打聽，到處碰壁，許多斷片交替出現。

「你父親日據時期曾經是皇民奉公會的重要成員……」

「那個時候能經營煤礦？跟日本人有勾結吧？」

「有沒有資助那些讀書會的呢？哪些人到你家來借過錢？你父親有錢有背景，這種人最危險了……」

這些到底是父親第一次，還是第二次被抓的時候的事情？父親第一次被抓的時候，他的好朋友林熊祥、辜振甫已經先被警備總部拘押詢問了，第二次被抓，連理由都無從得知。

他們這些人，能夠放回來的，不是因為家人散財就是四處求告，使盡全力求生；回來之後，誰都不想再來一次，被規訓得順理成章。

回來後的父親，不再吃任何他喜愛的肉骨，因為牙齒斷了好幾根。原本會拉小提琴的父親也不再有任何音樂。他依然看病，安安靜靜過日子，找上門的募款他都投錢，無論救濟總會要空飄氣球救助難民，或是要建軍宅，什麼都可以，多多少少，但一定有。自己在故鄉車站邊的店面，直接簽出去作民眾服務社，沒有第二句話。

每一張黨部發來的感謝狀，都是一塊拼圖，拼出了父親對服從的忠誠，父親一張一張，仔細收藏。而父親當年特別送去讀三高女的女兒終於能成為官夫人推心置腹的好友，更是一張可貴的門票。

父親對女兒說：「他們說，有什麼婦人會缺幫手，妳阿母不在了，妳就去看看吧？交朋友總是好事……」父親坐在診間好像對女兒說話，也像自言自語，「我們對他們的理解還是太少了點。」

恍惚中，病重的王太太彷彿聽到那些孩子們唱的歌，從許多張缺牙的嘴裡唱出來，耶穌喜愛一切小孩，世上所有的小孩……

究竟，我是不是也被喜愛呢？

那是在她呼吸停止前的最後一個問題。

傍晚時刻，蜜多里合上父母親的相本，疲憊地伸伸懶腰，環顧四周，她研判，整間房子的東西整理到能出售，還需要一段時間吧！■

作者後記

寫完這本小說的心情相當奇特而複雜，關上檔案後，我記得許多情節取捨的糾結，記得描寫人物時的考量，有時覺得敘述理該如此，隔一日來看又不這麼認為。有時甚至感到故事走向非我設定，而是故事長成了他自己本身該有的面貌。

更巧的是，寫作線索與材料適時的出現，像是苦尋一片失落的拼圖，而那一片就在手邊，好像等待許久，也好像方才現身，也許是為了講一段快被遺忘的故事。

書寫這幾篇小說的過程裡，我時常想起 Thomas Carlyle（1795 – 1881）說的話：The tragedy of life is not so much what men suffer, but rather what they miss.（生命的悲劇不在於人們受了多少苦，而在於人們錯過了什麼。）

小說內刻畫的人物到底錯過、遺失了什麼，我常常自問這個問題。錯過與遺失，同時是閱讀這本小說故事內的人物與歷史場景很重要的著眼點，故事內的人物各有曲折的人生經歷，與之相隨的場域、地景是今日我們思索社會公平正義時，不能單以現貌評斷，而應以其歷史脈絡來理解的線索。線索？是的，線索。書寫的時候，我便期待這不是一本闔上書頁後就結束的小說，我希望字裡行間不經意或者我故意遺留的線索資訊，能讓一起閱讀的你去翻閱、找尋更多說不出口或者刻意被遺忘的故事，也許你會面對歷史寬容地對你微笑，而你只能掩嘴驚呼：啊！原來如此。

書寫時的困境，一如以往，語言的問題是一大難題：這個場景當中的聲道應該是什麼，時常困擾我，然而我很快明白，這不僅是我的難題，同時也是這些小說主角在那個時代背景的難題，我試著讓他們講他們擅長的語言，也試著把他們的迷惘呈現出來，在處理這個部分時的心情，化成了某些力量，讓我能對他們的困境更有共感，而能超越創傷和痛苦的向來都是能讓人找到希望的美好，我企圖把這些美好找出來，即便那些美好有時藏在荒謬的處境和失去意義的瘋狂時代皺摺裡，有些人始終沒得一見——也許在苟延殘喘的夾縫裡，悵惘無助的時刻，這些美好還能讓人得到片段的慰藉，證實它能禁得起考驗，存在於相機的快門中、在鋼琴的樂聲裡、在不同語言轉換的食譜裡、在四格漫畫裡，承載著受苦的世界，不致於滅頂於無邊無際的絕望之中。

紀實漫畫《來自清水的孩子》的主角蔡焜霖前輩（1930－2023），因為曾遭受白色恐怖政治受難的迫害，一直都是轉型正義的重要支持者與參與者，數年間，我曾在日治時期兒童的養成教育、人權教育方面等等的議題與蔡前輩合作，他一貫溫和謙和又敬業的態度讓工作進行得順利圓滿，每次向前輩請益，心裡浮現的是「人格者」這樣的字詞。蔡前輩應邀為這本小說寫推薦序文，讓曾經親身經歷過這一系列故事背景的前輩來檢視這本架構在虛實之間的小說，著實讓我相當不安而焦慮，然而前輩以生疏的打字傳來的感想和肯定，讓我相當感動。前輩因為體力與健康狀況不允許，終究沒有完成序文，而後便收到了前輩遠行的消息。我想以本書中的〈阿公留下的遺書〉中所寫：「講故事的人，往往就是革命者」這句話，來向推動本土漫畫的蔡前輩致敬。

我對記憶的韌度和脆弱感到困惑又著迷，對於如何詮釋，由誰來發言，怎麼塑造它發聲的場景感到有興趣，透過這本小說的書寫，我相信檢視、驗證、闡述並使之成形，能使歷史帶著人文精神現身，呈現某種真實。我試著在這本小說的文字留有線索，小說裡的攝影圖像也是，在此謝謝文宏在這個企畫裡為這本小說負起攝影的工作。我往常的寫作是一個人孤獨進行，只有自己與資料對話，寫作經驗既孤單又封閉，這一次的書寫，因為文宏的加入，我修正自己一直修改，常常反覆的書寫習慣，與合作伙伴保持更新進度、分享資訊。文宏是個敏銳的讀者，能讀出寫作者的困境，適時分享作為讀者的感想，再發揮攝影專長，不辭辛苦在工作之餘，跋涉到小說提及的各處地點拍攝，為讀者留下閱讀時可以欣賞、參考的影像，殊為可敬。

這本小說能完成，奠基於近年來台灣對轉型正義的重視和努力，許多官方檔案資料的出土和公布，加以許多人物、家族的記憶和生命經歷、苦難和犧牲才能有書寫的可能。我特別想藉由這本小說試著呈現什麼是「好人」，什麼是「壞人」。台灣的轉型正義最讓人詬病的，是常常只有受害者卻沒有加害者，加害者為何消失，如何消失等問題常常斷線於資料散佚或刻意掩蓋。我想說的是，這個世界當然有好人，也有壞人，但沒有絕對的好人，也沒有絕對的壞人，人的好壞常是一體兩面，考慮到這些，我們才能在思考轉型正義時多一點空間去思索是非對錯，才能辨識國家機器與單體個人的對立、屈從關係。《歷史的快門》當中大部分的人物都可以在歷史紀錄裡找到，書寫的困難度則是在這些真實人物與史料之間架構出合理的情節，把他們的互動、對話引出來，讓歷史鮮活起來。這幾個故事裡，最讓我不忍的是「金子農場」這個戰後接收的日產，因為農場勞動力不足，目前可見的資料裡僅以「不敷之人力，則洽請國防部調用軍事犯服監外勞役」寥寥幾個字帶過，其餘資料皆無。一般而言，現今怒潮學校的口述歷史多著重在移轉至金門後的這部份，剛撤退來台，在新竹新埔的這段資料零碎，我因此訪問了在新竹縣新埔鎮駐紮、建校的人員後代，靠著他們強大的記憶與資料、照片將這一小段記述補起來，接續金子農場曾是重要古柯樹種植地的歷史，希望這段故事不要被遺忘了。

我也要特別謝謝在台南白河在地深耕多年的台灣書法家陳世憲先生，他對台灣土地的熱情、對台灣書法的付出與執著，有目共睹，由原崎內國小空間活化利用的台灣意象書法館是絕佳的實踐場域。我收集到馮順河的點點滴滴線索，就教世憲哥，他立刻透過相關人脈找到了曾受教於馮順河的學生，對於描寫馮順河的性格有莫大的幫助。細心的讀者閱讀馮順河的故事時，也許可以找找那個在豬圈被他指點何謂「飛白」的小男孩，究竟是誰。

謝謝獨具創意的黃威融總編、強調文學性去碰觸不同世代的允晨文化廖志峰先生，讓這本小說的出版成為可能。也謝謝不當黨產委員會的研究員：斯泙、健凱、惟聖的協助，謝謝副主委林聰賢先生聽我講過這些故事後，始終相信我能做得到。特別謝謝朗活文化的徐元先生除了支持這個小說的構想與進行，提供了許多素材與意見，既是支持者也是鞭策者。

「將來來寫我的故事好無？」〈歷史的快門〉裡，李超然在一個冬天的晚上這樣問那個女孩。

「好啊。」

寫到這個段落，重現這個場景的我，心裡感慨萬千，當年歡快應允的那個女孩並不知道，會是這麼多年後才能明白李超然先生問出這句話的心情有多複雜。我期待這個書寫會是一個按下快門的時刻，經由片刻的紀錄，我們終能串出一個完整的記憶，理解遺失與錯過，進而能明白失落並非沒有意義。■

當代叢書 08

歷史的快門

策　　畫：不當黨產處理委員會
作　　者：鄧慧恩
編輯顧問：黃威融
書法題字：吳國豪
內頁攝影：陳文宏
責任編輯：林民昌
發 行 人：廖志峰
美術編輯：手搖鈴創意設計工作室
專案執行：廖斯泙
法律顧問：邱賢德律師
合作出版：不當黨產處理委員會
主任委員：林峯正
地　　址：104095台北市中山區松江路85巷9號5樓
電　　話：(02)2509-7900
傳　　真：(02)2509-7877
官方網站：www.cipas.gov.tw
出　　版：允晨文化實業股份有限公司
地　　址：台北市南京東路三段21號6樓
網　　址：http://www.asianculture.com.tw
e - mail：ycwh1982@gmail.com
服務電話：(02)2507-2606
傳真專線：(02)2507-4260
劃撥帳號：0554566-1
印　　刷：中茂分色製版印刷事業股份有限公司
裝　　訂：聿成裝訂股份有限公司
初版日期：2023年10月

定價：新台幣380元
ISBN：978-626-97808-2-2
GPN:1011201327

本書如有缺頁、破損、倒裝，請寄回更換

國家圖書館出版品預行編目資料

歷史的快門/鄧慧恩著. -- 初版. -- 臺北市：
允晨文化實業股份有限公司, 2023.10
面；　公分. -- (當代叢書；8)
ISBN 978-626-97808-2-2(平裝)
863.57　　112015848